U0448671

王苏辛

再见,星群

Goodbye,
Constellation

译林出版社

图书在版编目（CIP）数据

再见，星群 / 王苏辛著. —南京：译林出版社，2023.8
ISBN 978-7-5447-9705-4

Ⅰ.①再… Ⅱ.①王… Ⅲ.①小说集–中国–当代 Ⅳ.①I247.

中国版本图书馆CIP数据核字（2023）第 075207 号

再见，星群　王苏辛／著

责任编辑　黄文娟
装帧设计　好谢翔
校　　对　张　萍
责任印制　单　莉

出版发行	译林出版社
地　　址	南京市湖南路 1 号 A 楼
邮　　箱	yilin@yilin.com
网　　址	www.yilin.com
市场热线	025-86633278
排　　版	南京展望文化发展有限公司
印　　刷	徐州绪权印刷有限公司
开　　本	850 毫米 ×1168 毫米　1/32
印　　张	8.875
插　　页	4
版　　次	2023 年 8 月第 1 版
印　　次	2023 年 8 月第 1 次印刷
书　　号	ISBN 978-7-5447-9705-4
定　　价	62.00 元

版权所有 · 侵权必究

译林版图书若有印装错误可向出版社调换。质量热线：025-83658316

目 录

1 绿洲
30 猎鹰
52 远大前程
108 传声筒
151 寂静的春天
175 冰河
228 柳毅
248 灰色云龙

275 后记

绿洲

"我盖了个大house。"

黎姐隔着屏幕的神秘口吻,没有让斐斐感到惊讶。正值春天,斐斐一起床就开始打扫卫生。从卧室到洗手间,再到门前,最后直接扫干净了一条楼梯。如果不是蓝牙耳机里传来黎姐持续不断蹦蹦跳跳的笑声,她能扫到小区门口。黎姐说自己已经找到新的根据地,那里阳光充裕,就是夏天有点热。她还找到一块荒地,开始造属于自己的房子。

"就是没打地基……也不知道大理石和三合板配不配,还有碎砖头和瓦片都用水泥填会不会不稳。"

斐斐感觉黎姐的说话声越来越小,信号越来越弱,却又仿佛听到她的喘息,好似背着重物在赶路。直到过了一会儿,许是黎姐又踏上一条宽阔马路,她的声音再次明亮起来:"再背担砖头,四边墙就好了。"

斐斐不晓得她造的房子是什么样,但心里觉得不会比她之前住的棚屋高级到哪去。那还是好些年前，斐斐还在电视台实习，跟了一条城中村棚户区拆迁的新闻。当时是夏天，因为只是做素材，没说一定上节目，没人愿意去，但斐斐看见桌上摆着摄像机，拎着就走了。本以为只是简单录一录，不料赶上大雨，许多棚屋的屋顶都被雨水打翻了，一时遍地哀号。有陌生大妈拉着斐斐的手问，能不能跟上面反映反映。斐斐只是跟着点头，完全不会说话，也不知道要做什么。

雨越下越大，头顶上的雨搭砸下来，斐斐赶紧换了一处躲避。可其他的雨搭也并不稳妥，她就一路走，一路躲。最后，她跟上一个大姐，下意识钻进一条黑漆漆的小路，半道感觉有老鼠跑，她跳起来，恨不得用塑料袋包住双脚。最后，她勉强躲进一间敞开的棚屋。和其他颜色统一的棚屋不同，这间棚屋，顶部暗粉色，加盖厚厚的透明防水布，四边用砖头压得紧紧的，外墙体天蓝色。门是灰色，但看起来不太牢固。难得的是，油漆喷得均匀，显出难得的整饬，不像周围棚屋的金属板，已经锈迹斑斑。

大姐带着斐斐仔细看着她的房子，特地隔了几秒才发话："我叫黎姿，你可以叫我黎姐……"

斐斐干笑着，心想居然和演员同名。不过再细看，黎姐倒未必比演员黎姿年岁更大，只是颧骨略有点明显，也因为瘦，显得很有骨相，如果不是发型略呆板，兴许还要显得年轻几岁。斐斐以为她也想反映问题，只好站着。屋子中央是一张单人弹簧床，一面穿衣镜立在床边，一根连接着两面墙体的绳子上挂满了衣服。衣服都是一条条拧干又铺开的模样，码子偏大，五颜六色，看起来都不像是黎姐穿的。地面上也不是土，而是一半地板砖，一半铺满碎的大理石，缝隙处有水泥，也有既像煤渣又像柏油的东西填充其间。

"你拍的时候，能不能把我也拍进去？你看我这房子，跟别人的不一样的。都是我自己造的……人还是要有自己的房子！"黎姐掀开衣服后面的帘子，"我搭的洗手间。"斐斐走进去，看见吊灯周围包着厚厚的塑料膜，塑料膜里面是个暗红色的大桶，桶内还有个小板凳。

"这是洗澡的地方。"黎姐道，"热水倒进去，很保暖的。你看，要不要拍？"

"拍了，是要说你们条件还可以吗？"斐斐尴尬道，"我们要求整体拍。"

"拍外面也很好！"黎姐拉开弹簧床，从床下拉出一块略显特别的长方形桌板。斐斐仔细看了看，一面用胶水粘了一层花布，一面用胶水粘了一层黑布，只是四侧边沿毛毛糙糙，能看出桌板有些年头了。

"这个可以当门。"黎姐煞有介事地说完，把原先的门从外面墙体上拆开。斐斐惊讶地看着她把原先的门卸下，麻利地把包着花布的镜子扎在原来门的位置，接着很快站在了门口。斐斐注意到，黎姐的头巾已经扎在脖子上，让剩余的脖颈显得白了许多。看到斐斐的镜头朝向她，她还用唇形"喊"出了"切糕"。

最终，那条新闻留下了黎姐一个完整的镜头，也因为这个镜头，她们的缘分居然延续下来。黎姐离家数载，亲人早已疏远，除了一起拾荒的几个朋友，斐斐成了她唯一的熟人。只是斐斐实习期还没结束，就决定考研。等她毕业，纸媒都不行了，电视台死气沉沉，却也更加难进。她从广告公司跳槽到互联网公司，在工作的第七年，花光所有积蓄买下一间建于20世纪80年代的三十平方米一居室，再度辞职。短视频网站刚火起来那几年，黎姐经常上传自己拾荒的自拍视频，晒那些在垃圾堆里捡到的宝贝——全新的指甲油，还余大半瓶的过期护肤品，被啮齿类动物啃出洞的羊毛大衣和窗帘，没了封面的言情小说，时常罢工的吹风机。她把这些东西挑挑拣拣，除了布置住的屋子，还用在自己脸上、手上，有时还织补一番，给破洞绣上花。斐斐点进那些视频和图片，点赞只有几个，最多的也就十几个。但黎姐很开心，常常把这些视频转发给斐斐。有时候，看到视频下有阴阳怪气的评论，斐斐还会帮黎姐回怼评论者。后来，拾荒的营生越来越不好做，一场大病后，黎姐积蓄所剩不多，身体也大不如前，只得放弃承包小区垃圾站，做回流散拾荒者，不断从一个小区搬到另一个小区，直到再也租不起一间小屋，再次回到城市边缘。从那时起，她们见面的机会就少了。

斐斐不是很关心黎姐的房子，想问她现在的生活，却不知如何开口，仿佛兜兜转转十多年，斐斐还是那个即将大学毕业的小女孩，依然无措着，等待黎姐主动说出她生活的细节。可这次她没有透露更多，只是说造房子不易，材料搜集艰难，有时还要遭建筑工人白眼。待斐斐表现出想帮助她的样子，她却又岔开了话题。

"那些石头，他们本来也不要了嘛，我去拿，还要凶我，要钱。"黎姐道，"不过水泥倒是简单，只要我肯多挑水，他们会给我一些，但也都是剩下的脏料，里面不知道掺着多少东西。"

尽管看不到，但斐斐还是觉得黎姐一只手在空气中比画着，过于认真，仿佛只是怕别人不信。斐斐一边听着，一边在招聘网站上划拉着招聘信息，一不留神，就把简历海投了出去。

只是几个月没上班，斐斐已经像彻底脱离职场。以前同事的聚会再也没有人喊她，曾经说要给她介绍对象的朋友，也不再提这事。偶尔赴场饭局，才发现大家都在各自的生活中忙碌着，有些话题她已经插不进去。斐斐甚至连旅游也省了，几个月来，去过最远的地方就是隔壁街的公园。她喜欢清晨去，混在老人堆里打太极，做早操。有时候傍晚也去，跟着一群阿姨跳广场舞。她不爱交新朋友，但喜欢陌生人的热闹。时间久了，连大妈们都觉得她有点怪，又看她个子小，瘦瘦的，爱背双肩包，便嘱咐她要好好念书。斐斐只好笑笑，转身躲进旁边的购物商场。

自从城区房租整体翻了一番，许多小饭馆、眼镜店、便利店，甚至菜市场都被迫关门。斐斐所在的居民区靠近市中心，外面破破烂烂，房价和租金却都偏高，原本生活气息浓郁，小店密集，现在却日渐冷清。买菜，要跑到大型超市，补衣服要走很远一段路，价格也比原先家门口那家店贵。斐斐就在这些变化中，渐渐变得爱荡马路，居然发现了许多之前并没有留意到的私人小店。它们被塞在不易察觉的居民楼里，只在窗户上挂一面小牌牌，有的写着"红红发屋"，有的写着"江江洗衣"，还有曾经的便利店，关门后挪到店主自住房内，招牌外圈着一行霓虹灯，也不晓得会不会被收管理费。

就这样一路走一路看，斐斐觉得城市的细节又开始多起来，只是不像过去，都暴露在外，而是嵌在缝隙里。斐斐相信"电影可以延长人三倍的生命"，每周都会看部电影。上一次见黎姐，她们就约在斐斐小区附近的电影院。黎姐欢迎一切免费的东西，又不喜欢环境太过安静，电影院的售票大厅可以免费坐，没人赶她们，赶上影视寒冬期的首映礼，还可能获赠一瓶饮料，斐斐不爱喝饮料，通常会把它们给黎姐。只是，黎姐不喜欢在电影院看电影，觉得乱花钱，只喜欢斐斐跟她讲电影剧情。斐斐跟她讲过许多外国电影，如《本杰明巴顿奇事》《肖申克的救赎》《沉默的羔羊》等，黎姐都不感兴趣。只有一次，斐斐无意间讲了《阿甘正传》。黎姐听后突然两眼放光，两只手一会儿搓着，一会儿插在口袋里，双腿并拢，并微微倾斜，优雅且略显紧张的下半身和上半身的活泼好动形成对比。好像只要斐斐不停下来，只要没有人赶她们，黎姐就能一直听下去。有时候，斐斐觉得黎姐未必多么爱听她说话，她只是喜欢听人说自己不知道的事情，尽管不一定听得进去，但喜欢生活在这样的情境中。就像第一次见面，斐斐从不分享自己的生活，黎姐也不会说自己是怎么来到这里的。她们只说自己感兴趣的东西，这让她们的交谈虽然一直不复杂深入，却也延续下去，并始终保持积极。

黎姐经常跟斐斐谈起城外烂尾的楼盘，废弃的拆迁房，还有塌了房顶的荒废社区小学。对黎姐来说，它们都是可以住人的地方。黎姐唯一的要求，就是这些临时住所必须离桑拿房近些。她爱去桑拿，即使从市区搬到城郊，这一习惯也没变。

近来房租翻倍，城里外地人少许多，许多老小区甚至出现大量空房。房子租不出去，小区的人在变少，废品自然也少了。黎姐只得推着车到处转，常常收着收着就跨越大半个城。有时走着走着，发现距离斐斐的小区已不太远，她便专程跑去和斐斐见一面。

每次见面，黎姐都会送斐斐一些自己做的小物件，十字绣或者布狮子。斐斐有时送她盲盒里拆到的玩偶，每次见面都给她照很多张相片。有几次，斐斐拿了拍立得，黎姐很是喜悦。她悉心维护着自己居住的每一间屋子的墙壁，确保不会漏雨，就是为了把照片一张张挂在墙上。有一次,黎姐的临时住所赶上了整体拆迁,她被迫把全部家当打包装入两只蛇皮口袋。打包过程中她还罕见地开了直播,斐斐打开看了一会儿,加上她,一共七个人在线,但黎姐还是兴致盎然地讲着。她私信问黎姐,有没有找到落脚处,黎姐久久没回。直到天黑,才发了一条方言讲的语音信息。黎姐一紧张,就会说方言,虽然她的普通话也不是很好,但完全说方言,斐斐倒也没见过几次。黎姐的家乡话外地人很难听得懂,斐斐猜测是湖南话的一种,却从未问过,只是这次涉及黎姐的自尊心,斐斐只好反复放了十几遍,才明白黎姐是想来借宿一晚。

大约过了两个小时,斐斐在地铁站见到了黎姐。她和过去见面时不太一样,丝巾已经摘下来扎在手上,额前也尽是汗珠。蛇皮口袋一只挎在左肩,一只斜着背在右肩,胸口还挂着一只帆布腰包。黎姐很抗拒斐斐给她拿行李,只说着"脏,脏"。她们并排走着,很快,黎姐后退一步,并一直保持和斐斐一前一后的步调。斐斐一边带路,一边想着怎么把杂物间深处卷成一团的床垫拿下来给黎姐睡。直到快要走进单元楼时,她们才开始说话。

先开口的是黎姐,她上下张望着问:"这边租金很贵吧?"

"比之前浦东那间贵一点点,但在这里算便宜的了,毕竟是80年代的房子,地板不防漏。"

斐斐的小区很小，没有公共休息区，也没有比较隐秘的空地。黎姐踟蹰着，斐斐以为她担心住不下，赶忙说："一室一厅，放得下。"

孰料黎姐只是把行李轻放在单元楼前的空地上，继续东张西望。右侧几棵树后是小区封着的后门，没有门卫室，但时而有行人往来，黎姐站了几分钟，直到人更少了，才终于往后门空地走去。斐斐一惊，冲她喊道："你进屋睡呀。"

几个路过的人纷纷侧目，黎姐不好意思地扭头："我就是想在你们小区这里借一下。"

斐斐突然有些生气，想把黎姐的蛇皮口袋拖过来，黎姐却像抢着买单似的夺过去。斐斐踉跄了一下，黎姐赶忙又拉她，最后两个人都坐在了地上。

"你，这是干什么呀？"

"我……我们都是这样。"黎姐脸红了，"就是借小区，不进家门。"

"这是何苦呢？"斐斐有些恼。

"就这样，在外面睡习惯了。"黎姐拉开其中一只蛇皮口袋，"我连帐篷都带来了。"

斐斐一看，果然是只帐篷，黎姐一开始就没打算进她家里。她皱了皱眉："怎么能让你睡外面？"

"我明白你，可实在太脏了……就在你这栋楼后面，睡醒了，我还得去你那里洗澡哩。"

斐斐哭笑不得："你这……让我怎么说呢？东西你可以放门卫，跟我回家吧。"

"不不不。"黎姐的头摇得像拨浪鼓，"你赶紧回去睡吧，都快十一点了……我的手机，还得麻烦你充个电。"

进了家门，斐斐从洗手间窗户往下望，看见黎姐深蓝色的帐篷已经扎好，她龇着牙朝自己摆手。斐斐突然觉得，这不再是那个听她讲电影的黎姐，这让她有些别样的情绪，仿佛是失落，但也有一些明亮的事物在浮现。斐斐定在窗口良久，直到一阵酸涩涌上来，才赶紧转过身，看见黎姐的手机在黑暗中闪了一下。

那一天是怎么结束的，斐斐已全然忘了。只记得第二天清晨六点多，黎姐就来取手机。她的头巾扎上头，显得整个人精神许多。睡眼惺忪中，她把黎姐的手机充电线拔下来，黎姐仍是没有进门的意思。斐斐在晨光熹微中问黎姐接下来要去哪，她没有答话。等到她的脚步声消失在楼道，斐斐打开洗手间的窗户，却已经不见黎姐的帐篷。

那之后她们很久没见，斐斐甚至有些埋怨她那天突然就走了。直到这次黎姐打来电话，斐斐才想起来问她："你那天去了哪？"

黎姐停顿一下，似乎在回想，或者根本就忘了那个晚上，很快又把话题拐到了自己正在盖的房子上。她说想在房子前留几张照片，说工地施工结束，她没有免费水泥拿了，又问斐斐能不能帮她录一段小视频，她想上传到网上。接着，她又不说话了，许是坐下来，气息平缓，却不想放下电话。斐斐问她造房子这段时间住在哪里，黎姐说住帐篷，但最近有雨，她赶工盖好了其中一间的屋顶，就不出去睡了。

"其中一间？"斐斐有些诧异。

"我打算起三层屋呢。"黎姐又开始喘，似乎在登高，步子迈得也大，斐斐感觉她背着的重物也在上下颠簸。

"没有地基能起三层？"

"矮矮的三层，不打紧。"黎姐说完，发来一张圆珠笔画稿。描绘工具过于朴素，透视倒大体准确，显然下过一番功夫。只是画得到底不够整饬，也许有一些错误隐藏在线条中也说不定。斐斐细看下来，觉得除了第一层，上面两层都像用杂物堆积起来的，建筑材料多是各种工地上淘来的废料，它们堆叠在一起，在黎姐的描绘下，活像"哈尔的移动城堡"。不过，黎姐显然没看过宫崎骏的这部动画片，她只是费尽心思地把所有能作为造房子工具的材料都拼接上去，也似乎遵循着基本的建筑逻辑——第一层必须坚固，使用了珍贵的砖头。

"最下面一层红砖是我买的，往上就是旧砖块了，再上面是碎砖。"黎姐道，"我晓得最上层住不了人，所以只规划了一间，到时候用来放东西。"

"可是怎么上楼呢?"斐斐问完,就觉得自己过于老实了。黎姐或许本就没打算修楼梯,房子低矮,黎姐可能只是把它当作一个遮风避雨的巨型棚屋罢了。但很快,斐斐又收到两张图,一张画的是房子后面,一条碎砖块和水泥垒就的小楼梯弯曲攀过一楼和二楼。另一张是房子内部,一楼房间的正中央矗立着两排蔬菜架,种着番茄、青椒、黄瓜等等。而一楼往二楼去,还有一条三合板做成的内楼梯。

"这些要全做完,那不成别墅了?"

"这些不算什么。到时候,我还要种满一墙的爬山虎。"黎姐说着,又笑了,"但现在只有一间,蔬菜还来不及种。"

"可你把一楼的屋顶封上了,怎么做内楼梯呢?"斐斐认真道,"如果做成了再撬开,怕是屋顶要重做。"

"你说得对,所以我暂时只用塑料布把一楼的屋顶捂住,我这趟出去,就是去半山腰背石头的。"

"半山腰?"斐斐诧异道,"你的房子不是造在郊区啊?"

"靠近农村的郊区。你不记得了吗?这里本来有座野山,现在要开发成景区,在修山路,我就来拾一些废石料背回去。"黎姐语气轻快,尽管喘着气,仍旧没有走远路的疲惫感。

斐斐想问她住这么远怎么生活,却想到黎姐本就是与土地更亲近的人,大概也不需要她来操心,最终问了句:"房子安全吗?"

"就怕不安全,才造得这么矮。就算塌了,废料掉在我身上,也不会有啥。这些年，天天搁外面睡，被赶过没千次也有百次了。我想要自己的房子。"

斐斐记得，黎姐上次说"要有自己的房子"，还是在她那间棚屋里。只是那时候黎姐更像来赚些钱，见见世面就回老家的女子，对简陋的居住环境也很满意，仿佛自己和城市里每个人一样。此番她仍旧心态积极，却似乎刚刚知道自己的"身份"——她和那些不需要为栖身之所困扰的人是不同的。只是这么一想，斐斐对自己厌恶起来。她明明把黎姐当成特殊的朋友，却仍不免想到这些词。斐斐不禁回想起给黎姐免费饮料时，黎姐微微低头的眼神，还有把饮料往鼓囊囊的帆布包里塞的情景。那时斐斐不觉得这些是问题，此番再次想起，竟觉得自己早已冒犯过了黎姐。甚至连她一向不谈论的自己的生活，也许在黎姐那里，早已是一种优越感的存在。但斐斐又觉得，黎姐定然不会像她这么敏感，否则，黎姐不会继续跟自己保持联系。只是，黎姐不曾请她帮任何忙，除了想上电视那次，可那居然还是她们第一次见面。

"房子还要盖多久？今年能完工？"

"到夏天也许就可以了。"黎姐停顿了一下，"如果不下暴雨的话。我担心这房子撑不过暴雨。"

"可以多用几层塑料布加固一下。"斐斐道，"只是，一楼你打算种蔬菜？日照怎么解决？难道要做个塑料大棚？"

"自己吃，菜不用长很大，窗户敞开，也就够了。再说现在小盆栽也很多呀，哈哈。"

黎姐语气再次轻快起来，斐斐也跟着轻松起来，想问她春节有没有回老家，但又觉得没什么好问的，就说："打算在这里不走了？"

"房子在哪，哪就是家，能一直住着，就不走了。"

"如果能把地买下来最好。"斐斐说完，又感觉到了自己的幼稚，黎姐现如今怕是连租房资格都没有，何谈买地。

"我真去打听了，那块地，这些年都不会有人动，也没人管。我的房子又矮又窄，这几天有人看见，还以为我要养什么动物。"

跟黎姐约好了下次见面的时间，斐斐又去她的短视频主页点了几个赞。接着，把抽屉里的卡片机又拿了出来。斐斐曾经用单反给黎姐照过相，但黎姐觉得那玩意儿笨重，没必要，她更喜欢斐斐的卡片机，说它像老百姓用的东西。也是因为黎姐说过这话，斐斐干脆在二手交易网站上把单反卖了出去。现在，一边擦拭着卡片机，一边想起黎姐一帧帧的笑颜，斐斐突然觉得，这些年来，只有和黎姐的友情延续了下来。但这样没有太多共同秘密的友情，斐斐又有些困惑，转念一想，她和黎姐之间的细节，她并未对第二个人说过，黎姐和她虽未彼此提及太多私人生活，可她们又怎能说对对方完全不知？当时黎姐在斐斐楼下住了一夜，斐斐连续几日都遭遇门卫异样的眼光……她们早已经有过许多不能与外人道的日常。清理干净的卡片机泛出银色的微光。斐斐又拿出拍立得，还有护照夹里她和黎姐的合照。黎姐很少发朋友圈，但曾经发过一张和斐斐的合照，就是她们一起用拍立得照的相片。照片里黎姐笑着，看起来比实际状态年轻许多，斐斐却是老成的样子，长发盘在脑后，眉头微微锁住，目光涣散，仿佛看不清镜头，又仿佛是紧张。斐斐已经忘了她们是在哪里照的，但觉得不是在电影院，也能确定是在一个公共场所，因为有人从她们身后走过，还有人朝她们望过来。当时黎姐面色潮红，斐斐不断安慰她说："他们看我们只是条件反射，并不是真的在看我们。"黎姐则连忙说："嗯嗯。"

斐斐还记得，那天听到黎姐说"嗯嗯"，她是惊讶的。因为在那之前，黎姐多半只会看她一眼，点头，或者表示沉默。而斐斐则是擅长表示同意的，尽管她心里明白，一旦多次表示同意，谈话也就到了可以终止的时刻。但黎姐未必明白这一点。她只是不知道说什么，却又喜欢跟斐斐待在一起。又或者，她也没有太多可以待着的地方。黎姐说过，自从不再往家里寄钱，老家的人就不太欢迎自己了。

"他们哪知道，我在这里，也是要花钱的。"黎姐一边说，一边比画着。虽然，说这话时，她还租住在城市的某个老小区，有一间小小的次卧住着，有固定的废品收购区域。经济状况谈不上好，但能存下钱。她一直希望能存下更多钱买下一间小房子，不管在哪里。但那之后,黎姐因为自身的变故,只得放弃在城市或者老家有一间屋的愿望,甚至表现出享受住在帐篷里的生活。她偶尔还会网购新的帐篷。最近,黎姐睡在她的工地上,周围有两三个跟她一样在搭建小屋的人,不过他们的屋子就是普通的铁皮棚屋,不像黎姐,需要各种材料,还需要考虑稳定性。用黎姐的话说,他们只是打算住到房子撑不下去的那一刻,但她是要一直住下去的。

"可惜这里什么都买不到。没有水和电,要自己生火,但不管怎么说,也是房子呀。"黎姐道。

"真的不考虑回老家造房子?"斐斐道,"在这里建,还是有风险的。"

"老家的房子跟我没什么关系了。"黎姐道,"年轻的时候觉得自己早晚会回去,可在这里待久了,又觉得那已经不是家了。老一辈的都走了,我们这一辈都有自己的生活,小辈更不会理我的。在农村,女人得有丈夫有孩子,否则怎么活下去呢?"

斐斐明白黎姐说的"活下去"是什么,黎姐是极爱面子的人。"在你们老家,像你这样的多吗?"

黎姐停顿了一下,似乎在回想,或者只是想跳出这个话题:"他们好像很快就都结婚了。我们出来的,如果能进工厂,算是好的……像我这样,脏一点,累一点,但收入其实比他们好。不过那也是当时,现在不行了……不过她们一出来就能找到对象,快的三个月，慢的两三年也总能碰到。很快就结婚了，更不可能跑出来拾破烂。年轻人谁愿意跟着我拾破烂啊……我出来的时候不算年轻了，但也比一般拾破烂的年纪小。一开始大家都愿意带我，后来我觉得不太对，就退出来，等到再想找人合伙的时候，他们都只愿意让我打下手了……"

斐斐还想继续问，但黎姐已经不愿意说了，嘱咐她过段时间一定要来给自己拍照，然后就挂掉了电话。很快，黎姐的主页更新了一段整理木料的短视频，镜头不断晃动，黎姐则时不时挥手。斐斐想，这也许是某个路人的手笔，但黎姐似乎很满意，在视频中笑得很灿烂。

春天快结束的时候，斐斐再次看到黎姐发来的改良过的房屋结构图，斐斐已经忘记了这是第几稿。她和往常一样询问了房屋的进展，黎姐说基本搭好了，但是四边墙还想再装饰一下，爬山虎难长成，她准备贴墙纸，还向斐斐打听她曾经买的是哪家的墙纸，但看了斐斐发去的链接，又连连说："太贵了太贵了。"

近来的几次面试，斐斐都自觉不错，穿过人流渐渐变少的地铁站时，她还自信一定可以得到职位。然而，事实并非如她所想。自从把租住的小屋买下来之后，斐斐一度觉得自己已经变成本地人中的一员，却在求职路上，再次感觉自己仍是一个外乡人。许多企业纷纷增加招聘条件，无论男女，年龄超过三十五岁的不要，女性则是已婚未育的都不要。并且，合同规定，试用期为一年，中间不许辞职。仿佛那些离开的人，并没有腾出空间给余下的人，而是压缩了生存空间，增加了城市的密度，抬高了生活的成本。过去，斐斐觉得自己生活在城市的缝隙中，穿梭于陌生人群的影子大军里，疏离，但仍似有若无地参与着周围环境的生成，她也享受这种状态。而现在，她必须密切参与其中，接受被打量，同意被批评。

接到被拒信息的几个晚上，斐斐频繁在招聘网站上投简历，除了睡觉，其他时刻都密切关注着面试消息。直到经过一轮轮不靠谱的语音轰炸，终于有一家做电商直播的创业公司打来电话，希望跟她正式见一次面。这次斐斐投的职位是文案师，可她没有做过电商的直播文案，不过，对方似乎也不是很在意，仿佛能招到人，对他们来说已经是幸运的。斐斐也没有提出过高的薪资要求，内心希望这份工作成为自己职场的缓冲。只是临近面试，她又犹豫了，仿佛这份工作将是她人生的重大转折，又或成为重大转折的背景板。她突然想起黎姐的房子，那房子的一砖一瓦，她都未见过，却通过黎姐传来的"设计图"，仿佛已经认识那房子很久了。而眼下这份工作也是如此，她从未进过他们的直播间，却仿佛通过一行行职位描述，窥见了那间小小的直播室里主播及助理们忙碌的身影，还有一个藏在暗角的人时时回复网友的提问。但这想象仍旧是向着好的一面，斐斐明白，更大的可能是，他们的直播间根本就不会有流量，她的工作，和这个摇摆不定充满变数的行业一样，随时可能被抛弃。这么想着，她再次划动着鼠标，像把内心的焦虑电波释放出去一般，又发出一波简历。但这一次，她久久也没收到一条站内信和一个电话。

打开手机推送，都是关于暴雨的，说它压垮了几条刚刚统一墙体颜色和招牌的新商业区，说它冲干净了城市中心的标语，带来了近几年最严重的交通拥堵，说今天的菜价开始飞涨……这些信息在新闻窗口弹跳不已，斐斐突然一阵恍惚。

她以为自己和这些信息生活久了，早已经熟悉这些信息的口径，可此刻她只觉得陌生，仿佛那与自己整日面对面的城市不是眼前这些信息中描述的城市，但她也不能说这描述是假的。

她感到自己生活在不真实中，那通过观察获取的城市细节并未真的和她的生活融为一体，而她正在经历着的，也根本不可能走进这些妄想概括现有生活的网络信息。她想着，后背突然一阵疼痛，这才意识到自己坐在桌前很久了。拿起手机，再次看见黎姐不久前发来的信息，想着这些信息其实也和刚才那些信息掺杂在一起，她有些微弱的宽慰——她并不完全处在枯燥忧闷之中，起码还有一个黎姐在造房子。

她想问黎姐，暴雨会不会对房子有影响，却又想，和黎姐相识那日，也是暴雨，还是更大的暴雨，黎姐的棚屋依旧没有大碍，想必这次也是如此。这样想着，她又忘了回复黎姐的信息。

投简历的事，让斐斐觉得自己变回了初入职场的菜鸟，没有猎头给她打电话,更没能在朋友圈看到可以尝试的职位。仿佛几年的锻炼,只是一种体验,教不会她面对新环境新职业应有的坦然和老练。她只是隐约察觉,需要取悦的人变得更多,可是,做事的逻辑并没有变。这么一想,斐斐又踏实起来,回复了"可以按时到"几个字。

长久没有出门,斐斐有些不会穿衣。时而披上秋冬外套,时而又穿上牛仔服,真正出门的时候,却发现只需要穿一件衬衣加马甲就够了,可厚实的衣物让她觉得安全,最终还是套上一件棕色外套,蹬上沉沉的马丁靴。走出家门的那一刻,她发现一阵久违的踏实感追随着自己,甚至觉得周围的人流再次变得密集。她像走在人群的侧影里,有时能看到自己,有时又觉得自己完全不存在。她拖着鞋晃荡在大理石地板上,又滑过水磨石地板,再走在光滑的木地板上,最后,终于钻进那间灰蒙蒙的水泥地直播间。

三个平均年龄看起来不超过二十岁的助理蹲在角落里吃着炒面,其中一个发出很大声音,一个主播模样的年轻女孩在对镜补妆。斐斐注意到,她的鼻影修得过于浓重,可她对此毫不在意。几双尖头漆皮高跟鞋在角落里泛着光,一个年轻人指挥着另一个更年轻的人给它们擦去灰尘,而那个更年轻的人一边额头冒汗,一边重复擦着鞋头,对鞋子其他部位的灰尘似是没有看见。

十几分钟后,斐斐的面试正式开始。她被要求做一段自我介绍,并现场讲一段商品售卖文案。中途,一个低头吃炒面的年轻人突然抬起头，问她最近印象深刻的广告是什么，还提到晚上有两个美术学院的人会来面试设计岗位，问斐斐有没有美术设计基础。直到面试结束，斐斐才意识到这是一群平均年龄比她小五岁的创业者。只是，他们脸上都是老练的气息，也没有对斐斐宣讲自己的企业背景，关心的都是具体问题，并提出试用期只需三个月，三个月内磨合不了随时可以走。

"试用期工资是正式期工资的百分之七十。如果顺利，可以提前转正。"看起来最老成的那个年轻人对斐斐说，"我们希望你明天就能来上班。最近我们几个吃住都在这里，电脑都在宿舍，只多出来一台，但是比较卡，希望你自带电脑。"仿佛看到斐斐的疑惑，他又补充道："五险一金我们都会交。试用期交通费也可以报销。"

老成年轻人的声音刚落下，主播的声音就响了起来："参与满减的，我们参与满减，点满两万赞，可以送满一百减五十优惠券……"

斐斐瞥向角落里那几双漆皮高跟鞋，揣测它们会被什么样的人买走。而老成年轻人立即说："那不是商品，商品在幕布后面，那些是等下来面试的主播要穿的。"随着他的话音落下，斐斐走近那些鞋子，它们的跟高少说也有八厘米，皮子近看比远看更硬。

"这能穿吗？"

"能不能穿都得穿。那是最近流行的主播鞋,穿上有踮脚的效果。"老成年轻人小声道,"我们直播文案是随时调整的,一套是通常的词,还有一套应对无销量的词……不过你也别太紧张,我们业务广泛,不只是卖东西……"

"你们还卖什么……?"

"我们推人……人推出来了,他可以自己接工作,但需要跟我们分成……反正大小vlog主都有……"老成年轻人似乎不介意被镜头拍到,一边偶尔晃动一下左腿,一边不时看向手机里的数据。那到底是真的数据还是做出来的数据,斐斐也不清楚。她似乎也没有找到工作的喜悦,只是如释重负,穿过灰蒙蒙的直播室,还有一排新的床铺和另一批高跟鞋。在一扇只是写给面试者看的公司招牌前,她的手机再次震动了一下。是黎姐新发来的草稿,斐斐突然想,也许这房子一直都不存在,只是黎姐一直在说罢了,那些造房子的材料,很可能只是她收购的废品。这么想着,她突然回复黎姐道:"房子还不给我看吗?"

半晌,黎姐毫无反应。斐斐觉得腹中空空,却也不想买份吃的,只是在地铁站徘徊着,看着来来往往的人,仿佛下不定决心走进人群中。

新工作和斐斐设想的完全不同,她再也没有机会过上朝九晚五的生活,便是朝九晚七也不可能。办公室人手不足,有时,她需要给主播买盒饭,随时随地跟进补货进货流程,充当客服回复顾客各式各样的询问，不过这零碎的忙碌，倒让她突然变得对生活热情起来。

最艰难的一次，斐斐被要求整理城市中不同年龄段人群的兴趣点，做一份详尽的"城市生活地图"。斐斐走街串巷，甚至把街边小店都算了进去，范围扩大到黎姐造房子的城郊，才终于完成工作。当主播在节目中用购物地图中的信息回答网友时，斐斐甚至激动地拍起桌子。

然而，正是在这次工作中，斐斐发现，黎姐造房子的附近，开始建新的居民区。虽然城区的外地人锐减，但郊区的外地人没有变少。像黎姐这样长期远离故土的人，早已经没有办法回到故乡。城市无法居住，他们只能住到郊区。也是因为这个契机，郊区房价开始上涨，甚至出现一批针对外地人的廉价公寓。有职业资格证的优先购买，没有证的，也可以凭借在城市的纳税记录，获取租房或者买房的资格。黎姐除了交过区政府租房税，没有交过任何税，自然入住不了廉租公寓。而她造房子的那块区域，也在一次本地新闻的推送中，显示即将被辟为新的商业区。斐斐把那条新闻截图保存下来，想在见面时问问黎姐怎么办。

距离她们约定的见面日期越来越近，斐斐每天都要看一眼黎姐的账号，可黎姐始终没有更新。直到见面前一日，斐斐突然接到黎姐的短信，是一串错别字百出的乱码。黎姐很少用短信，斐斐觉得一定有了情况，赶紧打电话过去。

先是一阵好似卸货的轰隆声，接着是一串欢叫，然后是时近时远的吼声——仿佛有人跑过来又很快跑走。

"刚才发错了。"黎姐声音有些疲惫，"本来是想说，明天不能到车站接你了。"

"没关系没关系，我走过去。"斐斐说完，觉得自己的口吻很像那日来找她的黎姐。斐斐突然感到一阵放心，又感到一些失落，还有一些微弱的惊喜。她突然期待见到黎姐，哪怕并不谈论什么。

过去这些时日，斐斐一直处于打鸡血的状态，适应了工作的忙碌，一旦有松懈的机会，她就完全放空，思维混沌。每天十四个小时随时待命。有时年轻老板一个电话，她就得把刚煮好的晚饭温上，马上出门。她一边熟悉业务，一边似是在重新进入这座城市，发现许多步骤都在变化。比如，进地铁站开始需要指纹，为了防范病毒，安检人员甚至会给每个乘客一枚一次性酒精纸巾；比如，公交车增设了安检渠道，随时检查体温，检查随身物品；又比如，从城东到城西的快速公交每天下午三点就要下班，地铁线路也会适时关闭几条。新闻上说，城市人口必须控制在一百万以内，尤其是本市这样的大型城市。

"一百万人口也算是大型城市？"她对着电脑屏幕自言自语，而周围两排闪烁的荧光下，都是不同形状的严肃的脸，没有人回答她。

斐斐所在的公司，主要就是挖掘因为就业限制和相关管控而失去工作机会的素人，在其中筛选有可能收割网络流量的人群，再进一步筛选，把他们培养成细分领域的网红主播。等到这些主播中有人足够幸运成为网红，能享受粉丝红利，则被要求带新的主播。也因此，除了必要的形象投入，主播说什么，怎么说，变成每场线上直播活动的关键。

但所有这些主播，主要的工作都不是直播和卖东西，而是经营网络形象。斐斐就曾亲眼看着一个长期不露脸的女孩，在镜头前表演自己一天的生活，主要是一日三餐和学习打卡。看起来既枯燥又琐碎，可依然有不少人兴致勃勃地观看，仿佛激动于自己如此平凡的生活居然被滤镜注视，并写进了长长的镜头中。斐斐还记得，女孩第一次露脸直播，卖出去八百三十一套手账，比她想象中要多许多。而那场直播快结束的时候，屏幕完全被提问弹幕遮蔽。不少人从最初只是向主播提问，变成直接在弹幕区自行互动。虽然他们并不是在和彼此说话，可这些言语同时出现在屏幕上，就像一场精彩纷呈的对话，因为他们无论说什么，都像在谈论一种东西，那就是相似的自我。

斐斐想，果然人还是只关心自己那点事。

黎姐说了看房子的话，那房子必然是存在的了。斐斐心下欢喜，仿佛去看的是黎姐的研究成果，而不是一个光看图纸就知其简陋的房子。她一边在手机上安排着明日的工作，一边挑选要送给黎姐的毛毡玩具，可很快她就打消了念头，决定送她蔬菜种子。可现在种子都需要限制购买，斐斐还是借了一位同事的名额，在线购买了几包，又联系好跑腿员，提示他必须在明天晚上七点前送到。跑腿员在电话那头不住对着屏幕点头，因为太用力，头磕在手机上，手机掉到了地上。然后，斐斐像听见推土地的声音，又像是一阵大风。斐斐感到一阵戛然而止的失落，她在想象的风中给黎姐发了条语音："明天我们野餐。"

　　说是野餐，其实只是两盒外卖的饺子。斐斐过来的路上还买了一把青葡萄，几只擦干了卤汁的鸡蛋。她带了黎姐喜欢的蒜瓣和姜片，还有凉拌松花蛋。斐斐知道黎姐的地界空旷，特意备了帐篷，和黎姐之前的那只十分相像，只是看起来更坚固。斐斐把它塞在久不使用的棕黄色登山包里，还穿上了登山用的鞋，久违的舒适脚感，让斐斐差点忘记，她此行的主要目的是想让黎姐试一下公司的素人项目。比如，安排个一百天造房子的活动，以黎姐现在的资质，只需补录一些视频和照片即可。又或增加一些黎姐的成长片段，说不定真有不少人会观看。

　　斐斐突然觉得自己十分功利，又想打消这个念头。只是心里嘀咕了很久，在车站的长椅上坐到下午两点，她也没等到黎姐。这是天气晴朗的中午，说晴朗而不是热，是因为尽管是中午，但周围依然有一丝早晨的气息。斐斐站在一根大理石柱子背后，时而看向车站里皱着眉头的行人，时而看向那些戴着墨镜的外乡人。不知从何时起，城市的紫外线越来越强，仿佛海拔在变高。

有一些很像假新闻的报道专门描述过这种奇特的现象，认为这是提醒政府，要考虑经济中心北迁。斐斐完全不相信这些论调，她认为，所谓海拔变高，只是人的心理反应。人想通过对外部事物的过度关心，来转移自己内心的焦虑。

此刻，她一会儿走在阴影中，一会儿走在阳光下，而手机，在她口袋里跳跃了两下，又归于沉寂。好在，电话是黎姐打来的，内容也十分简单，只说自己有事暂时过不来，嘱咐斐斐多走三条马路。

"前面还有马路？"斐斐看着荒地间孤零零的车站，如果不是突然行人多起来，斐斐会觉得连车站也是新造的。她先是在出站口徘徊，接着又在地下停车场找到了一辆空的计程车。可是司机不知道斐斐说的位置。

"没有那个地方。"司机摆摆手，"没有的！"

斐斐一阵诧异，在地图app上搜索，发现目的地一会儿能搜索到，一会儿又突然无搜索结果，只好向黎姐发出一个位置共享的请求。

一路上没有斐斐想象中那么荒凉。没有商店没有超市没有汽车旅馆，但有驼着背篓的人沿途兜售凉掉的烤玉米和掺了水的饮料。看见斐斐手中的饭盒，有的人向她投来不友好的目光。她不禁想起年少时随父母来到这座城市的途中，火车突然停下来，他们被告知要在野地里等待十二个小时以上，困倦之中，对面的旱稻田里突然蹿出一帮人跑向斐斐和她的母亲。等到他们走近了，她才发觉他们并不是走向她,而是走向整列火车。他们手中的篮子里有烤肠、卤蛋还有花生。斐斐当时想,原来他们的车站零食也是这么枯燥。再把目光移向整节列车,斐斐又觉得车上的人也没有那么独特。那种进站时以为吃的是法国料理的心情,瞬间变成了咬便利店法棍的疲惫。她咀嚼着心中的失落,也咀嚼着母亲递到嘴边的烤玉米,等到这艰难一餐刚吃完,列车居然缓缓启动了。父亲在一旁笑道:"其实也没有那么久。"

现在回想起来,斐斐总觉得记忆把那场漫长的等待进行了剪辑,使她忘却许多枯燥和烦闷,只留下一丁点失落。她不知道若干年后,当她回想起这天,是不是也会忘记今天寻找黎姐的过程,而只记得城市交通的变化,还有郊外的陌生感带来的些许兴奋。这般设想着,她的脚步突然再次慢了下来,到后来,她几乎是挪动着,走到了地图上黎姐的红心。

只是,黎姐并没有站在她说的位置等她,而是站在对面向她挥舞了一下手。斐斐看见她难得穿了红色的上衣,站在蓝色帐篷旁,丝巾系在脖子处,没有扎在头发上。不远处,几辆推土机正对着空荡荡的地面运动着,像刚进行了一场复杂的清理,伸伸胳膊伸伸腿。

"怎么在这儿?"斐斐脱口而出,"房子呢?"

一说完,她就为自己的急躁而不好意思了。但黎姐并没有表现出特别的情绪,她脸上甚至涌起期待的色彩,像在回想,又像只是在谈论一件感兴趣的事情。

"房子有三层了，一层撒了种子，我没有摆花盆，就撒在地上。卖种子的说，不用深埋进土里，就能长出来，我信了……我好久没有种过地，居然还真的信了，这边的土怎么可能跟老家的一样呢……"黎姐看向推土机，"二层我本来要住的，可是塌了一块，被我塞进去的沙发压塌的。说起沙发，还是我捡过的破烂里，一直收着没卖掉的。从前我把它放在同乡那里，后来我把它放在棚屋里，最近为了把它搬过来，还花了将近一百块呢……"

黎姐仰头，看向上面，接着直接躺进了打开"门"的帐篷里："三层……其实我还没想好，我觉得二层不够稳，三层就更不用说了，可我不能住在一楼，不能跟菜住在一起吧……我觉得还是二楼好，我就躺在沙发上……除了不能洗澡，一切都很好。"

斐斐张了张嘴，终于没有问出口，只是循着黎姐的目光看向那几辆推土机。它们不知道什么时候已经开远了，但也许一开始就离她们这么远。只是声音总像是很近很近，通过黎姐的手机，通过她们共同的目光。

斐斐打开盛满饺子的饭盒，一盒递给黎姐，一盒给自己。黎姐找出帐篷里的水杯，又从角落里拿出一瓶矿泉水："这是昨天打开的，你……喝吗？"

斐斐没有回答她，接过瓶子喝起来。

2020年5月于上海

猎鹰

阿鸿提议去看草原猎鹰的时候，我刚刚拍完冰岛马回来，除了疲惫不堪，还觉得脑筋迟钝，视线中充满白色和浅灰色的小点。我没有去看医生，认定是在极昼地区待久了的缘故。疲惫几乎消耗了所有的意志和欲望，连需要人陪伴的愿望也消失了。我常常睡到半夜醒来，看见外面黑色的天，觉得十分恍惚，仿佛自己已经是来自另一个世界的人。高强度的户外作业常给我这样的体验，但我也因此不再对任何或阶段性或长期的陌生感到恐慌，我只是偶尔觉得厌倦，发现这些需要远赴遥远国度的工作，居然也和曾经在杂志社的工作毫无区别，本质上依然是烦琐事务的累积。但"草原猎鹰"四个字到底是有吸引力的，我不禁问阿鸿——"你说的是猎杀鹰吗？"

"怎么可能猎杀？那是违法的，何婷！"

我知道条件反射的回答又一次让自己显得无知。那是一群飞翔在高空随时准备围猎小动物的"狩猎者"，既显示出强大的攻击性，又拥有高度的自控力。我直觉这是跟人十分接近的物种。

　　阿鸿是行动派，很快办好签证，我不得不改变休假方式，跟他一道往蒙古国去。飞机在成吉思汗国际机场降落时，我有短暂的眩晕。接着是一阵长且熟悉的滑翔，我知道自己再次进入一条仿佛被无限抛弃的跑道。似乎还没有进入猎鹰的领地，过往旅途中那阵熟悉的空茫感又袭来了，提着行李的手差点滑下去。阿鸿赶上来从后面帮我拖住行李，又告诉我朋友已经在出口等着我们，我的心才稍稍放下，开始期待起这次旅行——我把没有带摄影器材的旅途都称为旅行。也因为没有摄影任务的控制，我终于把大脑放空，只想着怎么用双眼记录。毕竟，我更无法接受手机摄影的变形，只能信任头脑。

　　阿鸿的朋友名字很长，但用蒙古语念出来，有一个音节接近"ji"，阿鸿便叫他阿吉。阿吉是地道的蒙古人，刚刚二十五岁，已经是两个男孩的父亲。阿鸿退役前曾在蒙古国执行运输任务，阿吉是他们小分队的向导，帮助分队穿越雪山。退役前阿鸿的最后一次任务，是接待我和同事穿越一段常遇泥石流的山地。退役后，阿鸿把曾经用于极地训练的热情，投入到户外旅行中，我常常看到他分享在朋友圈的攻略。加之他退役后在运输公司做事，也时时需要外出，感受却不似在部队时，他常常想念曾经那种高强度的密集训练，那曾让他感受到前所未有的充实，不像现在，看起来依旧开朗,却常常被失眠困扰。

阿吉不懂英语,但因曾外祖母在内蒙古生活,他十八岁前来过几次中国,懂一点汉语,只是十分有限,多数时候要靠打手势。我享受着语言不通带来的沉默,很珍惜地望着车窗外,湛蓝的天空、昏黄的大地、稀疏的建筑物,彼此相隔甚远的树,以及距离带给我们的那丝整洁的印象。直到车子越开越快,我在半梦半醒中听见阿吉喊了声:"马上到真的高原!"

我没想到阿鸿不打算在市内休整一晚,直接就往猎鹰家族而去,惊讶中睡意全无,只是呆呆地看着远处起伏不定的山脉。直到车子越开越高,头顶的蓝天渐渐和晚霞连成一片,有几抹深蓝色藏在云层的缝隙中,从晚霞深处透出来,显出一层淡淡的蓝紫色。远处与地表连接的地方,又泛出一层慵懒的橘黄。开着车的阿吉似乎比我们还兴奋,一边唱着蒙古语歌,一边轻拍方向盘打着节拍。阿鸿说,白天只要方向不错,怎么开都可以,但现在天黑下来,就不好开了。我听着阿吉的歌声渐渐落下,直至完全消失。待我和阿鸿在手电筒的光亮中匆匆分食完一袋薯片,我们面前山坡的尽头已经站着几个戴着圆帽的哈萨克人。为首的一位拿着手电筒,阿吉喊他"波泰"。

夏日的高原夜晚,虽然没有我和阿鸿想象中那样冷,但确比白天气温低许多。我们在波泰的带领下穿过呼呼的风声和一些分不清是狼还是犬的吠叫,钻进蒙古包内。喝了奶茶酒,吃羊肉、干芝士和面包。波泰解释说,我和阿鸿的蒙古包因狂风的缘故未能在白天搭好,只能先和他们一家挤在一起。阿鸿则表示不用另搭,除非波泰觉得住不下。波泰哈哈大笑,语气也热络起来。

和阿吉不同,波泰的汉语很流利。他曾在二连浩特做运输生意,往返于中国、蒙古国和哈萨克斯坦之间多年。直到三年前妻子生下第三个孩子,他不得不分配更多精力给家庭。我想问他为什么不考虑把家人接去山下,阿鸿摆摆手制止了我。

驾驭猎鹰,有体能要求,需会骑马。好在我和阿鸿本来就会。阿鸿退伍前接受过系统的体能和抗寒训练。我大学毕业后就在地理杂志工作,多次在国内西北部和北欧各地徒步拍摄鸟群和草食类动物,虽常常需维生素保持体力,但基本身体素质也都过关。波泰对我们很满意,第二天一早,就带我们挑选猎鹰。

起初,一只看起来有些暴躁的金雕飞到我戴着厚手套的小臂上。波泰给它戴上眼罩,它则不消十秒就吞食完我切好又洗净泡出血水的羊肉。只是波泰并不打算把这只猎鹰交给我。他建议我和阿鸿同时训练一只猎鹰,我们表示听从安排,只是担心猎鹰会不懂得如何接受两个主人。波泰则笑道,说主人无论几个,对猎鹰来说都是一个。假如我和阿鸿离开他们一家和整个部落,猎鹰也未必依然认同我们是主人。我和阿鸿似懂非懂地点点头。

最终,一只看起来相对温顺的母金雕,成为我和阿鸿的预备朋友。除了与它尽快建立友谊,为可能的狩猎创造机会,大多数时间，我和阿鸿都在草原上骑着马观察空中飞翔的鹰。即使作为人类的狩猎搭档，它们的自由也依然广阔。人类的喂食更像对它们辛勤工作的奖赏，除此之外，它们依然有自己的生活，比如训练子女，比如和其他未被完全驯化的亲戚们偶尔团聚。我和阿鸿一边觉得不可思议，一边察觉到其中巨大的平等和差异，激动非常。

从清晨到黄昏，我们不知疲倦地奔跑，有时，在满天星斗下躺着看像在我们眼前流动的星星。有时，在半梦半醒之间，我甚至觉得一伸手就可以直达天上。阿鸿则一如往常，在固定的时间与神秘的朋友通电话。在这样的天幕下，即使说到私密的话语，我似乎也听而不闻，仿佛那些可能掺杂着欲火和绝望的言辞，只是为了配合广阔草原上奔跑和休憩的动物。

这样持续了几日，波泰邀请我和阿鸿围观他们的猎鹰大赛。与我想的不同，当鹰从主人的手臂上飞起，它们彼此并不产生真正的竞争，更像沿着自己本来就有的跑道，朝着目标下手。我没有见到两只鹰因争夺猎物而发生斗殴，即使有碰撞，晚一步的鹰也会毫不犹豫寻求新的目标。只是，和一些看起来缺少牵挂显得更为独立骄傲的鹰不同，我和阿鸿的母金雕，早已经是一位母亲。波泰说，它正在训练自己的孩子。阿鸿曾在与国内客户打长途电话的清晨，看到母金雕率先醒来，待波泰把它的眼罩摘下，它就往另一个方向飞去，午后准时回来。我不知道它的孩子在何处,只一次,母金雕飞回我们的蒙古包时,它身后不远处有一只小鹰似要飞向前,又似要退到其他鹰的背后。

我想,那就是母金雕的孩子了。它看起来已足够神气,只是没有母亲自信,如若不是母亲在前面站着,它还要更加胆怯,不愿意朝我们靠近。

"这已经是它的第二件羽毛衣了。"阿吉道,"上次来,它还是这样。"他比画着,试图告诉我们上次这只小鹰的羽毛,只能勉强把它的身体遮住。

"我甚至没有看清那是一只鹰。"阿吉道。

"它的底子不算很好。"波泰道,"它出生前,草原上来了坏猎人,不少鹰被电网电死……它母亲就是那时候受了伤,之后就没好起来。"

我和阿鸿感到惊讶,我们完全比较不出母金雕和其他金雕的区别。母金雕的战斗力似从没有弱于其他猎鹰。但波泰说,这就是带小鹰的鹰应做的表率。

这样又过了几日,阿鸿的失眠减轻了一点,清晨准时醒来处理工作。因此带来的好心情,似乎缓解了他和友人之间的紧张关系。阿鸿甚至时而露出甜蜜的微笑。

白天,我和阿鸿一起在阿吉的带领下在草原上游玩,见到过断裂的河坡、蒙古包围成的农家乐和牧民子弟学校,以及没有墓碑的荒坟。

坟十分低矮。阿吉说，牧民每迁徙一次，坟地就矮一寸。也许再过不久，这里就像其他地方一样，看不出曾有墓地的痕迹。我不禁想起在冰岛溶洞的日子，曾和同事发现过当年的探险者留下的少量遗骸，甚至还有人说，如果那些骨头依旧长期停留在洞中，就会和洞穴长成一体。当时听到这些细节，我只觉得是一场奇观，但也并不为之所动。此番把它们再次从记忆中打捞出来，突然百感交集。那些我曾经走过的路、看过的风景，再次集中回到我的脚下。我不禁觉得像是悬浮在幻象之中，感到脚下的泥土竟也有一丝松软。但很快，我又觉得脚下的泥土比刚才更坚硬了。这样沉默着走了一段，阿吉突然示意我和阿鸿上马——

"风神要来了。"

那是我第一次在狂风中观看空中盘旋的鹰。

它们围成了一个圈，仿佛这是它们抵挡狂风的方式。我们的马在风中时而前进时而退缩，我感觉大腿两侧比往日更疼痛，一边希望赶紧回去，一边又好奇鹰群的举动。直到狂风到来，它们终于分散飞去，仅有一只小鹰依然在刚才的圈圈内飞翔。

因为曾经近距离拍摄鸟群和草食动物，我感受到的都是相对温顺的动物教育，即便争夺，也知道这是出于生存本能。可鹰不同，在这种看起来荒芜的草原上，它们即便不是最强大的，也是强者之一。它们的训练更像是为了应对某个最艰难时刻的战斗，而非只为生存。过往的户外工作，让我感到残酷的不是动物世界，而是气候和长期独自跋涉、观察的孤独。因职业的特殊性，我的许多同事在过去几年内纷纷转行。没有新的人加入，有些任务，我必须独自带着沉重的摄影器材前往，甚至要独自面对在极昼中跋涉的困倦带来的似是夜晚、又仿佛白天的幻象。我也不是没想过更轻松稳定的职业，可真的在办公室停留多日，我又会想念那个独自行走时的冷静自我。我只能专注于行程中的具体的艰难，否则就可能完不成任务。一切精神深处的纷纷扰扰在这个时段暂时退去，没有网络，没有热腾腾的食物，还要躲避暴风雪和个别动物的攻击，我变得十分有耐心。尽管每段路途的站点都有接应我的人，但许多时候，我只能依靠手表推测他们会在何时出现，也许是下一个路口，也许是几十个路口之后。仿佛身处一场没有队友又没有裁判，更没有终点的马拉松，我只能把维生素嚼碎混着肉干和水吞下去，想着无论如何，帐篷一定不能划伤。这样一路想着，我竟跟着阿吉默默走到居住的蒙古包前。母金雕突然飞出来朝我的方向落下，只是它没有落在我的手臂上，而是落在阿吉的手臂上。阿吉没有戴手套，鹰爪直接穿过他的右手手背，我不禁惊叫一声。

波泰道："它把阿吉认作了阿鸿。"

阿吉倒是笑嘻嘻的，甚至重新给母金雕戴上眼罩。

"幸好没伤到骨头。"波泰给阿吉拿来药，阿吉制止了他，自己清理起伤口。我这才看见，阿吉和波泰的掌心和小手臂上都有好几条疤。

"被鹰爪划伤，是驭鹰猎人的勋章。"波泰重复着他童年时祖母说过的话，"我小时候不爱学这个。但当时我阿爸去世，家里的手艺必须有人继承。我是独生子。姆妈说，'要想活得好，除了放牛羊，还必须会一样'。我那时只想下山念书，可我家是最穷的。我就想下山打工，或者去乌兰巴托……只是也不可能。姆妈说我必须学会阿爸的手艺。我那时候没能跟阿爸学会，只好让部落里其他的长辈来教我。他们对我比阿爸对我严厉，被鹰爪穿过了手臂，也只隔三天就继续训练。我给稻草人扎上野狐的皮毛……风里，它被我们的马拖着在草原上奔跑……那时我没有属于自己的鹰，只有阿爸曾经的那只跟着我们，还有部落里其他的鹰。他们说，只要有一只鹰把猎物交到我面前，我就算它的主人了……可我在风里等了很久，马背都松弛下来……还是没有鹰那么做……"

我看着波泰红彤彤的脸上那道浅浅的疤，不禁对我和阿鸿的这位新朋友有了新的敬畏。

"……这是好事。"波泰道，"它居然主动想要迎接主人了……自从它开始训练孩子，就似乎不再对任何新东西感兴趣……跟所有忧心忡忡的母亲一样……除了必要的部分……我想，你们很快就可以一起打猎了。"

我和阿鸿觉得看到了希望，第二天，我们一起喂食母金雕，它显得比前一日更加温顺。只是它的孩子来看它时，它并不理睬。一开始，我以为只是因为母金雕戴着眼罩，看不见孩子。但很快我发现，它对孩子靠近它的警觉性很高，有一次，甚至扑腾起翅膀，充满攻击性地把孩子撞飞，鹰爪从我小臂外侧划了七八厘米远。只是速度太快，我只感觉到一阵火辣辣的热浪从手臂袭来，更剧烈的疼痛来临前，阿鸿已为我倒上了创伤药粉。

我受了伤，那几日只能看着阿鸿爬上附近一段扎满石头的山路，从高处召唤猎鹰。他手里拿着肉条，和波泰一道喊着我们的金雕的名字，在阳光下朝它挥舞，可它只是摆了摆头，并没有朝阿鸿飞来。我本以为它会朝我飞来，孰料也没有。这不是个好兆头，我和阿鸿都有些失望。直到波泰又丢给阿鸿一串羊肉，并独自朝金雕喊了几声，它才迟疑着站上阿鸿的手背。

那之后，阿鸿常常骑着马带着母金雕，一会儿给它喂食，一会儿给它戴眼罩。更多时候，母金雕在前面飞，阿鸿在后面骑着马追。在波泰的指挥下，母金雕抓了一只野兔，但很快我们发现野兔已经怀孕。波泰将奄奄一息的野兔医好，放归草原。我也在伤势大好后完成第一次猎鹰召唤，但不得不承认，我对它还是有很多畏惧，更多时候我只是站在高高的山头呼喊它的名字，等它向我飞来。我的手臂伸得长长的，肉条凑过去，鹰循着血腥味朝我飞来。我觉得，自己未必有机会完成一次成功的狩猎。

猎鹰家族每年要换五六个地方居住,狩猎只是他们的传统项目。真正的生活所需,依然靠饲养羊和马。草原上没有蔬菜,为了我和阿鸿,阿吉联络山下的蔬菜车,特地往我们的蒙古包送来了一筐新鲜蔬菜。当晚,波泰烤了羊肉和面包,我和阿鸿则用菜包着肉,就着酒,和猎鹰家族一起围着火炉起舞。饮宴完毕,波泰宣布,第二天要带我和阿鸿一道打猎。

因前一日的狂风,待我们醒来,空气似比往日更显清新。早餐我们食了肉与热茶。面包被波泰裹着羊肉干拧成一团放在布袋里,当作中午的干粮。我们骑行了一段绿草肥美的路,一直走到一片寸草不生的山顶,四周是昏黄的大地,只有视线的尽头是一处雪山。视野清晰,我总觉得雪山距离我们很近,但波泰说,骑马要走上大半天。

波泰叫来自己的表哥萨依卢协助我们训练母金雕。萨依卢在山脚下拉着一串假动物尾巴,我站在山顶,在波泰的指导下放飞猎鹰。和上次不同,这次我端着身子,背挺得很直,我的马也因为我的严肃认真,突然紧张起来。我紧紧握着鹰爪,又怕过于用力会惹到它,只得神色紧张地观察着。它很快发现萨依卢拖着的毛茸茸的长尾巴,但又警觉地四下张望,似乎早已知道这只是试验。母金雕是被驯化过的猎鹰,所有新的小鹰受过的训练,它都经历过。甚至,它对孩子的训练,都似有若无地沾染上了人类的痕迹。阿鸿说,他在某个清晨看见母金雕把孩子推下我们的山坡,然后衔着肉在离孩子不远处的半空飞舞。

"它在用人的方式'引诱'孩子。"阿鸿道,"这有些可怕。"

此刻,看着警觉的它,我突然想到,层层羽毛下,它的伤痕未必比波泰或阿吉少,甚至可能还要更多。它是不是也和自己的孩子一样,经历来自母亲和人类的双重训练?我不敢细想,只是看着它似要飞起,又似乎只是焦灼地等在原地。鹰爪在我的手上动来动去,微痛中,我有一种上瘾的快感,既希望它马上飞起去捕捉"猎物",又希望它不要停下来。

波泰显然也看出了金雕的迟疑,决定结束这次测试。萨依卢在他的示意下,抱出一只野兔,把它放在山脚乱石堆上。很快,我注意到金雕的双眼亮了一下,头则随着视线左右晃动。接着,像要再次确认什么,鹰爪拧住我手上的一块肉,我忍着疼痛等待,并试图舒展脸上的表情。又过了三秒,金雕终于腾一下飞起,朝着野兔的位置凌厉地飞去。等我放松下来,波泰已经拎着那只仍活着的野兔来到我的面前。虽然不算完全的狩猎,但野兔已经是第一件猎物了,这让我有些激动。可激动很快被波泰严肃的表情浇灭,他看着我,不客气地道:"它没有想把野兔给你。它甚至没有飞回来。"

我知道他的意思,母金雕没有觉得猎物该是我或阿鸿的,它更多是在狩猎氛围的驱使下,把野兔交给波泰处理。

"你得学着让它既知道你是自己人,还知道你是它最重要的主人。"波泰道,"它很严格,比你们想象中更严格。"

我朝波泰背后望去,我的(严格来说此刻还不是我的)猎鹰正站在一块深灰色的大石头上,已经戴上眼罩,但脑袋四下扭动,像一颗松动的螺丝,不安分,又显出警觉的敌意。我似乎明白波泰真正的意思,我依然让母金雕觉得不够安全,我和阿鸿都比波泰一家人看着矮小,更比阿吉看着瘦弱太多,在草原上,强壮才意味着安全。最终,母金雕再次飞回波泰的左手臂。现在,波泰双手擎着两只鹰,两侧肩膀在马背上时而往左侧倾斜,时而又往右侧抖动。萨依卢忍不住道:"波泰就像一只猎鹰。"

我和阿鸿交换了眼色。波泰似乎察觉到自己正在被观察,但他并不介意,只是望着两边的猎鹰,试图确认下一步放飞的猎鹰该是哪只。而我们的那只母金雕似只是借助波泰的手臂躲避与我和阿鸿的接触。阿鸿一边失望,一边试图朝它喊话。我注意到那是好几个不同的蒙古语名字,阿鸿说,某个深夜,波泰跟他列举过给母金雕取名的历任主人。他谈起波泰复述一切时的眼神,说那完全是在回忆着自己的往事。母金雕陪伴过波泰的父亲,他的亲哥哥,还有第一任妻子。他们曾经一起带着母金雕从乌兰巴托骑马行至阿尔泰山脉西端。

"一只好的猎鹰,属于整个家族。"波泰说得语重心长,"我会把你们当成我的孩子一样训练。"

阿鸿一边复述，一边紧跟着波泰的马朝前走。而我突然觉得，也许波泰早已把人间所有的训练，都灌注在猎鹰训练上。他选择回到家人身边，定然有更复杂的原因，但猎鹰也一定是他的牵挂之一。

　　波泰安顿好猎鹰，下马和我们并排站着，谈起自己在二连浩特做运输生意时，有一次差点就撞车了，只是一瞬间，他想到的是鹰的眼，只是他不确定自己想到的是家里的猎鹰，还是草原上野生的鹰。他只是想到那么一瞥目光，明明长在鹰的身上，却带着人眼的复杂神态。

　　我想问他，是不是脑中这一幕让他在那一刻保持了镇定，可最终什么也没有问出来。我只是和波泰一样面对着雪山的方向，想着大地上的一切和草原、天空一样辽阔，似乎也有一只遥远的鹰眼从高处望着我。但很快，我知道那不是鹰，那是混合了很多人目光的一个人或者其他什么动物的眼睛。我在这种目光的照耀下，再次看向母金雕。我突然感觉到一阵凉意，它要适应的不仅是训练本身的严酷，还有不同主人的性情。它要懂得每个人不同的口吻和臂膊的力度，甚至在不知不觉间进入人与鹰之间的灰色地带，并在这灰色地带中和人竞争。

　　我想到第一次独自在异国森林行走的雨天，我厚实的雨衣常常被大树上垂下来的小动物阻挡去路，在与这些陌生小动物接触的过程中，我发现我内心的恐惧并不比面对大型动物时少，恐惧的量级完全是一样的，如果我想祛除慌张，就只能对整个动物世界增进了解。也是因为想通了这一点，其后数次任务，我终于从容许多。除了知道如何躲避有危险的动物，更知如何躲避这些需要保护的小动物，我需要制造出声音，把我的帐篷扎得严严实实，不让它们钻进来，于无意间破坏我的睡眠，伤害我的身体，也避免我本能的反应对它们造成致命的伤害。

这样想着，阿鸿已经把母金雕攥在自己手上。他看起来神色比我淡定很多，仿佛母金雕是他驾驶坦克训练时扛过的机枪。金雕跟着阿鸿，身上那丝即将退役的疲惫色彩，渐渐变成一种领袖气质。它骄傲地跟随阿鸿行进在其他猎鹰前面，目光盖过高高的山顶，俯瞰广袤的草原，也许它还看到峡谷的缝隙，看到穿行其中的豹和狐狸。不过，似乎是波泰驯化的结果，我和阿鸿很快发现母金雕对稍微大一些的动物并不感兴趣，它更愿意猎捕野兔这样的小动物，但我们明白它的实力显然不止如此。我想起蒙古包内挂着的几张狐狸皮毛，波泰说那还是多年前猎捕的几张，那之后他就很少在草原上看见这样上乘毛色的狐狸。仿佛随着越来越多牧民下山，山上的动物也因此少了许多。大地变得空旷，天上的鹰也显得安静了。

"还有些时候，猎鹰也成了我的肩……手臂……"波泰比画着，"它带着我飞，给我指路，草原上的路，走远了我就会走神……太远了，又没有什么变化，就开始乱走……有时候，它们飞得太远,我就觉得自己的胳膊疼。好像我跟我的猎鹰,用着同一个身体……"

说到这里,他欲言又止,仿佛有什么重大心事要说,却似又知道,说出来,不会有人准确领会他的意思。想到这个,我也就没有继续问下去。

那之后我和阿鸿在波泰的建议下,与母金雕一道训练小鹰。确切地说,是跟着母金雕,看它训练小鹰。据说,这样会让母金雕更快地觉得我们是自己人。

每一次去之前,阿吉和萨依卢会备好干粮,干粮不光有我们的,还有母金雕和几匹马的。母鹰训练小鹰的地方环境都比较恶劣,远离水源,植被稀疏,草长得低矮,甚至接近和沙漠接壤的地带。我们需赶大半天的路,才能亲眼看到母金雕怎么把小鹰往山下丢,有时阿吉还要站在很远的地方看顾小鹰的安全。对于我们的干涉,母金雕一开始甚是不满,但久而久之,就像接受人对它的训练一般,渐渐视若无睹。只有在暴躁的时候,它会选择更艰难的训练场地,像是故意考验人的耐心似的。

我印象最深的一次,是走到一片接近沙漠的荒地,我因为走了太多路而瘫在地上,母金雕却还不知疲倦地把小鹰从高空往下抛。每一次下抛,我的心都跟着抖动一番,不得不拉着阿鸿试图引导母金雕,让它把下抛的位置设在能够让小鹰安全降落的地方。一开始,母金雕并不理睬我们,但也许是我们的忧心感染了它,它开始放慢速度,在我们周围抛下小鹰。而小鹰也像在证明什么似的,从来没有被真的抛下,而是换着姿势在半空中挣扎着奔跑。

有意思的是,当小鹰意识到自己可以飞到半空,它的飞翔就变得不安分起来。一时紧跟着母金雕,一时忽然斜刺里飞出去,一时却又急剧地往下坠。母金雕一开始还迅速跟着小鹰忽左忽右,很快它便发现小鹰的本领,便不再急速地变向,只是不近不远地跟着,我们从远处看去,只觉得老鹰跟着小鹰在嬉戏,气氛越来越祥和。风神再来的那一次,我和阿鸿一边拉着马,一边看着小鹰在狂风里即将坠落,老鹰急速收起翅膀,如石头般垂直落下。直到快落地的一刻,小鹰竟突然又飞到半空,老鹰立刻展开翅膀,从容升到高空。

如此近距离观察小鹰,阿吉高呼道:"毛长齐了!"

我们哈哈大笑。等我们回到蒙古包的第二日,母金雕就安静地待在我们周围,没有要跑出去的意思。我意识到,训练结束了,急忙要拉着阿鸿带上我们的猎鹰尝试新的狩猎。波泰却告诉我们,母金雕不太开心,今天不宜出门。我备感困惑,直到阿鸿道:"它的孩子离开了它,它也需要时间适应的。"我突然再次想起户外摄影时,拍到过海鸥对子女的训练,但因为它们的训练方式看起来没有鹰这么严苛,我也就默认那是它们之间的亲情羁绊，不过多去想。此番看到我们猎鹰的沉默，一边大为震惊，一边又意识到，尽管自认为和动物们接触了很多，但我对它们的观察，其实依然是从旁观者的角度。所以我会觉得我的那些工作不完全属于我的日常，我依然把那些穿越冰天雪地的极昼的日子当成另一种人生在看待。我的疲惫，还有厌倦，都是因为从一开始我就怀着一些旁观心理。远离城市，观察飞鸟和阔叶林里的大型草食动物，穿越地球上可能最寒冷的地带，体验那种冰封感……而我的厌倦，也只是因为把那些曾经觉得独特的生活过得渐渐像日常状态而已。此刻，我在草原上的热情，又一次回到了对户外摄影最感兴趣的那段时间，我渴望另一种生活进入我的生命。可现在我也知道了，不管在哪里，我依然只是在过一个统一的人生。想到这里，我的肩膀竟有一些酸痛。我想到这些时日我们跟随母金雕走的路，仿佛比我在前面数年工作中走过的路还长，但因为找到曾经的热情，我之前居然没有觉得疲惫，而此刻的酸痛只是在提醒着身体的超负荷运转。

我忍不住问波泰："人对鹰的训练，真的不只是人的一厢情愿，以及背后对动物自然本性的摧残？它们自己群体的竞争虽然残酷，但毕竟是一次性的，不像现在，是重复甚至升级的……"

"我说不好。那一年，我训练的第一只鹰老得要死了，我特别伤心，它几乎救过我的命。我一直看着它的眼睛，混浊，疲惫，力量在一点点消失，死神慢慢笼罩上来。忽然，就在最后的时刻,它的眼睛回返到了清澈,饱满,充满力量,我觉得我几乎在里面看到了神明……"

"你确定那不是幻觉?"阿鸿道。

我想到数日来自己也感觉到的一些东西,也是处在这样似乎幻觉又仿佛真实的地带,不敢确信,却也不敢认为真的是幻觉。

"我后来观察过很多鹰的死,有猎鹰,也有普通的鹰。我记得,总共有三次,我在猎鹰的眼睛里看到了清澈透明的光,而在别的鹰那里我从来没见到过。"

"猎鹰也不是都有这种光?"我问道。

"我觉得不全有,只有那些经过训练并且把训练内容变成了本能的猎鹰才有。我觉得它们好像从人那里获得了某种东西,那些残酷的训练让它们明白了点什么。"

"这不是我们人的借口吗?"阿鸿道。

"我只能说,我这样看到了,也这样相信,确定无疑地相信。那些经过艰苦训练并能把这些内容保持到生命结束的鹰,分有了人才有的某种特殊秘密。可是,我无法用我的相信说服别人的不信,对我来说,我从那三只鹰的眼睛里看到了我的生活……枯燥、乏味、重复,但又每天不同。从那以后,我觉得我可以应对大部分难过的时刻,不失去信心,不去抱怨,不丢弃责任……"波泰一边说着,一边看着熟睡的孩子和已经在忙着做饭的老母亲。我这才发现,这些时日,我们都没有看到他的妻子,我突然为我的迟钝愧疚，只得抱了抱自己的肩。似乎也是想让自己快速从这种略显沉重的氛围中走出来，我提议在临别的最后几日，由我和阿鸿独自完成一场狩猎。

我们选择了峡谷地带。

波泰说，这里曾经是河坡，只是几个世纪之前被远征军破坏过。那时候这里冰天雪地，武器都冻在了冰河深处。后来，这附近住了很多失去羊和马的牧民，大家没有粮食，很多人死在了这里，尸骨被风化。直到现在，偶尔还有草顶着白骨长出来。我一边听着，一边再次觉得脚下的土地时而松软时而坚硬。我们在一个印着"运粮道"的蒙古语牌子前停住脚步，波泰说，这是这一带最适合放飞猎鹰的地方。我和阿鸿担心四周围没有外面开阔，猎鹰会看不到猎物。波泰则说，看不到，反而能激发猎鹰的斗志。

"他会自己找到猎物的。"波泰道。

我和阿鸿跨上同一匹马，阿鸿轻抱着我的胳膊，我们一道朝着峡谷深处骑行，一边还轻轻晃动我们两个人右手臂上的猎鹰。许是活动地带变宽，猎鹰一会儿在我的手臂上，一会儿转到阿鸿的手臂上。每当它站在阿鸿手臂上时，我的内心就突然咯噔一下，激动中混合着失落感，让我感觉到巨大的紧张。我们的马开始晃动着四条腿，我们的猎鹰的双脚也越来越不安分。波泰和阿吉安静地站在远处，在我的紧张抵达无以复加的一刻时，猎鹰突然腾空跃起。等我反应过来，我们的马已经冲出峡谷，往高原最高点奔去。阿鸿不住高呼："落下了落下了。"

它确实落下了，那是一只棕灰色的狐狸，这方草原上已经很难见到。我们的猎鹰把它抓起，接着放下，接着又抓起，直到把它缓缓递到我们面前。

我没有看到残酷的一幕，内心颇有些惊讶。但很快，我发现波泰紧张的神色渐渐舒缓。我突然意识到，对狐狸等相对需要保护的动物的慈悲，也可能是波泰这样的猎人对猎鹰的训练。我看着这只狐狸在我们的视线中渐渐重新站起来，阿鸿则学着波泰的样子给它上了药。待它一瘸一拐地再次跑入峡谷，我内心的紧张才终于舒缓。仿佛重新回到那些一个人走长路的日子，唯一的同伴就是那些动物，我得多次被迫从旁观者视角调整到面对朋友的状态，才能让自己坚持走完那些路。此刻，当母金雕重新站回我和阿鸿的手臂，我突然意识到，自己在草原上的热情，对那些草原深处和猎鹰家族深处细节的关系，也已经随着这场原本看起来让我觉得和自己无关的训练，渐渐全都落到母金雕身上。我眼前的草原从一开始的无限辽阔到现在无限细密，似要冲破一层什么东西，又像要保护什么。我轻声对阿鸿道："走，我们骑马。"

随着波泰和阿吉，还有其他陪伴我们驯鹰的人渐渐在我们身后变成一些灰色小点，我们的速度越来越快，母金雕则渐渐从我们手臂上飞起。这次它飞得很慢，又或者，只是我和阿鸿的马走得太快。我和阿鸿重新穿越了那条古代的"运粮道"，还有一片曾经寸草不生，现在已经渐渐发出新芽的草原。我觉得我们甚至还要朝着雪山的方向去，还要往高原更高处去——如果还有更高处。而我们的猎鹰越飞越高，我们感觉自己的身体越来越轻，仿佛要穿过接下来的白天，还有接下来的黄昏和深夜……太阳巨大而缓慢地落下，一颗星星在暮色里渐渐升起。

2019年7月18日晚于上海
2019年7月21日凌晨改于上海

远大前程

　　一切规则的隐藏语言，可能是我们世界最准确的语言。

一

　　又一个冬季来临的时候，刘源再次梦见一截截断掉的城墙和泛黄的汉白玉栏杆。起初几个晚上，梦里都是别人，她自己不在其中，只是一如往昔不断观礼。而她只是从画中出来。所有的声音、情节、心绪定格为线条、色彩、明暗与纯度。那些起初在梦境中贯穿始终的佛音没了踪迹。她觉得自己离这个梦更近了，又或者，它再次奔向她时，已经形成她犹疑瞬间的一部分，成为她生活的倒影。影子的混沌与摇摆早已一同构成她内心的不安。早上醒来时，刘源觉得头晕晕的，直到中午也甚是滞重。戴好口罩步行去司法所的时候，梦中的细节仍反反复复缠绕在心间，和即将要看的材料混合在一起。其间伴随着各种晨间杂音，渐渐又成为新的梦境的配乐。她突然觉得记忆中熟悉的佛乐又回来了。只是这次，它们不是从寺院或者街头广播传来，而是从她身边，最近的身边。这种气氛让她经历着的每一个此刻也总是伴随着过去，而过去的声音又成为现在的一部分。

2011年，她还没有通过司法考试，手里仅有成都理工大学文法学院的专升本学历，一度对将来十分迷茫，却毫无努力的方向。仿佛无论去哪里，无论做什么，都不甘心。每隔一段时间，她都会从成华区到金牛区，寻找独自居住的男性朋友孙尧。他们二人在一次球赛中认识。她被拉去充实本校啦啦队，孙尧则是对面学校篮球队的成员。一次球赛结束后的聚餐中，孙尧默默喝着雪花啤酒，不和任何人碰杯，引起她的注意。他们短暂交流，觉得对方跟自己一样是被世界暂时性抛弃的人。之后，他们又一起跟大部队吃过七八次火锅，混成半熟不熟的哥们儿。那时，成都的快速公交项目已经提上议程，许多路段被工程路障围住。她乘的车，常常突然改变路线，原本一小时的车程，有时需行驶近两小时，整座城市仿佛因此变得更加庞大。

孙尧当时即将从西南石油大学石油工程专业毕业，其间以考研为名拒绝校招，租住在一座建于1996年的机关家属院三楼。楼下是飘香的桂花树，楼上是一个四川音乐学院痴迷自制简易打击乐器的师哥。师哥人总不在，房内只有一张床，散落着一些衣服、日用品，门没有锁，能直接打开。孙尧有时没带钥匙，会从楼上爬到三楼自己的卧室。她在成都最后一次见孙尧的时候，正看见他蹲在空调室外机上，像一个准备不足的入室劫匪。长发被塑料发圈箍住，瘦高的身躯蜷缩蹲下时，让他呈现出一瞬间的懵懂，与平日甚是不同。她的身体不觉怔了一下。

那次，他们仍像之前那样，一直打游戏，从下午到前半夜快结束。孙尧开了一瓶威士忌，自饮半瓶后，在房间内蹦蹦跳跳，手像往常那样拍拍她的背。移动身体的瞬间，她的指尖不觉触到孙尧的手指，身体又是一怔。原本像往日那样自然躺在沙发上的双腿微微收拢。她意识到自己该走了，又想到重要的事情还没有说，但觉得说了，就变成诉苦。而那时她的心境，完全受不得任何诉苦，哪怕是从自己口中讲的。言语悬置，她像愣在空气中，直到孙尧困惑地勾住她的脖子问道："没事吧？"她颤声说："你打算一直这样吗？"

"什么？"

"不工作，就待着。我是不知道去哪里，你也不知道吗？"

"你要说什么啊？"孙尧不耐烦起来。

"我要说什么，你不知道吗？"接着她开始哭，低声抽泣。

他很惊讶，只得温和说道："你怎么了？到底怎么了？"

她不说话，只是满脸泪水，鼻涕被硬生生吸着，看不出来。孙尧的手从她额前的头发摸到耳朵附近的头发。一种绝望被另一种绝望追赶着，似要稀释，但前面的绝望依然最深重，不可阻挡。她迅速平静下来，再看向孙尧，又觉得他和往常一样。

"我不像你，我没有选择……我也不知道我到底要做什么，所以我说的拒绝，是逃避。可你是为什么啊？你的一切都是现成的。你随时可以去，可以试试看……艰苦不艰苦的……你真的是因为艰苦才不去工作吗？我不明白你为什么在这里，我也不明白我为什么也跟着你在这里瞎混。我更不明白为什么当时你一叫我，我就跟你出来玩了……"未擦拭的泪水在她脸上流动，显得她情绪波动极大。她走到门边，关掉灯，楼道的光把她的脸托出小半边黄灰色轮廓。孙尧回到房间深处，身体埋没在黑暗中，像深蓝色的铅块。

到了一层，她又闻到桂花香，且听楼上一阵剧烈的击打声。她像把其中一个她摁在原地钻了出来。孙尧的声音从楼梯上传来："你神经病啊。"仿佛一阵急促的暖流突然开始在体内旋转、升腾又迅速冷却。她感觉自己必须奔跑。但她很快意识到，自己根本甩不掉这尴尬。如此想着，她在夜晚的初夏马路已徒步两公里，直看到茶店子公交站对面，一辆门敞开的私家车在树荫下停着，司机师傅一条腿架在方向盘上，看见有人，忙喊"走嚛"。她本嫌贵，却见后排两名乘客已等至昏昏欲睡，赶忙上车。

那时，她租住在毕业的学校附近，一间次卧，每月八百元房租。每次回到住处，她总觉得周围年轻的脸似乎是新的同学，他们只是换一种方式在相处。有时夜里，准备考研的室友敲门，喊她一起吃自煮的冒菜。调料简陋，火大、时间短，蔬菜都不入味，肉的腥气还在。最后她只得从房内拿出方便面，几个人一起在热汤锅里煮开吃。但这种情况很少，多数时段，她都躲在房内，在招聘网站没日没夜一轮轮随机投简历。见完孙尧那晚，她惊觉自己的这种行为和孙尧疯狂打游戏毫无区别。只不过，孙尧是直接把自认为的障碍推开，她则凝视着障碍。

2006年，她高考失利。在复读和专业较感兴趣的低志愿高校间，她选择后者。入校后，或许是班级氛围的影响，或许她已把自己当作被规则抛弃的人，她渐渐消沉。所有案例分析，让她觉得那是一次次有所变化的重复，所谓特殊性只是具体法面对不同案件时的差异性表达，烦琐，并且耗时极长，最终也很难获得完全符合期待的解释。2011年6月，她终于专升本毕业。几位看起来有些进取心的同学选择考公和考研。考研的，多数选择成都本地的大学，考公的，多数选择地方招考，也有的参加了四川省省考。父母央求她回河南，在当地县市公检法机关考一份工作。起初，她并没有拒绝。10月，她考取故乡县城法庭的编制，但很快就被派到豫南某贫困乡镇锻炼，成为当地派出法庭助审。基层人员严重不足，她和一位早两年入职的同事共用一名书记员。不同类型的案件压过来，白天写传票、开庭，夜间才有时间写判决书，常常双休日都需要赶工作进度。但最艰难的还是跑到农户家里调解案件，常常一个白天里，从上午坐到下午，肚子饿得咕咕叫，两边却还都不吐口。她的年轻成为双方观望的基础。只有一次，她突然恶狠狠拍桌子跳起来喊道："别以为不说话就判不了！我跟你们说，有调解不了的案子，却没有判不了的案子！真到判下来，你们两家都得出血！"那天傍晚，连村干部都被她吓得一愣，赶忙积极调停。但这种需要调动全部精力应付的人际纠纷依然不断，规章、程序沦为一纸空文。中午，在秋日依旧酷热的田间跑送达的时候，她突然想到，当时到远方读大学，就是为躲避高考失利的耻辱，如今再回来，既是接受一样的传统目光的审视，其实也是宣告自己的失败。面对眼前棘手的案件，她毫无优势，凭一时蛮劲，一腔孤勇，却依旧可能连内心那微弱的自信都难以发挥。一年后就能回到故乡，可其实故乡究竟是什么样的，她也并不清楚。想着眼前的案件，她认为难保故土不是眼前村镇的一个变体。记忆中故乡的和善面目，只是因为她没有在那儿处理过事。

不久，司考成绩下来，她差七分，没过线。2012年春，她回到成都，火速入职春熙路附近一家初创的科技公司做起法务，连续一个月，她日日周旋于相似却又不完全一致的合同方案拟订。常常按一方的意见修改完成，又迅速被另一方否决，而往往已签订的合同又在落实过程中，被事实更改。为避免纠纷激化，只得重新补签合同。短短三个月，她似乎已看到这份工作的尽头，在转正前一天，提出离职。之后她短暂从事过家教、行政、客服工作，看起来像无头苍蝇一样在工作中挨着日子，一边准备着第二次司考。这期间她也曾在律所短暂工作过，在人事部负责接待、整理、走流程、收发快递等杂务，看着实习律师、助理律师处理非诉业务、接触当事人、记录案情和要点。有时遇到一些有意思的案例，她会回到家查询法条，理解较之过往更深入，但依旧认为自己只适合纸上谈兵，抗拒重新回到调解现场。

有一次，她跟着律所的两名助理律师去社区做公益法律咨询的讲座，看着他们把普法过程办成个人展示会，而她自己跟在他们身后，看到掉落一地的白色名片，迅速盖上灰色脚印。晚上，她帮同事们把东西带回律所，办公室尽头一个还没凑够十个案子的实习律师在处理刑辩后的民事庭所需材料，时而疯狂打字，时而翻阅着桌上摞着的一小叠文件，还有几张打印纸落在脚边。她走过去捡起来，纸在泛青的灯下显出冷白的光。

二

20世纪90年代末，刘源在报缝看到一则故事：某地一名十二岁少年，独自前往少林寺，想做武僧，寺前长跪三天，感动大师收为徒。条件是，必须先做好禅僧。多年之后，少年已是中年，离开少林寺去四川一座山中寺庙。多年修习，他感觉身体渐渐变得轻盈，一日发现自己的力气变得很大，远远超出正常人的水平。再尝试运气，竟渐有招式。中年僧人大喜，开始向新的徒弟传授自己的独门武术。徒弟刚开始进步很快，不久便因剧烈疼痛不能继续练武。僧人马上明白，多年修习造就的特殊身躯是他的武学门槛。他开始刻苦研习，根据不同人的身体情况，设计出适合他们的武术动作，渐渐在西南一带名声大震。然而，在他身侧徘徊的几个佼佼者，无一人可能出师。老年僧人非常疑惑，认为或许徒弟底子不行，增加各种身体和意志力的练习，收效始终甚微。可僧人已经很老了，再回想起十二岁时去少年寺的情景，以及长跪三天的种种景象，突然意识到自己的身体情况本身就与许多人不同。倘若那时学武，想必进步也会很快。如此想着，僧人脑门轰然一响，这才明白先做禅僧的含义，那就是让自己的身心先抵达可以接受快速进步的境界，如此才能不受伤害。僧人发现，每个人的身体都有他的速度，而这个速度便是身体的规则。悟到这一点，僧人不再收徒……

因为是合订报，结尾几句话被订入更深的缝隙，当时的她没想刨根问底，最终在记忆中留下这样一篇不完全的故事。有时走在大街上，看见不同的人以不同的节奏走着，她会突然想起这个故事。这让她突然有兴致观察自己和周围人的不同，以身体反应的节奏甄别同类——似乎比言语交流更显准确。

高考结束后，她隐约觉得发挥不够理想，低落中参加一位亲族中颇有威望的表舅的葬礼。老辈人喊来农村吹白事的唢呐队，负责白天。表舅毕业于音乐学院钢琴专业的女儿,找来歌舞团演奏大提琴的同学,负责傍晚。两伙人按排班次序吹拉一日。第二天,又说要按传统风俗送葬。她没有资格跟着,被安排坐上一辆挤满小孩的轿车。车子在送葬队伍右侧缓缓前行。她自车窗向外望。表舅母和女儿在前面哭,辈分最高的长辈在后面哭,其余人紧随,脸上均挂着不同程度或悲痛或肃穆的神色,情感浓度由深到浅,队伍最末尾的人神色最为冷静。她深深被震撼,央求司机也让她走一段。路行一半,队伍后半段不少人开始边走边开小会,而她仍沉浸在刚刚被惊诧的瞬间,脸上挂着微微凝重的神情,甚至不觉慢慢抽泣起来。此刻路已快走完,每个人都因为疲倦,紧绷的表情逐渐松开。一两个东张西望的人,率先看见她,跟着调整了表情。接着,又有一些人调整了表情。队伍中没有人继续哭,前排的死者至亲也似已平复心情。她微微拧出褶纹的双眉缓缓舒展,脸上剩余的哀伤之色,仿佛紧张后的温顺,让她似乎显得突然成熟起来。接着,便是致悼词。表舅母和女儿因一场长哭,念悼词的时候,平和、流畅许多。队伍中的其他人,听到这番表达后,也都各自安静下来。"身体的速度""规则"又一次撞入她的大脑,让她仿佛感受到古老习俗、枯燥规矩的价值。走那段剧烈悲伤的长路,原来竟是让人慢下来,让生活恢复常态的方式。

也正因此,在志愿指南手册的一众文科专业中,她将法律填入志愿表。当时，她认为这是一个看起来最合理地接近、进入规则的方式。她认为自己也许会喜欢。只是她没想到这种热情，在大学期间和毕业后短暂的几份工作中迅速被消磨掉。规则仍在她的心中，但"身体的速度"仿佛早已被她忽略。法条的"严谨"已经转化成眼前赤裸裸的拉扯，而"严谨"看似是为维护公义，但其限制的又其实是所有人。

2012年底，她通过司考，但不打算在律师事务所工作。在招聘网站的网络面试中，她得以应聘到北京一家社科出版社做编辑。春节一过，她在丰台区一处老公房租下六平方米的次卧，门前是农业银行总部。早晨听着戏曲学院学生们开嗓，仿佛长袖在耳畔挥舞。先搭公交，再转地铁，跨越小半个北京，路过木偶剧院的淡黄色墙体，抵达外馆斜街的白色双层办公楼。通勤时间虽久，工作却带给她极大的平静。她发现，把法条只作为文本，她便又回到起初对这门专业感兴趣的阶段。一切严谨的表达看起来都那么符合期待，只需要接受和深入接受，不再需要经过多次辩论的"检验"。她的工作并不算繁重，只是校对、查各式专业词典，处理一些合同。有时，挎包背着稿子，她斜着肩膀从小区大门进入单元楼，踏过无人的拐角，突然跳起，对着正前方，比画着手枪的姿势，嘴里喊着"biubiubiu"。有一次，她还在无人的电梯里唱了一首《乌兰巴托的夜》。这段仿若自由的时光，让她觉得自己重回提出问题解决问题的象牙塔世界，所有现实里可能发生的纠纷仿佛再一次离她远去。只是，这段切片式的平静很快就被打破了。

2013年年中，她所在的小区列为群租房整治过程中的典型。她本人租赁的次卧虽是一人居住，但其他两间卧室均有三到四人。没有客厅，他们共用卫浴和厨房。起初，整改通知只是由居委会口头传达，贴在每个单元入口。接着，租赁合同被一一审核。她和另外几名租户的合同都是和中介公司签的，中介的合同却不是跟房东签，而是和房东的代理人签的，代理的房东只有口头约定。押金在代理手中，房东则只是不断催促包括她在内的几位房客早日搬家。很快，小区开始以赶人为名的涨租。附近的餐馆、小型便利店、烧烤摊，缩水一半，还有的关店，只在居民楼的窗外挂一块小小门匾，依靠积累的熟客做生意。整栋楼动荡起来，她一度想要放弃押金却又难以找到价格适中的房源。在与几方的交涉下，她与另外几名租客先前和代理签的合同全部作废，押金从代理手中转移到房东手中。搬走的人拿到了押金，而她决定留下，与房东重新签了合同。

那段时日，常常能听到、看到隔壁房屋打墙、重新装修。一些隔断的门板没有即时处理，许多废料堆在楼道，几名仿佛是业主的老人盯着他们手中的废品。新旧住户的交替，带动着环境的重新布置，而转动到居住体验里，竟已是剧变。租客较多时，大家尚能和睦相处，一些小毛病被发现，也往往默认互相处理。合租的人变少，一出现忘记关灯、关电磁炉总闸门，或洗手池没及时清理等等，都变成一则则群内通知。她感觉放松的生活变得紧张，也觉得小区里突然多出来一些人。但很快她又意识到，是小区少了一些人，才让另外一些人浮现了，让他们的存在感显得更强。她觉得小区的速度变了，老人多了，留下的外地租客都是相似的人，不像过去，仿佛什么人都有。她觉得整体环境在变得单调，租房生活也变得束手束脚。

不久，前后脚入社的几位同事和一位副主编纷纷离职。活泼且外语好的，试图赶上最后一波电商的运营热潮，成为不同类型的自媒体达人。性格偏内敛的，选择继续深造。另一位进入大众出版领域，做励志文学。留下来做社科和学术书的三人中，她是最年轻的，却也开始怀疑这份工作值不值得长期做下去。诸多弊端开始出现，大量包销书像任务一样砸下来，她几乎没有时间做自己想做的选题。那段时日，国内的自媒体热门起来，一组法学分类下的条漫吸引了她的注意力。漫画改编自一部讲述立法过程的科幻穿越小说，小说原本在一家中文原创文学网站连载，后被同人画手做成条漫在微博、贴吧、知乎上传播起来，不少答主和博主在个人主页推荐。小说作者毕业于华东政法大学，执教于重庆师范大学。虽然书里不少专业知识限制了它的认可度，但在专业出版领域，堪称头部流量作品。选题本来已经被出版社一位同事在三年前签下，因为难以确定选题定位，不断延后出版，直至那名同事离职也未开始运作。作者想停止合作,把书交给更信赖的编辑和出版公司。她代表出版社接触了作者陈老师,谈了一番对作品的理解,渐渐赢得陈老师的信任。但陈老师也提出,小说未必能在市场上获得成功,除了专业知识,还因为里面对正度生活的强调很可能是对如今"躺平"文化的一种冒犯。"'积极'已经被迅速情绪化了。现在市场上强调的'正念'并不是积极,真正的'积极'是只有经历复杂情感和复杂生活的洗礼,才可能产生的一种东西。这个过程里会有很多知识进入,但不是学科类型的知识,而是完全汇总到一个人的认识深处的'知识',是塑造我们内心的东西。可能我们已经没有机会过一种要么向前要么朝后的生活,我们只能在一个个中间地带徘徊着生活——这是我所理解的'积极'的大背景,要面临的大的处境。所以,我没有信心它能得到很多人的认可。"陈老师如此说。她则斩钉截铁道:"如果一本普通的书只在眼下这几年有意义,那这本书不值得重视。如果一本好书的价值只在眼下这几年,那它的速朽,它的冒犯,依然是因其准确所达到的效果。"这几句话打动了陈老师。随后刘源提出重签合同,追加版税条件,拿出全新的出版方案和营销策划书,以此让陈老师相信他们的诚意。好的条件才可能对应好的营销,而不是用缩水的版税争取更多的营销——她对此深信不疑。合同成功重签后,她似重新燃起斗志,对法律的兴趣又浓厚起来。第二遍阅读小说时,她感觉到一些异样的情绪在跳动。

1995年,她所在县的一座寺庙为了扩展,参与寺院附近土地的拍卖活动,并给出3 000万高价。双方签订协议后,县长却又以800万的价格转卖给其他人。寺庙住持将此事层层反映到中纪委,县长被迅速查办。但那座寺院也从此被贴上封条,多年未开。一些栏杆变色,有的浅灰渐渐变成黄灰。直到2008年,项目重开,寺院又热闹起来。变色的水泥栏杆被砍掉,重新造的崭新浅水泥灰把时间的痕迹一点点抹除,寺院却似乎连极短的历史也失去了。从没围好的后墙钻进寺庙,她只觉得进入某个粗制滥造的旅游景点,这里再也不似童年记忆中那般古色古香。一段段灰度不同的栏杆、砖瓦在她脑海中一截截断裂、坠落,快速生长又被迅速斩断,取而代之的是宛如重建般的开始。而先前的一切变化也因此仿佛被取消,她突然感到前所未有的沮丧。被封住的巨大寺院,在十几年的时间内迅速变旧,浪费的土地却又在改建过程中,经受着另一番新的浪费。

想到这些,再看着小说中不同时间点出现的不同立法过程,以及穿越时间的,作者给出的那个"统一标尺",她突然觉得有些动容。所有的不同都在遵循的那个尺度是律法的尺度,而这个尺度本身又在不断经受着净化、过滤。立法就仿若创世,每一次移动对应的都是世界的复杂程度。她的思绪纷飞,打开想要采访陈老师的一家媒体列出的问题,觉得索然无味。于是她自己写了一个问题,想要加进媒体采访的方案中,却很快又剪切掉。过了一会儿,她觉得不如还是问出来,于是打开飞信,在聊天框中复制了刚刚写好的那个问题。

　　陈老师:几遍阅读,我觉得小说的空间越来越大。我也有一些疑问。比如法律在慢慢健全,但执行力始终受制于各地社会各个层面的因素。甚至在法律上清晰的事,在具体执行中仍然会落实不当,最终造成巨大的浪费。
　　在这种情况下,法律的健全不是会造成新的资源浪费,新的执行难度?刘源敬上。

或许那端刚好是在日间,她很快收到了回复——

　　刘源,你好!权比法大,这点你也清楚。我们生活在现代文明下的社会,但实际上置身在丛林之中。任何社会其实都需要一出现问题就立刻解决,但法律是现代文明下的法律,它受社会文明所限制,又可能高于现阶段的文明程度——因为法律条文本身就是对人的一种教育,就我们的社会来说,这更是不可避免,甚至是必需的。执行永远有难度,即使是大案要案,在判决生效后,具体执行有时也需要一个漫长的过程。民事诉讼部分,更要面临这个问题。就我个人来看,我们社会一直都处于中间层不活跃的状态。立法和执法之间似乎没有人,很多时候仿佛只有当事人。当然有律师,有法律工作者帮助他们,但依然不够。我在小说里写到的"法律工作者",是我理想中他们的样子。他们是真正的法律的检验者,是他们把问题汇总,是他们拉近立法和具体执行之间的关系。与其说,法律的健全会造成新的资源浪费和执行难度,不如说,法律的健全呼唤更多专业、优秀的法律工作者,需要这些人跟正在健全的法律进行一轮轮新的磨合。这部小说之所以有科幻和穿越的成分,就是因为目前社会中,我看到的这种磨合,是远远达不到改变立法、推动执行的程度的。确实有少数案例曾经成功,但那往往是案件本身的特殊性决定的。现实中的法律工作者已经渐渐市场化,公检法部门也只是在做程序上的事。这是我个人比较失望的。

一时间,她似乎又受到触动,很快又发出新的信息——"您说的这些市场化的法律工作者既然是法律工作者中的大部分人,那我们社会的法治能在这样的大部分人的推动下持续向前吗?"

刘源好!我希望你不要轻视普通人。我们都是普通人,法律工作者也是普通人。人的潜力从来不是本来就有,而是在各种摩擦中才可能呈现出来。是那些麻烦事儿让我们不得不发挥出最大的专注力去应对。不是说一个人要非常独特,他才有价值。人都是在做事的过程中检验自己的。能够在自己的位置上待下去，数年如一日般做着一件事，这已经很不容易。而那些局限是认识程度的局限。局限也不可怕，可怕的是，一个人总是不肯好好待在自己的位置上。

她看完，没多久又发出一条信息。但这次，陈老师没有那么快回复她。在平复内心的过程中，"不要轻视"四个字占据她的内心。她竟然瞬间想到久未联系的孙尧。曾经的那个夜晚，她对自己和对他都表现出失望，但她也知道，或许是这种共同的对自我的失望将他们一度联结在一起。想到这些，她翻出孙尧的号码，看到一条来自他的新信息。

三

2010年，在那场认识刘源的足球赛之前，孙尧已经在勘探公司实习过数月。第一次跟老师在野外找油时，汩汩冒出的黑灰色油体漂浮在地表，臭得倔强的油气穿梭在石头缝、即将干涸的河道里，静止的万物好像突然活跃起来。但也只有那一次，他亲眼看到过石油。后来找油的过程变得越来越艰苦，而且总是一无所获，每一次都像延长版的军训拉练。带队的前辈更关心他们这些毕业生是不是足够吃苦耐劳。有时候一整天下来，看到的景色都一模一样。壁体呈螺旋状，仿佛一看到就让人觉得身侧有风穿过的岩石。地平线似乎总是在眼前，但越往前走，就离他越远。路似乎是无尽的，绿色不知所踪，大片大片相似的黄色在傍晚泛着橙光的红色背景下，渐渐生出各自不同的样貌来，就像云降落下来，晕染成不同层次的朱红色，铺在他的四周。白馒头拿出来，黄馒头吃进去，他在队伍中，迅速失去年龄。画剖面图渐渐像一种休息，而办公室像孤岛，黄沙漫天的戈壁在一墙之外迅速重回想象——几次实习下来，他做得最多，最喜欢的，就是地质录井。

新手一般做白班，但他被安排了夜班。有好一阵他都觉得新鲜。除了周围没女孩，曾预想的种种压抑的生活景象其实并没有出现。他似乎也享受突然被投放到荒野上的感觉，尽管也迅速感到孤独。在那些空旷的能看见星辰的夜晚，他想起年少时第一次去天文馆，坐在松软的座椅上，困倦中一次次被头顶上变幻的3D宇宙图景惊醒。解说员的声音和视频画面像两个互相摩擦的时空，在错位的瞬间较量，而他好像一句话也没有听见，只是看着头顶上的画面，星星由远及近，慢慢拉到眼前的宇宙爆炸，一步步破除内心对星星的想象，而当星星再次成为完整的天体，在浩瀚的宇宙中再次越来越远，他又发现刚刚看到的一切重新成为想象。只是想象扩大了一层，变得仿佛具体，宛如一场切身体验过的循环。那时，他看到头顶的天空不再是年少记忆中天文馆外雾霾浓重的城市中完全黑下去的模样，而是内部透着光的深蓝色。一些遥远，甚至曾经仿佛无用的记忆逐渐复苏。他在夜里看自己的影子，看它们在高高低低的地面上爬行，连他自己也像在跟着自己的影子走路。有位老练的师傅喜欢在几盘斗地主后吹嘘曾经在其他油田守井的日子，一些偷油人在那些年里所持枪支的型号，他现在依然记得清楚。数年后，孙尧在地方法院的扫黑除恶缴械枪支展览中看到AK47、95，还有一些狙击枪后，心里才有些相信。

几次实习下来，班级里一些男生女生都想好了毕业要转行，他虽心里诸多抱怨，但不愿意就此放弃职业特殊性，走入更显模糊的将来。回校不久，有一次在寝室打游戏，他像往常一样开语音与朋友对线，恰巧一位朋友突然断线，战队闯进一位女玩家，声音十分娇憨，他突然感到一阵久违的荷尔蒙冲动，身体仿佛瞬间有了反应，嘴里喊着"干你干你"，还忍不住对女孩说了句更狠辣的脏话。以往游戏玩得起劲儿，他也会偶尔爆粗口，却从未对某一个对象发泄荷尔蒙。而这一次，尽管似乎没有人在意他的不雅举止，但他自己却突然感到害怕，仿佛一部分自我不再被他熟悉。他有点担心是不是实习工作的枯燥逼出了他内心后知后觉的暴躁，不禁想逃离石油方向的工作。

起初只是打球，从乒乓球到篮球，接着踢足球。大四上学期快结束时，他没有像一部分同学那样热衷于实习，而是通过各式体育活动忙着结交外校的朋友，再以最快的速度做完毕业要做的所有事。他在市区租房，曾试图约过三个女孩到他房间里一起打游戏，只有刘源同意了，成为他的固定游戏玩伴。这种生活持续了一个夏天。2011年9月初，原本在校招和实习时向他伸出橄榄枝的一家西部地区的油田和炼化厂突然不再为他预留名额。退路消失，他终于有了危机感。2012年，他通过考试，又经过近四个月的培训，跳水、水下逃生、憋气等全部训练一遍，最终进入一座集采、炼、运于一体的海上钻井平台从事油气勘探工作。视野突然从黄色变为灰蓝色，有时坐直升机从平台回公司，看见不远处笔直高耸的钢铁"塔楼"，还觉得恍惚。

平台上没有信号，他只在一两次靠岸的间隙拥有过珍贵的一格信号。宿舍里的信号也很差，有时候刚从直升机上下来就只想睡着。曾经大一大二时短暂交往过的女生一毕业便火速订婚，主页除了领证和备孕的展示，没有任何其他动态。几个曾在成都结识的女性友人，包括刘源这种网络端口活跃的女孩，到北京后，社交App上分享的也只有工作信息了。似乎每个人都学会转变环境就转变自我。他感觉大家的生活全部被工作填满，其他部分似乎退化得比在校时更单调。

他曾经在即将开始一天工作的时候赶上一次七级台风，再出来时，发现同事们依旧像刚刚那般忙碌着。他突然感到羞耻。休息时段他跟同事们大聊女人，虚构各种传奇的性经历，只有和一个曾经热衷观星的叔叔辈同事聊天时,他重新展现出过往较为温和的一面。有时,结束一天十二小时左右的工作,叔叔双手比画着镜框,向他模拟观星的具体方法。他则假装十分配合地摇晃着脑袋,而夜空中的星星似乎没有戈壁上空的星星硕大、耀眼,而是亮得内敛,看久了,似乎真的会眨眼。叔叔说,这里是观星的好地方,可是没有机器。他则说着冷笑话,然后指指四周说道"都是机器,都是机器"。二人的笑声混合着不远处洋面上一些跳动的声音。他觉得那是一到夜晚就被放大的海洋生物,它们比白天更活泼,体型也似乎更巨大。它们包围着他,给予他微弱、遥远的安全感。

2015年初,孙尧有了一段十天的小长假。也是这段突然可以自由安排的时间,让他重新想起刘源的脸。他想起的是刘源逃离他出租屋的那个晚上,高高瘦瘦却又欠缺曲线的身体让她显出一丝小男孩的英武之气。那时他只觉得她莫名其妙,此刻却突然明白了点。腊月二十八,也就是2015年2月16日,他给刘源发去彩信,照片里,他穿着橙色工作服仰着脸站在钻井前,背后是钢铁塔尖和波光粼粼的洋面。那是即将回到陆地的前一日,他眼前飘过不少羡慕的眼,连仅来两日的私募股权投资公司的人看见他都仿佛要羡慕了。在那张照片中,孙尧像一些网络上流行的成功人士照片中那样,也竖起大拇指。半晌,刘源回复道:"黑了,胖了。""还有呢?"他一副誓死要尬聊的样子。"丑了。"刘源秒回。

"你回去过年了吗?"这条信息发出后,刘源没有回复。但他不死心,回家乡的火车上,他申请了微信,通过关联QQ和手机号,向刘源发出好友申请。反复几次后,刘源终于同意,虽然没有回复他的微信,但向他开放了朋友圈。他看到她最近一条状态更新于1月,定位是河北三河市某印厂。"春节在北京过?"他发了条语音信息。如他所料,刘源当天没有回复。

四

2015年1月初,刘源在印厂待了一个晚上。原本要春节后下印的书提前到春节前,她几乎是在机器的响动中睡着的。梦中景象精彩纷呈,她乘坐的汽车始终绕着环形峭壁不断向上,抬眼是旋转的天空,低头是大片大片的浅绿色,宛如突然直立的平原。眼镜架在鼻梁上,翻身的时候差点压碎。最后还是印厂的工作伙伴把她叫醒,她在沙发上吃完保温盒内的香河肉饼,凭借着对路的惯性返回出版社。红棕色U形锁挂在透明大门上,空荡荡的办公室深处是倒掉的碎纸机里溢出的纸屑,玻璃柜的缝隙翘着一沓文稿的切面。每个工位都很整齐,黑色靠背椅以相似的斜度向她露出三条腿。她这才意识到大家都已经放假回家了,而自己还没有买车票。她开了一盏灯,巨型影子像一把伞把白墙罩住。电脑和手机同时刷着购票软件,时不时能听见似高铁发动声的抢票提醒。仿佛一种繁忙迅速被挤出，她在放松的心情下向电话那端的父母道歉，说今年要留在北京过春节。手机上海风中的孙尧显得有些陌生，壮实起来的身体像加了钢筋水泥，略显黝黑的面色让他整个人呈现出金属的光芒。忽然间，一部分他随着记忆流失，而照片上突然清晰的面庞才是唯一的事实。

除夕那日，她没有买对联，而是提前开始工作，重读文本，做营销方案，给年后可能的合作方发去拜年微信。大年初一那日，手机上密集的信息迅速湮没孙尧的问候，她完全忘了那些信息中也有一条来自他。初六晨间，她额头一直冒汗，乱梦一个接着一个。她在半梦半醒中接起电话，听到第三句，辨认出是孙尧。

"我在北京。"他的声音低沉且小心，"我在北京西站，你在哪？"

"你神经病啊。"她突然撂了电话。半响又回复道："你来北京干什么？"

"你有时间吗？今天见一面？"

她当然没有回复。但孙尧也没有再追问。直到吃罢晚饭，她突然看见孙尧更新了一条朋友圈，地点显示"木偶剧院"。她心里咯噔一下，决定仍是不理他。一直到晚上九点，孙尧的电话再次响起。

"我明天就走了。"他的声音比较平静，似乎没有懊恼的意思。

"我离你那边很远。"她终于说。

"你在哪？我去找你。"

"算了。你把住的地方的地址发我吧。"她非常自然地说完，心里又升起一股异样的东西，很担心这会对孙尧产生别的暗示。如此想着，她故意没有化妆，也没有戴隐形眼镜，决定以工作日的状态出现。出门打车前，她才看清孙尧分享的地点是丽都饭店，她心里咯噔一下，想起近一年前还在那儿看到进进出出不少人。地铁十四号线当时尚没有开通，狭窄的酒仙桥一带携着北京市区的忙碌，迅速冲淡着哀伤，茫然的路人和悲痛的人群在极窄的空间向第三方倾诉着距离，没有任何一截内心波段可能共享。只是，她心中的思虑，被春节空旷的北京街道迅速碾压。仿佛网约车在沥青马路上的辙音，她都觉得能听见一二。可很快，她意识到，也许不只是因为放假，还因为许多人真的离开了北京。她观察着马路两侧，很多小店都挂上了停业转让的牌牌。她在车上打盹，马路两边的景物在半睡半醒间混合成相似的黄绿色。路灯耀眼，面前的酒店熠熠闪光。一瞬间，她觉得自己似乎是从酒醉中醒来。

"怎么了？"孙尧已经在酒店前等候，声音有些温柔，她不禁后退两步。

"你这还挺远。"她尴尬地说道。

"对不起,我以为你住在上班那附近,想着离这边正好不太远……"

她摆摆手道:"那就进去坐坐吧。"

或许是她的表情让孙尧有些失落,她赶忙又舒展开眉头,试着像过去那样询问他现在的生活。这样平静的一问一答显然不是孙尧想要的。他直接揽过她的肩道:"怎么样?"

"什么怎么样?"她不解。

"手感。你觉得现在怎么样?"

"我完全不知道你在说什么。"她朝前挺着背,避开他的手腕。而孙尧也没有试图再靠近。他们就保持不挨着对方的近距离,慢慢走到房间里。

"还以为你就在快捷酒店住两天呢。"她仍是站着,"是船上的生活太没劲了?又想找个好空间打游戏?其实倒不必在这里,我知道一个游戏酒店。"

她故作轻松的姿态让孙尧稍稍放下心来,他调侃道:"我已经不会打游戏了。更新太快,我的玩法还是之前的,手指都不如'95后'灵敏了。"

"我当时以为你真的不打算去油田的。"看见孙尧坐在沙发上,她选择坐在房间另一端的软椅上。

"我也没想到。"他脸微红望着她,"说起来,那时候我什么都不知道。不知道自己想做什么,只是哪有精力哪插一脚。"

"那时候我们都在模拟。"她严肃起来,"模拟自己的心情,想象别人的表情。"

"你怎么样?"孙尧垂眼,低声道,"那之后,就没有你的信息了。看到你去乡下,又回成都,再去北京。好像最近要稳定下来?"

"就像你漂在海上,也很稳定。"她看着他。

"你在嘲笑我?你还对我有意见?"孙尧往她那边坐了坐,"那时候,我真的什么都不知道。"

"如果你是要来解释这个,那我真的不该见你了。"她道,"那些事情,本来就不重要……说起来,我更喜欢你现在的样子。"

孙尧身体一紧,走近她:"你喜欢现在的我?"

"我说的是,你现在这样比较好。"她往边上又坐了坐,"我觉得我们都找到了自己的事情,这样很好。"

"我不知道我这算不算找到了事。你真的觉得我变了?"孙尧看向白墙上他们二人淡淡的影子——他们两个人,一会儿坐得近一些,一会儿坐得远一些,但其实表现在墙上,却更接近一种晃动,仿佛奇异的活力骤现。那个久违的,属于学生时期的活泼感真的出现了,她,或者他,却都已经浑身社会气息,在节制和更节制之间试探、回应。

"没见到你的时候,我觉得你跟过去一样。见到你了,才觉得你的真实来自你的变化。"她微笑着说,"你觉得我变了吗?"

他看着她脸上的神色渐渐重新降调,刚刚的温柔再次扭转成接近冷漠的疏离,但口中的话,依然真诚得像个老朋友。

"你变了。"他说,"以前我想象过很多你变的样子,直到你真的变了我才发现,所有设想都是那么幼稚……就好像对变的认识取决于变的程度……不过,做法律书编辑,真就那么开心?"

"你当时不是不想去油田吗?怎么现在又挺享受?"

"那时候,实习的时候,我觉得很累。身上的力量卸下去,然后充满,再卸下去,很刺激。每天重复,枯燥,却也有很多时候都充满力量。恐惧是因为回来后,我觉得一下子跟之前的生活产生距离,虽然我觉得我还可以再迅速习惯。就像一个轮回。后面我也不是心甘情愿的,只是我能去哪呢?如果彻底转行,去大城市,享受所谓光鲜的现代文明的成果,那又怎样呢?一个毫无独特性的打工者……你兜兜转转还是在法律这个行当……也是这个原因吧。"

她看向他,面色冷淡,心里却在想,自己做的还算是法律相关工作吗?

"可是有一天,我从办公室出来,站在船上,看到他们把东西投向大海,觉得灰蓝色的海面上应该闪现几道好像白色鱼尾的浪花才对……结果我什么都没有看到。那些东西投下去,洋面上毫无痕迹。我突然觉得自己好幼稚,但又觉得很踏实。就好像小时候去乡下走亲戚,中午和第一次见面的表兄弟姐妹去小河边打水漂……那时候不知道水面上会起哪些转瞬即逝的小浪花,以为每一次水漂都能成功……在海上我才知道,原来现在作为成年人的我,对世界依然有着和年幼时一模一样的想象。只是想象的载体变了,我能觉察出更多变化背后的代价……可是我依然是那个小孩子。那些去新疆的同学有人跟我说,'在海上的时候你才会知道什么叫孤独,深而不明的孤独'。那时候我理解了他们的话,刚开始那些日子我晚上总梦见大海,老是睡不着,只有逼着自己把思绪调整成过去在戈壁畅想天空的状态才能睡着。以前在岸上,只觉得海是海,但突然海成了我的陆地,我就好像成了永远没办法像过去那样靠岸的人。确切地说,我知道没有岸了。即使我现在在岸上,我的心态还是海上那种状态,我觉得世界在摇晃,我的双脚依然会一次次回到刚回陆地的瞬间。世界的大,有时候表现起来,只是一块海面的样子。什么都覆盖着,好像怎么行进都可以。我的恐惧在工作中一点点减少,后来,根本不需要去畅想什么天空,我只是接受这就是陆地,我再无诧异,却也开始感到枯燥。我觉得这比恐惧,比之前的孤独难受多了……这样一种很枯燥的工作,就这样在深不可测的海上漂浮着……人是多么微小,比平台都小得多。那么一小块的地方就可以是你的结界……陆地上什么都有,什么丰富的感觉都能呼应上,但海上不同,而且它那点你能看到的景色全都在你的眼前日日相对。连起初的摇晃也成了日常走路时的伴奏……我常常需要调整自己的步伐，以此来寻找和生活贴合的瞬间。那些数据，那些图稿，我好像做得越好，越觉得自己小。找油时眼前是没有景物的，人就是景物，同事是唯一的景观。哪里有油气，不同海域的特殊性才真的出现。就好像一种秘密只有你和你的同事才能掌握……共同的宝藏——我那天就这样想着想着，有了一种责任感。但我不知道这是不是有些盲目……我只是发现，或者说真的知道，知道我只能因为这样一件具体的工作和这个世界之间产生一丝亲密感……是的，那瞬间我就觉得责任和亲密感是一种东西。所以我想，那么我还抱怨什么？"

他的话音落下。映在墙壁上的他的影子在轻微地晃动后突然出奇地宁静，并显出往日的瘦削模样。她突然觉得那墙壁上的他正是过去的他，跟她对话的也依然是过去那个他，只是那时候她没机会认识，现在有机会了。一部分曾经的喜爱流失，一种新的兴趣又升起。她被他说的东西吸引，内心的困惑也逐步消失。她突然不再担心他们心思的错位。或者说，和那些疑虑相比，更重要的是她隐约看到让他们到现在还有机会坐在一起的那个事物的轮廓。

她再次看向他们共同的影子道："我在乡下的时候，觉得一切都很糟糕。一开始只是觉得那地方破旧、落后，后来就完全是因为需要调动的情绪太多导致的疲惫。你想讲道理也没有人要听你说。我一开始对工作有幻想，认为一定要有价值。但价值是什么样的？我不知道。我只是想象出一个价值。我想象我的每一个工作环节都能有效地推进，但其实我做的工作就是练习怎么解决障碍。有一瞬间我怀疑，是不是我去经济发达的地区就能比较规范地依据法条，就能处理事情了。后来我发现不是。法条本身就是创造出来的，是基于各种需要创造出来的，它的合理性本身就受制于地方的发展……法条是因为清晰才深入，又因为深入让人处理复杂的案件时有时候又觉得模糊……除非我完全要处理理论，除非这些理论完全只是安顿法条本身，除非我只想栖身于一个可以置放自己的秩序之中。但其实我不会得到这种机会。即使我现在看起来很接近这个理想了……但我知道，看着每本书的传播过程，它们所走的路有可能是在检验当时我那些困惑，但也有可能只是破坏性地展示出一些真相。法律是维护社会公平正义稳定的，但法律工作者首先需要学会站在不同人的角度说话。用于维护法条的技能有时候像在法条之外，就好像，能力多大，能看到的'法'就多大。细微的阐释空间，取决于对人心理解的程度……在做书的过程中，我有时候会好奇，如果我先做几年律师再去看这些书，会不会有什么不同？会不会根本就觉得当法律编辑很小儿科？我如果能对更具体的案例有深入的想法，是不是就不需要一个理想的法律秩序来安顿自己……我只需要不断理解不断处理就可以……但现在我看到的都是别人的理解，是别人告诉我的，不是我亲自检验的，虽然也是我自己拒绝检验……尽管这个别人能告诉我的，可能是我自己很多年也认识不到的……所以做编辑也很好。"

她还没有说完，孙尧的大手已经轻轻按上她的头顶。她木木地定在那里，感觉有些紧张，却又不自觉想要配合这种紧张。孙尧抚摸着她的头发，一只手在她的后脑勺，一只手避开她额前两缕刘海儿，轻轻抓着垂下的一侧头发。接着，他看着她的眼睛，手指抚摸着她的两侧发际线。她低着头，透过他的指缝看了看手机，又一次刷新发信的页面，发现作者的回答已经紧跟其后。那时，她反复翻阅书中主人公穿越的段落。每一次返回过去，又或进入未来，主人公都在内心过一遍立法过程。那些仿佛贫瘠的过去时空，依然有很多法条覆盖不了的区域。遵照习俗处理日常事务的族长们一次次为难他。而他在说服他们的过程中，也一点点纠正着自己内心对立法的理解。想着提问时的心怀，她张口先从自己的问题朗读起来——

陈老师，城市的发展看似在缩小乡村的版图，一些地区仿佛在快速变得发达，但地区的素养本身没有提升，依然受制于它们相对不同的文化、经济等的强度，全国性的法律在未来是不是依然能够成立？如若据现在的法律机制和程度往以后推演，在这种背景下，造就的未来社会是不是真的值得信任？

孙尧看了她一眼，她也看了他一眼，接着拿过手机，对着屏幕，坐直身子念起来——

刘源，你好！你其实提出了一个标准社会的构想。我姑且不去分析是不是乡村的版图真的在缩减，城市文化和乡村文化是不是不同的两种文化，又或者人的素养这部分的差异。我想说一个故事。

2008年的春天，我从居住的城市回到多年未归的老家。我已经好几年没有回去了，对那里的记忆已经有些模糊。那次回去，感受到很多变化。我的老家原先算是在山区，可那次我回去，发现路都修得很好了。更主要的是人和人之间也不像过去那么紧密。村里多了很多我不认识的人家，原本围绕着一个山口居住的几户人家也都改换了门庭，从平房变成二层小楼。我的老家，在过去也是实行流动开庭的。小时候经常有村里略有点头脸的人拉着一匹马，马背上驮着包袱，包袱里装着文件材料，挨家挨户调解事情。有一年征兵，住得最远的一户人家把招兵的士官堵在村子唯一的出口，反反复复说好话。所以那次回去，我以为整个村子跟过去起码是很不同的，路顺了，自然做事的方式要变。可是很奇怪，当地小法庭还是流动开庭、调解，只是从马车变成三轮车。办事的人已经满头花白，退休多年，可村里的人还是只认他，他就依然得往返在那条路上。我因为是村里唯一考出去的大学生，受到了村干部的招待，那位老人自然也位列其中。恰好我和他都是不喝酒的，我就问他现在和过去办事有什么区别，他伸出三根手指跟我说，过去，一段山路有时要走三天，现在只需要走一天。我又问为什么还是他在，没有其他人来接，是真的没有人吗，他摇摇头说"只有我还能说得上话"。我再问他："那时候您二十多岁，现在您六十多岁，四十年过去，村里的人都换了一波，都还信着您。可现在您在，等您退休了呢？""我二十岁的时候，没人信我，等我三十多岁了，还有人觉得我是小伙子。后来他们发现也没办法了，只有我一个小伙子做事儿，那他们也只能信我了啊，"老人看着我说，"只要一个人真的扎根在一个地方做事，那这个地方的习惯就是跟着他来的。"那天我回去的路上，看见老人在三轮车上坐着，两个岁数也不小的人一个在前拉着车，一个在后推着车，一起把老人挪出那段最难走的路。然后他们都走了，老人自己骑着三轮再走。

那时候我已经有写现在这本书的计划，心里也曾有类似你提出的这种问题。但那天我心里所有的困惑一扫而空。我的老家虽然不是你关心的由乡村变成城市的那部分地区，它依然只是一个变化又提高了的乡村。可我想，所有变化的地方大概也都是由一班一班不同的人改变的，尤其是被做事情的人改变的。我老家因为太小，又在山里，就算修了路，能搬进去的人还是有限，大部分人也都是要走的，它更新得比城市更慢，面对的问题似乎更小却也更集中。半个世纪了,那个老人就这么更改着一些人的看法,直到把自己的习惯树立成那个小法庭的办事习惯。虽然看起来他的普法除了解决事,还包括把自己树立成一个小的权威,可这个权威如果在一定范围内足够经得起审视,那他就能在一定程度上改变一个地方的落后局面。我想说的是,你提出的这个问题很重要,但它和所有问题一样,是需要一批一批人一边做事一边调整的。一个地方的法律状况永远受制于发展状况,可所有的状况还是取决于做事的班底。就像我们去一个地方考察,我们不会抓住大街上的老百姓,我们只会去工厂,去职能部门,去看看是哪些人在做那些和很多人息息相关的事。其实我不知道是不是回答了你的问题,甚至我觉得这个问题从当时到现在我都不可能有一个那么满意的,可以公开的回答。但那次的事情让我知道,同样一个法条在不同的人手上会有怎样不同的效果,尽管我们说法律是公正的。既然这都可以让审判和执行变得有些不同,那为什么还要纠结那些客观层面上的地区发展状况呢?我相信那个老人当时还坚守在那个岗位是因为暂时没有更好的人在那个岗位,但我也相信,假如有一个人愿意去研究,愿意扎下根来做事,也可以渐渐成为另一个值得信任的老人。我们一直有很多全国性的法律,可是没有一个案子完全相同。虽然基本案情相似基本人性相似,可最终每一件事都还是有区别和区分的。即使是两个看起来各方面一致的城市，执法能力依然有差别。我们用的是全国性的法律，可法律工作者是不同的法律工作者，虽然他们的工作看起来相似。只要没有标准的人，就没有标准的法律工作者，也因此不会有真正标准的全国性的法律。

　　古代也许有人曾幻想过一个一代代往后延续的世界，可最终我们也都知道世界是怎么变化到现在这里的。如果往前说，我们的现在就是个未来社会，是不是达到了古人的要求？是不是值得他们信任的社会？我相信也许是否定的。因为我们的社会有太多习惯，太多法条是他们未必认同和认可的。可我们面前的世界、我们面前的社会是不是因为没有达到这种要求，就是糟糕的？这个问题，我认为毫无想象的必要。在我的这本书里，我也曾试图想象一个秩序，可最终我发现，我只能写下事实。所以，主人公无论是去过去还是去未来，他都只能一直按照自己对法律的认识来做事。一个恒定的量不可能发生质变，如果发生了，那也只是在适用具体法律的过程中产生的效果差。真正唯一的事实是，我们这些法律工作者要是值得信任的法律工作者。这不是一个口号也不是一句教条，是只能如此。没有想象中的值得信任的社会，只有一个一个人能给出的所有的信任……而这个信任就是那个小小的、跳动的未来社会……

　　她的声音越往后越有些发颤，一些词语在念的过程中漏掉。

孙尧的手早已放下，只是望着她。

"原来这才是你现在的工作。"他的表情渐渐变得凝重，因夹杂着欣赏显得又有些失落，"还挺丰富的。"

"我也没想到。"她看向他，"起码跟你一块玩的时候我没想到过。"

孙尧起身，把大衣外套取下披上，把她的手臂很自然地拉过来紧贴着自己。她觉得他似乎比自己高。只是在镜子中，他们的身体并排站着，又像一般高似的。

"陪我走走吧。"

"好。"她说。

五

2008年，刘源一度对刑事辩护产生兴趣，阅读大量案例分析，看了不少豆瓣上评分极高的法律题材影视剧。随着关注的问题越来越具体，她有意吸收一些律师和法学学者对各类案件的看法。身份的不同决定他们面对的人群不同，说的话也不同。尽管看似依托的法律知识近似，但真的延伸下去，还是能看到他们各自切口的大小直接决定着立场的变化。刑事庭之后就是民事庭，她一边觉得能让她感受到、消化更多东西，一边觉得对法律工作者而言，刑事辩护和民事辩护很可能没有本质区别。典型案件的"高度"于她只是一种义理的正义,并不是真的"高度"。大部分时候,程序必须走一遍,法理才有可能落地。感受到这些,她内心的困惑变得更加复杂,因为这个枯燥的过程犹如一次次看不见终点的方程式,甚至注定会失败——民事法庭上包裹着的层层伪装,各自在一定程度上摊开的道理,都跟愿意支付多少代价相关。而所有混合在一起的东西,落实到判决书上,又是如此清晰。

认识孙尧之前,她认真接触过的同龄男性只有法学社认识的高一级的学长,那是一段并不让她满意的经历。学长在恋爱初期表露出的学科认识似乎更像为吸引女孩注意力,恋爱三个月后,开始要求她为他写论文,又为了赚钱多次旷课,雇人帮他答到。最终那名男友得偿所愿,承包的食堂窗口赚了不少钱,还给曾说服他好好上课不要急于赚钱的刘源买了一套SK-II水乳外加一只当时风靡年轻人群体的MCM单肩包。她退回物品,并说出迟疑很久的分手。这件事当时传得沸沸扬扬,没有人理解,都觉得她很做作,连宿舍与她交好的两位女生也表示不理解。"人家对你不错了,你眼光是有多高?"其中一位女孩道。后来很长一段时间她都在校外租房,不愿意回宿舍,更不愿意去食堂吃饭。孙尧向她提出一起打游戏的邀请,这几乎解救了她。但要说那些日子真那么满足和快乐,她又认为全然不是。她在失望和比较失望之间划出一块区域,认为那是失落但平静的日子。她跨越大半个城市，就像去了一趟外地。在回想那个尴尬的夜晚时，她总觉得她只是撞上孙尧一段塌陷人生的段落。只是当时，她没有对孙尧产生哪怕十分微弱的影响。等孙尧后知后觉发现了，她已经在自己的生活中找到一些微小的价值感。而那个尴尬夜晚所携带的她对自己的失望因此随之远去。当她把陈老师那段文字朗诵出来，孙尧便停下动作，只是端详着她，好像一种严肃的吸引力重新把他定在那里。在酒店楼下的空地散步时，孙尧也总是打圈，好像是为了延缓她离开的时间，又像真的想要留下些什么。

2015年到2016年，陈老师的小说实现八次加印，长居法律分类的畅销书榜，并售出韩语版和影视版权。刘源得到全社嘉奖，又获得法学畅销图书编辑奖。尽管赞扬之声众多，但那本书在豆瓣网上依然收获三百多条差评，评分最终停留在6.8分。有人指责小说过于理想化，"只是一场思想实验，经不起更严峻的叩问"。有人认为，"书的内容只是常识的综合，适合大学生阅读，只是一本成长读物，又用了便于传播的形式营销，影响力才那么大"。有人说，"作者擅长把碎片化的体验融入小说，稍显特别。但不得不承认这只是一本快餐式的科普读物。把现代背景换成历史和未来背景，小说里的立法水平并未提高"。还有不少读者评论说"叙述枯燥，热衷说理，空有小说的名头"。更有一个帖子在评论区指责书籍作者靠这本书骗取学术成果。刘源本人也从这本书的世界抬起头，看到真实世界的参差，一边向作者约着新的书稿，一边对自己的工作产生怀疑——做法律书籍真的就能让她满足吗？真的要躲在所有这些文字的后面，做那个有限的思考者吗？这样的思考又能走多远呢？

2017年1月，陈老师于个人微信公众号发布一篇文章，公开支持为一名犯拐卖罪的妇女做免除处罚辩护的律师。文中，他详细罗列多条案件细节，对证据链条提出多个质疑。同时从根本上提出自己的观点——对受害者犯罪应该细化立法。文章发布不到三小时即突破十万阅读量，大量评论都在抨击陈老师，并且评论被不加筛选地公布出来，由朋友圈迅速蔓延到微博。陈老师的个人主页下一片质疑之声。短短数日，那部小说的网站评分已跌至5.5分，并有继续下滑的趋势。出版社紧急开会讨论补救措施，但每个人都非常清楚这波恶评根本无法补救。然而，在抵制中，这本书加印到第十次。刘源私下查询过那起案件，案情并不复杂。

主犯一共三人，其中一位是曾被拐卖的妇女赵含英。被拐卖强暴后因未生男孩遭到买家"丈夫"的嫌弃，"丈夫"以女儿要挟她去拐骗女子给自己完成传宗接代的任务。2015年，赵含英将智力有缺陷的刘某拐骗。"丈夫"对赵含英的虐待随之转移到刘某身上。赵含英和刘某被解救后，刘某指认赵含英才是拐卖自己的人。但赵含英拒不认罪，认为自己所为只是出于自保的权宜之计。

刘源并不明白，陈老师对律法的思考已经比较成熟了，为什么还要关心这么具体的案件，甚至写文章探讨这么冒犯网络民意的问题？何况，拐卖妇女罪本身判不了几年，支持这样一名女性免除处罚，仅仅因为她曾经是一名受害者？

  2017年9月，赵含英拐卖案在N市中级人民法院正式开庭。孙尧已经是勘探采油带班队长，并通过模拟托福考试，即将被派往和公司有合作的位于安哥拉海域的钻井船，继续做油气勘探开发的工作。预防黄热病、疟疾、伤寒等传染病的疫苗逐一注射到身体里，孙尧感觉自己的身体武装上了一个加强连。只是这种感受自机场落地后，渐渐消散。换好工作服，抵达海上人员运输中心，混合着葡萄牙语和英语的舱体内，旋翼的响动似乎比在国内时更剧烈。他在嘈杂中迅速忘记曾路过的泥泞的马路，还有诸多米白色房子——巨响包围的瞬间，它们都像一块块刚涂满奶油的蛋糕坯。越过滩涂不同程度的灰褐色，是从灰钴蓝到灰普鲁士蓝渐变的大海。曾在总公司墙壁上看到的那些体型较大的海鸟此刻埋伏在视线上方的微微阴霾之中，形态清晰，但也没有那么显大。他想起去澳大利亚挖油的同学曾经这样形容当地的动物——在陆地上连鸟都是巨大的，要向你奔跑，到了海上，就又缩回了原本的形态。当时他只觉得那是一种修辞，此刻却觉得或许是真的，但也或许是陌生感加剧了视觉冲击。安哥拉布满中国人的痕迹，尽管大街上仍是清一色黑黄色的脸、清晰的双眸，人们体态都很匀称，很少见到胖子。和他一起工作的同事都是中国人，主要负责综合勘探和开采技术。负责具体采油的都是当地人。去之前他还担心交流问题，去之后才发现这实在是所有问题中最可能忽略不计的问题。两国的企业合作尽管已经趋于成熟，但因为大环境不好，孙尧遇到的许多事都得上层配合好后，他才有机会统筹、执行。对石油寒冬这些说法，他曾经感触不深，且当时他自己和钱打交道也仅在出海后看到账面上多出的数字。而现在，安哥拉货币宽扎贬值就在眼前，中方能得到的各项工程款却不会提高，兑成美元缩水一半以上。这种严峻的时刻迅速成为他新生活的一部分，他觉得自己已经和国内的生活拉开距离，内心突然变得孤僻起来。一下平台，他除了给父母报平安，就是给刘源发信息。因为时差，很多消息都要第二天才可能得到回复，孙尧常常会发好几段文字。他说起一次休息日，海滩上露出的一截炮身管让他意识到脚下踩着的竟然是坦克。起初他还感到震撼，"履行"初来乍到者的"任务"——跟滑膛炮合影。后来就发现这在当地很常见。不光海滩，南部平原上也散落着各式各样的军用废料。2002年内战结束后，因为当地没有废物处理的窗口，废料堆积在全国的各个角落。埋藏的地雷像定时炸弹，时不时还会造成交通事故。

"但就是这样，当地人也用自己的方式做过一轮废物利用了。坦克上的装甲被拆下来做成篱笆，履带的橡胶也被拿来用，支重轮等也都不见了。不能利用的废料，被一代人抛弃，又被下一代人无视。海滩上的坦克被泥沙冲击到地下，只露出好像是招手的炮筒,而平原上的,至今仍在接受暴晒。"他的声音在并不流畅的信号下显得颤抖,"我来之前那几年,石油价格大跌引起社会混乱。那时候,开车要把车窗关紧,否则就有不知道是劫匪还是警察的人把手探进来不及锁上的车窗,用枪抵着人的脑袋。"

以往在国内工作,小环境相对单纯,他在一种微弱的被保护中无旁骛,觉得这份枯燥工作的门槛似乎没有想象中高。但现在出去了,需要重新熟悉、认识团队,加上协同工作的节奏、管理都较之国内有变化,他的知觉似乎伸展得更敏锐,常常觉得满耳朵都是不同的声音。一些步调的调整扩张了日常细节的丰富性,它们像充饱气的球状物,一颗颗在他面前闪耀。他觉得新鲜、热闹,也因为陌生感产生过一丝焦虑。但也觉得自己变聪明了,仿佛很多感受打开了。

"这就像未事先准备好的交流。"他有次在聊天框对着刘源的头像打出一行字,接着又写道,"以前我觉得自己的工作是特别的,现在我发现,其实这只是份工作。有很多更好的技术在那里,更好的管理方式在那里,我接触不到,不光是因为我的能力有限,还因为连我能力有限都知道那些好的东西用不了,要考虑很多东西……生态是一方面,还有可能造成浪费、开采的难度……费用太高。近处能触碰到的艰辛,远处是已经出现的可以替代的能源,我的工作早就不是独一无二。我根本不是起航者队伍里的一员,我其实是一个现有秩序和技术的守护者……当然我也可以说,秩序和技术本来就是一种东西。"

刘源看到信息的时候已是清晨,桌上还堆着剩十页看完的文稿,准备八点闪送给同事。她已办理停薪留职,却被孙尧最后一句话触动。她想到陈老师写辩护文章的那起案件。不知道千里之外的法庭上,律师将如何为赵含英做辩护,他们是在用自己的技术维护秩序,还是会维护自己的辩解?难道这就是具体的法?她的困惑渐渐转变成一种迷惘。她发出一段语音,在准备发出前停下来。最后她发了一句话:"我休假了,准备去银川。"

六

从机场出来已是傍晚,刘源打车去位于新月广场附近订好的酒店,准备第二天醒来先在市内随便走走。只是计划赶不上变化,当晚她看到那场判决的结果——赵含英犯拐卖妇女罪、虐待罪、限制人身自由罪,判处有期徒刑四年。她匆忙点进被告代理律师的微博,看见最新的一条微博是一个逗号。她知道这是上诉的意思。在评论骂声的海洋中,庭审视频里截出的律师照片被做成各式表情包。在那些模糊的画面中,她看到赵含英始终站得直直的,某一瞬间,她甚至觉得赵可能真的只是受害者。可她也清楚,自己的反应实在太不专业,她站好了队,又想要发表看法。

她早就应该没有立场,只看重证据,这才是法律工作者该有的态度。她想到自己真正应该学习的是案件本身。法院的判决只是一部分,包含着检方态度、陈老师辩护、赵含英反应的整件事才是真正的具体的法——法理和法条互相缠绕,阐释也好,擦亮也好,甚至面对内心的拒绝也好,全都在这件事之中。这才是唯一深入的可能。如此想着,她内心不禁有了波动,干脆走出酒店,在空旷的大街上一边散步,一边时不时看几眼手机。

她看到陈老师公众号发布的一篇预告,只有简单的两句话——"最近在写一组寓言故事。突然想,如果荷马和伊索是法官,会怎么判今天的很多案件?"马路宽阔,一个人都没有。路灯照下来,街道成为眼前的唯一存在。气温比傍晚时低,她披着一件灰色外套,在昏暗的路灯下慢慢前行。也不知走了多久,总之也没有觉得累,天上的星星清晰地眨眼,她想到孙尧提起的那些海上和戈壁上空的星星,不知道是不是接近这样。她在 App 上订了贺兰山岩画的门票,又看了赵含英拐卖案的新消息。短短几小时,网络舆论已渐渐变得复杂。透过案件公开的更多信息,赵含英受辱的细节比她之前讲述的更多,网友从对赵含英量刑的质疑转为质问刘某为什么在怀孕期间放弃两次逃跑机会,尽管这种逃跑很可能会失败,但为什么连试都不试呢?出版群里,同事把最新一波关于赵含英案的自媒体文章分享出来。她看完所有标黑的观点还有热评中的高赞回复,刚刚平静的内心又被搅动起来。

曾经她以为自己和网友所想的是一回事，现在却发现根本不是一回事。她认为拐卖影响恶劣，无视社会公序良俗，无论有多少被胁迫的成分都应该判刑，不能因为被胁迫就可以免除处罚。但网友们似乎只是在关心一个均衡的正义——犯罪者如果受害情节足够严重，其罪行便可以得到弱化，而受害者放弃的逃跑机会却是自己成为受害者的源头和根本。仿佛案情经过一轮升级探讨，却只是又一次回到原点。赵含英本是受害者却在犯罪的过程中缺乏同理心，这原本是她被人抨击的部分。刘某智力有缺陷，但在得到救治后仍能重新指认拐卖者，这原本是她受人尊敬的部分。而现在二者基本信息不变，只是赵含英受害情节细化，刘某被迫害的情节细化，舆论就变了。那个最开始的拐卖者和施暴者"丈夫"却在事件中始终处于次关注的位置。她想着，不禁想退出微信，这时同事的信息发来了。"你还回来吗？估计趁热度还能加印几次。别再一副受打击的样子啦。""我只是来休个假。"

尽管嘴上这么说，她得承认自己内心确实有所放松，但和舆论的变化无关，而是她看到那个曾经认为恒定的公序良俗比她想象的更复杂，法律限定的东西也比她曾经以为的丰富得多。法律和法律的出现本身就是一个权衡的过程。即使是已经明朗的案情，因为其中交叠着的诸多纠葛，这种明朗仿佛处在灰色之中。必须权衡，甚至必须考虑影响，必须让犯罪嫌疑人付出代价，却也必须考虑受害者和实施犯罪者在过程中的反应。她感觉自己脑海里徘徊着许多东西,没有头绪,没有答案。她想要停止思考,却不觉又躺在床上头脑风暴。而另一边,是刚刚经过一场特殊战斗的孙尧。

一个约有十八人的团伙最近一段时间每天晚上十二点至凌晨三点进入平台附近,采用特制工具打开油井阀门,通过尼龙管将原油输送到船上。每个人都携带着武器,值班的同事人少,不敢上前,只得等他们自己走。过去他们碰到的偷油贼每次取得原油都会快速脱手。可此番团伙作案,暴露背后的产业链条比以往的偷油团伙更成熟,只是这种事在当地太常见,警察管不了,加上明里暗里的地炼产业解决了当地不少居民的就业问题,久而久之,有关部门也睁一只眼闭一只眼了。可是这次作案带来的损失比以往大,孙尧被上级要求遏制一下,他和同事们,有一些是安哥拉本地人,决定亲自把偷油者赶走。那晚,直升机照常折返,但实际只带走了一部分员工。晚上,余下的工人们,平台上有一部分,平台附近的供给船上也藏着一些。武器并不多,会使用的同事们都在前面,孙尧则装模作样拿在手里。时间一到,偷油船照例在目标地点出现,外围的同事负责进攻,平台上的孙尧和其他人负责包抄。但偷油者很老练,跑走了不少。跟与偷油者斗争相比,最难的是清算损失。中方和安哥拉方,还有负责能源服务的韩国公司之间各自推诿,都不愿意承担损失。孙尧的直属领导已发话必要时可撤掉技术援助。孙尧给刘源打电话,诉说着这场比赶跑偷油者更复杂的行动。

"我感觉我像穿越到一个很差的地方去看一些很过时的东西。我很失落。"

"如果偷油在一个国家难以管控,那肯定还是因为偷油缓解了很多暂时的问题,我当然不是说偷油对……"刘源说。

"你又想说这是必经的过程?"孙尧道,"我最近听到很多这样的话了……我不明白这种情况为什么没人管。有时候我甚至觉得也许缺乏信任是写在人的基因里的。"

"难道基因里应该写'信任'吗?如果可以选择,我宁愿基因里写进'不信任'。"她道,"根本没有这种信任,也根本不可能有。信任是对秩序、公序的信任,现在秩序没有完全给予这样信任的基础,又怎么可能有信任呢?你之前说过,经济混乱,危机出现,人们会先抓住那些在本国的外国人,从外国人身上拔毛。"

"我只是觉得,如果等这个市场成熟起来,等秩序更完善起来,大概容易采的油气也采得差不多了。"孙尧道。

"你少来。我们不可能跟自然的时间去赛跑,去衡量成熟。哪有什么所谓的成熟的秩序,所谓的值得信任的秩序……我们只能在有限的空间发展自己。"

"也许是你说的这样,'大话王',我们只是被宠坏了。"孙尧道,"觉得职场应该顺利,甚至不光自己这里要顺利,连整个环境都该随着顺利……在国内的时候觉得枯燥，在这里出现波折了，又觉得枯燥是唯一应该存在的真实……可万一所有的这一切本来就是真实的一部分呢？不过我也许太杞人忧天了。"

"不，这该忧心，这就是你的事，我是说，这本来就是你的事情中的一部分……私与公混在一起就是我们的现实，这根本没办法。政策的变化，环境的变化，合作的变化，人心的变化……这些东西碰到就碰到了，碰不到就跟自己一直有隔膜。发展当然是在崎岖不平中的……"

孙尧顿了一下说："你知道吗，有个村子，因为粗陋的炼油作坊很多人都生病早逝。我只是觉得很遗憾，油气资源应该提供更成熟的就业机会，而不是让大家都去赚快钱，不是让更多人进入偷油的行当。否则好的技术能用吗？连环境都很容易被自己人破坏——他们也确实不关心。很多技术根本没办法更新，何况难度本来就大……那如果这样，我们这些人的价值在哪里？我们毕竟是做技术的。"

"也许对技术的守护就是一种技术。"半晌，她终于说道。

七

酒店斜对面就是景点大巴。她随意登上一辆车，付了车费，先到沙湖。被沙子覆盖的小片沙漠上都卧着骆驼，它们仿佛在微笑着酣眠。中午吃了随身带的干粮，抵达贺兰山岩画时，刚好一个美院写生团正在上山。她紧跟其后。老师在前面，边走边介绍："……像这个形状，就是一种生殖崇拜……"

"是先有圆形还是先有方形？"刘源突然问，"先有直线还是先有曲线？"

"您是我们学校的吗？"

"我在问您问题。原始人一开始画画，就是直接从图形开始吗？"

"当然是看见什么就想画什么了。"老师有些不悦。

"如果看见的是树当然可以画树，如果看见的是岩石难道要画岩石吗？如果看见的是一大片山一大片平原呢？"

或许是被刘源问懊恼了，老师竟然认真答道："不一定画什么就得像什么啊。你觉得像那就真的像吗？我们看见的是一回事，那本来是什么又是一回事。没准从上往下看我们都是蚂蚁，都是星星，都只是光束。"

"有趣。那如果是一片片光束，怎么画呢？"刘源道，"先有图形还是先有画面？"

"同学们，如果你们要画画，一定不能把画面分解，你们只能画一整个……我想说的是，如果想要画山上的一棵树，你只能先画山。但如果你要画的是山，那你只能从树画起。"老师回过头，"你觉得呢？"

"很有道理。所以先有光，才有暗。先有植物，天上才有光体。"刘源道，"人注视什么，这个东西的背景才会应运而生。"

"您是摄影师吗？"老师望着她背着的单反，可刘源已经走开了。

沿着岩画的分布路线蜿蜒向上，她觉得山路很长，走了好久，才看见错落的岩缝内有一棵迎风低垂的小树。就像种子从上面落下来，很随意地扎了根，却又有一丝自强不息的气质，即使有路人想要触碰，甚至把它往外拽，它也似乎十分牢固。刘源记得，这种树的根扎得很深，很难拔出。虽说从外面看起来，都是细细瘦瘦的模样，根茎却尤为粗壮。如此想着，她对着小树拍了几张。只是，想起刚刚那名美术老师的话，她觉得自己把小树拍得过于壮实。不觉离远了点拍，这才觉得树终于在它原本的位置焕发出光彩。

又走几步，阳光似乎比刚刚充裕些，仿佛有一些正照耀在她身上。她重新想到陈老师写的那些文章——在网络端口，或许正有不同的人浏览、发表意见。那里面大量的意见也许都不是陈老师需要的，可他还是写下那样的文章。打开陈老师的公众号，她再次看到那句话"智慧要经过不智者的同意"。第一次看到这句话的时候，她内心的疑窦是"难道你就是智慧者吗？"，可现在她不太关心这个疑问了，她头脑徘徊着内心的辩论环节。文字在写出来的过程中愈加清晰，而一件事只有做完的那一刻才透出全貌。所有对整全的认识也许一开始都是想象，只有像把光和暗区分开那样才能进入秩序的建立。接着，则是移动，局部的位移。这样一步步来，一个人才可能走到事物的中央，看到一些东西。如此想着，她突然觉得，也许所有事本来就是一件事。只是有时候，生活需要停顿，从一处情景走向另一处场景。知识也不是只在阅读和思考的时候才是知识，知识来自每一个可能的瞬间，而认识的提高不应该只被一些特定场景包裹，它应该在每一个瞬间都有生发的可能。也许一个人本来就没有机会每一次都重新确立站立的位置，他只可能随着自己的变化随时移动，如此，才可能拥有哪怕极其有限的完整认识。她想着，看向刚刚那棵小树的方向，想到陈老师那部小说里写到的立法环节，围绕着未来法庭长桌上的几方人员的陈述，突然像远方放大的植物那样拥有了生命，向她走来。

  阳光渐渐淡薄，一日内最后的一丝温热渐渐把她的身体拖长，影子又极淡，混合在人群中，仿佛并不存在。她想象着那也许才是真实的自己，对着聊天框那一头的孙尧说道"我准备辞职"。这次，是她没有得到回复。但她已经不太关心这件事。她在App上买了一张最快的回北京的机票，去机场途中，向领导递交正式的辞职邮件。在落地前，她已经想好不会留在大城市，而是要去基层。如果当初让她想要放弃法律工作的原因是那些无休无止的调解,那她就一定要回到调解现场。尽管她知道:从来没有任何形式的返回,她只是在启航。再次打开陈老师的公众号,一篇新的文章已经立在她的眼前。这次,不再是为某个案件的当事人辩护,也不是法律观点的陈述,而是他口中的第一篇寓言故事——讲述神为立法者的时代,巨人国与普通国之间的一场战争。巨人国人接受神的旨意把法典带给普通国人,却在这个过程中完成自己国家律法的建立。其中一段话颇有意思——

巨人们披荆斩棘,终于打败认为可以征服他们的普通国。巨人们再一次向普通国人传授神授予的法典,这次他们终于相信了。没有人再质疑他们。可是巨人们很快发现身形壮硕的他们只能在各自拥有的土地范围内活动。原来在传达旨意的过程中,他们丧失了神的仆人的身份,成为真正的自由民。而作为自由民的要义之一便是——清清楚楚地守护所有已被安排好的事。作为自由民的巨人国人,因此只能终生待在自己的那个位置。

读罢,她点开邮箱,火速给陈老师发了一封邮件:"'事都已经安排好了'难道不是说只能从上往下看吗?如果一个人只是看看自己的四周,又如何知道凡事都已经安排好了?可谁能总是从上往下看呢?"这次,陈老师依然没有立刻回复她。而她经历了数月的复习,终于在2019年考入某中部县城法院,并被派往下级司法所。打包东西去就任单位的过程中,她分别收到陈老师和孙尧的邮件。陈老师先是解释自己没有立刻回复的原因,他已经再次去了海外,进行为期一年的访问交流,同时完成在当地的跨学科项目。

"我去了印度的一个小城市。"他在邮件中写道:

> 这里四散着许多部落居民,他们身上有一套习俗,城市的法律没能好好保护他们,他们遇到一些事情只能求助人权律师。很多案件很典型,对经济文化发展不平衡的国家和地区都有警示意义。关于你问我的那个问题,我大概依然不能给你一个确切的答案。我只能说人都有自己的位置,法律从业者也有自己各自不同的位置。我听说你已经离职去基层了。首先祝贺你。不是为你这个选择,而是为你一切新的选择。一个人看到自己的方向是很难得的,尽管也许有所局限。巨人们因为身形巨大,在人间属于异类,只能成为神的仆人。他们一日可行千里,但打败普通国人依然用了很久的时间。因为在战争中他们不够矫健,存在感又很强,很容易成为目标。普通国人知道自己的长处,他们聚集在一起,日日训练,成为一个最难攻破的"巨人"。可是巨人还是打败了普通人,因为他们每个人以一当百,只要团结的意识出现,就迅速变得比普通人更强。

可是你知道吗，所有的巨人在完成使命后都依然要回到"普通人"的身份。他们只能在自己那一块位置活动，过着被律法限制的属人的生活，而不是过去那样作为神的侍从、传达神意的生活，不再是被神安顿的人。当然，我们这些现代人不关心什么神，什么神意，可我们都有一个自己内心无限庞大的时刻，我们因为有所知而认为自己的冒险精神可以落地成为事实，夸张地认为自己可以承担很多东西，在这个感受下，我们所认为的自由真的就是随性的自由，是不受约束的自由。可事实上，当我们感受到真正的责任后，行为才真的受到自我的限制。这时候的有所知就成了界限。我们越往上走，界限越明显。我们每前进一步都是冒犯。所以巨人终究要做回普通人，控制他们庞大的身躯在移动中不摧毁庄稼，控制他们的身体不像过去那样那么容易成为武器……这是我眼中的巨人——一个个放大的"普通人"。

"没准那些被他们打败的普通人是上一批巨人？"她迅速发出消息。

"极有可能……这个点很有意思。只是时间轮到了这波巨人……这是他们的时间，而其他人无限缩小，只是因为已经不在时间之内，也因此不在这个秩序和规则中。"陈老师道，"他们消失了，可作为历史又没有完全消失在感受力之中……就像我们四周的那些事物,就像我们感触颇深的历史……它们一直从未离开……而事物能保存的时间是很悠久的。只是我们人的时间有限。人是有批次的,天空和大地却没有年龄。"

她看着这些话突然内心十分激荡,过了好久才打开孙尧那封邮件——

> 刘源,我暂时还在安哥拉,没能这么快回国。现在我这边状况好了很多。但是如你所想,很多事我无法逃避。包括这段时间好像永远不会停止的谈判……这次选择发邮件,是因为手机的短信功能突然不能使用,微信也打不开。可是我不想卸载软件,我怕卸载了再装上,回头就找不到与你的聊天记录了。

她想回复他,聊天记录里的语音消息会迅速被清理,他即使保留软件不卸载也不一定能存下所有聊天记录。但最终她没有这样发,而是留下一个字"好",并贴了一张自己在司法所工位的照片。她原本想发一张自己在雨后阳光下的照片,又或是和那棵小树合影的照片,可她还是选了一张最日常的照片。办公桌上一沓沓厚厚的材料罗列着一件件小如芝麻的案件。她的记忆突然回到好几年前,在成都那家律所,那名敲击键盘的实习律师和他脚下落满的打印纸。此刻,那些打印纸上的字早就被她遗忘了,但她看着面前的材料,觉得它们仿佛重新清晰起来。她打开电脑,看着被她设置成屏保的小树的照片,想把当时那番心怀发给孙尧。可无论怎么描述,似乎都不能复刻当时的感受,也不能解释自己怎么就突然走到一棵树前想到那么多东西。最终,她把这两张照片也发给了孙尧。一张是近处的小树,一张是远处的小树。她不知道孙尧能不能注意到这不是一个近一个远,而是一个有背景一个没有背景,一个完整,一个也许没有那么完整的完整。不过,她突然觉得这些问题也许对孙尧来说都不是问题了。那些海滩上露出的一截炮管,仿佛一溜烟消失掉的偷油者,还有可能围着长桌站着或坐着的几国油气项目负责人,也许早就教会他这一切了。这么想着,她重新打开当时做的那本法律小说,发现评分已经重新回到6.8分。那些曾经的差评仍在,可时间好像切断了她和它们之间的联系。她好像重新走到了一片孤岛上,但不是因为孤独和无助,而是一种仿佛很多声音都离自己远去的感觉。她的孤岛正在成为一片飞地。想着想着,她再次合上电脑,带上资料,跟在师傅的三轮车后面,脚步一深一浅地朝着当事人的家走去。

2022 年 3 月于上海

传声筒

病区里都是女人。大部分是开始衰老的女人，掉了头发，都像仍年轻着。她们四散坐在护士站对面的几张椅子上，目光到处游荡。有的人刚剃头，挤在走廊深处的角落拍抖音，像在发布重要消息，声音爽朗。第一次踏进病区时，她眼皮上还粘着双眼皮贴，踩着七厘米鞋跟的皮靴，身板一闪一闪，许多个光头像小山包一样在她眼前波浪状游动。

现在，她脸上的妆容褪去，条纹连衣裙是第一次陪护时网购的，后来几次入院都穿着。白色平底休闲皮鞋已经脏了，没法洗，只能用纸巾擦，边角的皮蹭破不少。不久前，刘建梅把跟她的合影发在朋友圈，仍有一两个人在评论里说她们母女俩长得一点都不像。她知道他们指的是什么。过去她会生气刘建梅把她的素颜照发出去，现在不会了。她甚至有点喜欢用自己衬托刘建梅的美。

病房墙上、电梯内外，贴着病区分布图。不同的直达电梯送病人和家属到不同的病区。箭头和指示牌标识得很清楚，第一次来的人，如穿行3D建模图的内部，一开始还东张西望，很快就了然于胸。血液病患者住顶层，其他病区根据身体结构分布从上到下排列——头颈甲状腺外科、普外科……最庞大的病区属乳腺科，占三层，六个病区，妇科次之，占两层半，五个病区。电梯下行，一波波人流进进出出，从壮年到老年，面部表情引出的肉身细节溢出一条条具体的人。一位佝偻着身体的矮小老人立在她左侧，几乎静置在一旁，全靠肉体机能运行中弥漫的气息提示着自身的存在。一个神色冷淡的光头少年垂着眼迈进来，应是进错电梯，很快走出去，电梯内最后一点话音随之退出，气氛再次归入集体般的静止。

人虽然多，但烈日下，医院显得比它本身要安静。每一个出口，都有两个保安把守。她跟着人流走，有时被带到北门，有时被带到西门。她辨认两个门的方式也简单——越走越高，那就是西门；越走越低，那就是北门。此刻，她站在西门内，一眼没看见江浩平，也不慌，只等他电话打来说一声。江浩平也习惯得很，很快从北门赶来，在百米之外边走边朝她招手。手似已在她看见之前挥舞多次，臂膊僵硬，脸上是困倦的淡漠。外面阳光刺目，戴着高度近视眼镜，她更睁不开眼，只好眯着。直到走近了，才试图慢慢睁开，额间现出两条明显的抬头纹，眼睛看起来仍像眯着。她感觉面部肌肉略有紧张，很快收束表情，但舒缓太快,显得极其不耐烦。她双手贴着衣缝两侧,上半身有些前倾。江浩平身上没有汗味,但额头上的汗仍让她感到似有若无的黏腻。他应该在阳光下站了很久,此刻看见她,汗松懈下来,被不知哪来的气体形成的一缕风,带到面颊,又带到下巴。她不禁后退一步。

"筝筝。"他喊她小名。隔着口罩,江浩平的声音有些钝,像含着什么东西,在阳伞的轻微晃动中,带出呲呲啦啦的回声。

刚过九点,阳光下他们的倒影已是一条弯曲且清晰的边缘线,仿佛再站得直一点,最后一点影子也将被他们身体的暗面吸收。右手戴着的腕带上,蓝色字迹的姓名已变浅。她把伞递给江浩平,从双肩包里拿出买好的饭,把腕带脱下,戴在他的右手。

"等下你就戴着我妈的腕带进去。到病房门口,你就说来探亲,很快就走。"她道,"下来太晚了,食堂早饭卖光了,叫了米饭套餐。"

江浩平咕咕哝哝,仿佛说了一句什么,她听不清。下楼前,刘建梅嘱咐过她,江浩平现在反应慢,得大声跟他说话。

"大声说他就反应快了?"她道,"从小到大你们俩有事儿不都是我传话,横竖是我听,你还管他声大声小?"

她脑海中浮现出一家三口曾经共同生活时的样子。江浩平在卧室,刘建梅在厨房,她在三室一厅内游走。像不停要给家里的电视机换台一样,她用不同的怪腔怪调传话,气氛不断被打破,父母却仿佛因此有更多话讲，一些原本细微的争执也平息了，房间内闪动着更加和谐的音符。她给这个家庭添加了润滑剂，又像增多一层空间。夜幕降临，她按刘建梅的要求，把跑出去的江浩平叫回来，整个家庭才终于再次严肃起来。这一习惯甚至延续至今——在刘建梅偶尔需要父亲帮忙的时刻，她依旧拿起电话，假说是自己需要，在电话那头，在电脑云端，和母亲一起，等着江浩平前来。

"我跟你说话呢！你跟你爸，你得大声说。"刘建梅重复一遍刚才的话，音量比之前更大。

她想起母亲第一次化疗期间，姥姥问刘建梅："那啥，谁照顾你？"没等听到回答，又问："筝筝咋样？"很快又说："你表姐说想去看你，你不要给她甩脸子。"若不是刘建梅嚷嚷，姥姥或许还会继续说下去。

"你照顾自己要紧，别操那么多心！"刘建梅嚷道。

"我看你不像有病，啥……你赶紧回家去！"姥姥的音量比女儿更大。

如果不是熟悉的人，可能会被这对母女的电话吓到。姥姥说话间带出的"啥""嗯""哼"这些语气词，和姥姥的呼吸交叠在一起，把她内心的焦躁震成一片密如蚊鸣的"嗡嗡嗡"。她起初以为姥姥是怕别人听不清，所以总是说得特别大声，后来发现，姥姥只是自己听不清。她不知道母亲以后会不会也变成姥姥这样。

"我觉得我爸有些蔫儿。"她道,"就不让他过来了吧。"

"谁想让他来?他自己要来!"刘建梅说完,背过身去。过两秒,又叫疼。想要按应答铃,却按不动。

"别按了,护士让尽量去护士台喊人。"

"那你叫啊,你怎么不去。"刘建梅背过身,"就这,你不让你爸来,我能靠住你?"

"很有道理。"她耸了下肩膀,皱着眉头和护士迎面而过。

"你姑娘脾气不太好啊。"护士顺着刘建梅唠叨了一句。她假装没听见,继续往外走。

江浩平的穿着仍是十年前的风格,尽管鬓角已有轻微灰白。网眼米色运动鞋,深蓝休闲裤,挂着"中国李宁"四个字的白色T恤,还有鼻梁上突然多出的金丝圆框眼镜。肚子更鼓,两条腿显得更瘦,总感觉裤腿过宽。如果不是那副眼镜,她觉得他身上有一些20世纪末小混混的气息。

"你们这代人懂什么,我们那时候,是真的反叛。"当年,江浩平是系统内较年轻的主任之一,意气风发,开着车把她从机场带回家,一边还给收费站的人递好烟。

"你们现在这些都是小儿科。"他后脑勺对着她,她看不见他脸上的表情。

而此刻,面前的江浩平低着头,还时而东张西望。手机的四个角都有严重磨损,屏幕正中间有两条明显裂纹。这是个十年前会用最新款手机,每季都要穿新衣的人,她想着,把菜推到江浩平跟前。他扒拉半天,把里面的牛肉吃了。

一到医院,她的饮食便规律起来,但一回去就又开始不应时。来回数次,又加上本身消化就不怎么好,她竟攒出慢性胃炎。刚化疗那几天,医生让她给刘建梅买食堂的营养粥,母女俩吃几口就吐。后来,她只给刘建梅买清炒或清蒸的菜、煮烂的龙须面。这次因为手术,江浩平本要带饭,可从住处到医院单程就要两个半小时,他只带了一次就没继续。江浩平这几年健康状况大不如前,仅凭每年几个节假日的短电话,她也早已对他的迟钝越来越熟悉。

"她哪行。让她给我捏背,捏几下就不捏了!拿病号服,只拿了上衣没拿裤子。"刘建梅继续数落。她调整了心情,只是笑。进来的护士再次跟她赞叹,刘建梅根本不像刚经历完化疗的患者。她则回想起刚住进来时,刘建梅像小媳妇般抽泣着说:"本来要直接做,但是市医院让手术切……我怎么能切……那里切了,站都站不直。"

当时,她难过极了,一句安慰的话也说不出口。现在,她似乎还是不会安慰,并且总是心情不佳,觉得一件事接着一件事,没有尽头。刚入院时,刘建梅老是哭,对她露出愧疚的表情,让她很有压力。但没几天,刘建梅就表现出强大的适应能力,密切关注着病区的许多病人。有一个姓乔的女病人，生有三个女儿，有时候大女儿来陪，有时候小女儿来，二女儿似乎很忙，来得少，三个女儿都来的时候，就光流泪。刘建梅很在行地说："她一个人带大三个女儿，也没再婚，多难。"后来又赞叹道："她化疗完也不想吃东西，身上脸上都是黑斑，一晒太阳，斑就更黑，有的斑脱落了还长。但是她肿块小得比我们都快。"

"我就是外强中干，不如她！"刘建梅站起来，右手不自觉地指向窗户，"再不好我就从这里跳下去。"

说完又叹气，叹完又道："倒数第二关了！"在她还沉浸于刘建梅制造的悲伤中时，刘建梅竟已给自己打完气，呈现出所有病友都希冀拥有的进取姿态。

第一次住院期间，刘建梅每天都要在整个病区穿梭。名义上是为了认识同组的病友，结果把整个病区的病人都变成了朋友。这些年纪不等的女人，有的加了她的抖音，有的在"美篇"上看她的《抗癌日记》。刘建梅戴着老花镜，低着眼，像个熟龄知识分子，对她们讲述着身体的变化，高高低低的声音混合着不断的抱怨和积极的应对，让她的话语流淌出适度的体贴。一些消息时不时从手机上蹦出来，有语音，有文字，都来自那些需要卧床、不便起身来开"茶话会"的病友。刘建梅对着手机跟她们说话，声音不自觉又大了。原本围着她的人散开几个，留出的缺口很快被别人补上。她震惊于母亲神奇的交友能力，觉得自己反而更像阴郁的病人。比如，她本不怎么说话，一说话总惹得刘建梅跳起来回击道："我怎么就是讨好型人格了！"

她想起这一幕，又开始像当时化解言语冲突那样，切橙子给刘建梅吃，再摸摸刘建梅的光头。

"你这是心情好了又？你这哪是照顾我？"刘建梅佯装把她推开，她则尴尬一笑，赶忙注意了一下自己的表情，又看了看母亲的输液管是不是还在继续滴。

刘建梅脸皮好，头皮也好，身上更是白花花。刘建梅说，她要不是女儿，就算遗传不上自己的双眼皮大眼睛，没准也能遗传上自己的白。她实在太像江浩平，黑就算了，上半身偏胖，小腿纤细，整个人像圆规。这身材，她十八岁之前就有了，现在也只是圆得更加标准。刚开始会搭配衣服的时候，她拼命用落肩大T恤遮住自己的腰和臀，两条细腿晃悠悠踢踏着板鞋，船袜经常脱落到脚底，后脚跟每年春夏都磨出血泡。她还有一双细长的眼睛，笑起来呈弯曲的月牙状，略显可爱，不笑的时候，就像两条门缝。

"都能知道开门声得多大。"刘建梅有次说道。

她觉得母亲每每这时候就十分有语言天赋。不像江浩平，即便在刚刚升主任那几年，他也只是高兴的时候哼两声，不高兴的时候板着脸看电视。此刻，他在碎裂的屏幕上小心翼翼地看东京奥运会。她看不过眼，把iPad推过去，江浩平不会用，让她调到中央五套的奥运频道。她不耐烦了，喊道："这就是五套，哪有奥运频道。"江浩平噤声，小心地想把iPad接过来。她突然一阵心酸，这才好好把频道转换，再递给他。这是她和江浩平多年来的讲话方式，她本已渐渐习惯，但此刻还是感到一些沮丧，可是，她依旧没办法跟他像多年前那般交流。此番见面，仿佛不谈母亲的病情，父女俩就更没什么可聊的东西。

当年的事，在江家一众亲戚看来，江浩平只是犯了常见错误。何况情人已怀有身孕，刘建梅生气可以理解，但她有什么可不待见父亲的？那女人肚子里，是跟她有血缘关系的人。可对她来说，自江浩平把自己的东西都搬到情人那里，他就变得和过去不太一样。一切平静后，父女再见，江浩平突然晃动的双腿，透着与年纪不符的浮躁。他也许早就不信任刘建梅，但同样开始不信任她。可他的不信任却是通过提多种看似微小的要求来表达。他希望她多多出现在亲戚面前，希望她能带来一些礼物，希望她时不时问候一下亲戚们，这都让她倍感厌恶。这次江浩平到来，她虽对他表现出一些难得的信任，心里仍有疙瘩。

江浩平似以为矛盾只需时间就可以淡化，还觉得刘建梅应该顺应着曾经的生活习惯，继续在那栋房子里默默守着。仿佛不知道一个人的空缺，会让一个家庭剩余的人感到难堪。时间一层层叠加在她的身上，她随着时间的流逝注视着曾经的自己。她看到自己并没有达成的谅解，被切割成小蝌蚪，环绕着她，而她一次次奋力游走。她发现与一切有着距离的，没有和一些人真正活成亲人的，不仅仅是别人，还有她。她从未跟自己的故乡真正亲近过，甚至从未真正熟悉过大家庭的其他人。她不会，甚至拒绝使用这里的语言和办事方式。她有时像母亲那样，不管不顾地只说自己要说的话，有时像常常沉默木讷的父亲在犹豫中消解自己的敏锐，一边压制一边又把暴躁写在脸上。实际上，她所有的接受里，都没有她自己，也因此，都不是真正的接受。只是，随着时间的推移，连被辱骂，躲在卧室不敢报警，哭哭啼啼的刘建梅，也混合在她生气时恨铁不成钢的一声"唉"中，渐渐烟消云散了。她一度接受了这种羁绊方式，直到刘建梅生病，主动启用这层情感关系。她害怕父母重建联系的同时，刘建梅再次成为一个被亲近的"外人"。在和父母仿佛成为两个世界的人之后，她试图进行的许多保护，都像在奢望合拢两段长城。

想到这一点，她突然觉得，客气和争执，是她和父亲母亲表达温情的方式。这是他们共同的选择，她不应该那么紧张。母亲的右手在胸口上方挥舞，她赶忙帮母亲解开上衣的一个扣子。

第一次走进医院，她才知道母亲具体的病情。尽管治疗难度不大，但总归要一年的治疗和两三年以上的恢复期。她心里难过，又不知道怎么表达，只好在医院洗手间小小哭了一场。

当年的官司一结束，刘建梅一度觉得丢脸，不仅不跟别人说话，也不跟她说话。也是那时候，高级职称评审结果突然下来，刘建梅位列全县第三。被这股劲鼓励着，刘建梅仿佛坚强起来，在市区租了新的房子，学车，甚至也相了几次亲。如果不是看到刘建梅对陌生病友宣泄情感往事，她都忘记多年前母亲在卧室无声地流泪，江浩平在床的另一端默默注视着的场景。那时，过于年轻的她，只觉得父母情感的形状，让她尴尬。而现在，那个柔弱的刘建梅重新钻出来，复合在看似强悍的刘建梅体内。她不禁为自己曾经感到的尴尬而尴尬。

"现在的孩子啊……谁独立？有独立的吗？挣点钱就独立了？别说不独立，她就装个独立的样子都不会，不结婚，也不谈朋友，钱呢，没见赚多少……"刘建梅继续在病房不知跟谁说着话。

她把护士叫来拔掉输液管，又发现距离医生昨日说的手术时间只剩一个小时。江浩平拿出买好的塑料盆和一次性坐垫，她则赶紧拉着刘建梅去洗手间脱掉内衣，擦拭母亲副乳褶皱处的汗渍。

"别给你爸钱。"刘建梅低声交代道，"他有钱。他现在每个月工资可以养活自己。给他就是给那个女人和她儿子。"

她突然对母亲放下心来。当年，她态度强硬地要求刘建梅离婚，甚至怒斥父亲。每一个试图在她面前为父亲说话的亲戚都被她骂了回去。她完完全全站在母亲这边，不是要站队，不是因为母亲没有错误，而是因为母亲需要她，也只有她。

"你不离婚，就是给他养孩子。"她当时说的这句话，现在也如在自己耳边。然而，替母亲做了决定的是她，一次次为这场离婚背地里难过的也是她。而这一点，她从未跟母亲提起。

"想什么呢？拿毛巾！"刘建梅继续指挥道。

她不禁抖了一下，毛巾从刘建梅的后背滑落到脚踝。

"哎呀，又脏了。"刘建梅叫着。她觉得整个病房的人都听见了，但她突然觉得无所谓。眼下对她来说要紧的，除了接下来刘建梅的手术，就是她自己的状态。她必须让自己保持在适度的情绪波动范围之内，这是她的耐心来源。她突然意识到此刻能对母亲的生命承担保护责任的，只有她。想到这里，她快速把衣服套在刘建梅的身上，又把毛巾彻底洗了一遍。

江浩平去护士站问手术室的位置，被撵了回来。家属现在只能在病房等通知，不许在手术室外聚集。今天，整个病房，加上母亲，有三个人要做手术。术前医生例行谈话，问能不能接受全切。刘建梅自然不肯，可今天又开始纠结。

"会不会真的全切了。"刘建梅一边照着镜子，一边轻抚乳房上方化疗置管开的伤口，还有伤口旁青色的筋。

"怎么会。"她道，"不会全切的。"

"你懂。"刘建梅翻白眼，"全切的多了！"

"如果全切，就做乳房再造。"

"我昨天傍晚在外面散步，看见一个四十多岁的女人。她要全切。"刘建梅低下头，"她把我拉到一边，给我看她的乳房，你都不知道……我从没见过生了三个孩子的女人，乳房还可以那么挺，那么圆润。可惜了……"

"你放心，就算要全切，也不是一次手术可以完成的。医生已经说了，一旦发现这种可能性，要再做好几项检查，确认能不能全切。乳房再造也是。无论怎样，都不是一次手术就能结束治疗的。按自己的心意来，这是你的病，不是医生的，不要妥协。"

刘建梅再次低头叹气："你记住，可别给你爸钱！"她赶紧又摸了摸母亲的光头。

20世纪90年代末，第一个红绿灯在中心大街设立，围着交警站的护栏内塞满人，她一只手被江浩平拉着，一只手被刘建梅拉着。父母听不清双方在说什么，她就一遍遍重复他们两人的话。最后，他们仨终于移步到人少的地方，江浩平和刘建梅齐声道"别吵了"。那个遥远记忆中的她，比后来，也比现在迟钝得多，只是被一种既定的情景拖着走。江浩平抓她的那只手都是汗，刘建梅冒冒失失扯住她的头发。她那时没有留意过他们的表情，后来也从未想象过那表情，现在再想起，却仿佛拥有补全记忆的能力。她觉得，父母当时的表情，既不是责怪，也不是愤怒，而是一种只向第三人开放的隐约情感。

她想：也许这情感，母亲在独自生活的这些年中也曾展现过。只是那时她还不似现在这样，稍微能让母亲信任，母亲的悲伤只能对她关闭。等到这悲伤终于一点点朝她开放，她却觉得母亲不再那么独立。她希望的独立是一种合理的姿态，可母亲过于直接的反应，也依然是母亲的独立方式。这么一想，她感觉真正不独立的，始终是她自己。

她把刘建梅扶回病床，帮她按着肩，又捶了捶后背。化疗期间，刘建梅的颈椎和肩周似再也不痛了。现在化疗结束，这些原本的疼痛再次找到她。可头发还没有长出来，刘建梅甚是不快。

"你是想来一样走一样，还是走一样来一样？"她笑道。

刘建梅撇撇嘴："唉，赶紧手术完吧。我也去戴那个葫芦。"

刘建梅第一次说"葫芦"的时候，连护士都没有反应过来她说的是什么。直到渐渐整个病房的人都觉得术后引流管非常像葫芦，才纷纷默认这一说法。只是，这说法到底只在邻近几个病房流通，刘建梅却仿佛不知道这一点，到哪都这么说。不过，一写起《抗癌日记》，刘建梅又变得慎之又慎了，每一样器具的名称，都向护士打听好。天气，刘建梅也都记得清楚，即便有一些忘记了，也要查出那天的信息。现在，窗帘拉上，刘建梅要求她查询今天的天气。

"说白天有雨,但我刚才出去的时候,还是大晴天。"她道。

"天气预报说下,就一定会下。"

或许是被刘建梅这句话影响,没过多久,外面的雨声,楼上也能听到。一些原本躺着的病人也都起来看雨。说起来,干燥这么多天,下场雨是挺好的。但她不喜欢雨,一下雨,就意味着可能降温。降温,就仿佛在宣告伤口愈合得慢——她总是有这些心烦意乱的联想。这么想着,她又皱眉看了一眼母亲。

"愁容骑士。"刘建梅冲她喊。

"你还知道这?"

"你不就是吗?愁容骑士!"刘建梅又喊了一遍,末了,平躺下道,"手术就手术,全切就全切,反正我也没多少年活头啦!"

"按照联合国的年龄划分,你还算中年。"她道。

板凳上刚看完一场球赛的江浩平也附和:"不到六十岁,不算老年人。"

她想到上次父亲电话里说起养老问题。她故意顶了一句:"你还没过六十,没到需要我赡养的时候。"那时,她自认为话已留一半,否则应该说"去找你儿子"。自从江浩平的情人诞下一子,几个姑姑和伯伯就像得了一个宝贝,有的人甚至在朋友圈晒这个孩子,好像根本不知道她会看到一样。也难怪,她常年不去探望他们。后来,连朋友圈互动也没有了。可她也没把他们屏蔽,仿佛这种默认其存在的互相观看,是亲情的生态。

几个刚从手术台下来不久的病人,被推到各自的病房门前,等着家属抬进去。蓝绿色的手术台布,被这么推来推去,竟也没有明显的波动。她出去慢走了几步,仿佛希望时间因为自己动作变慢,也一样慢下来。直到一个护士突然急匆匆走来,看了她一眼:"雨太大,那边刚停电了,上台手术延迟,等下一结束就是你们。"她赶紧又回病房,只见江浩平和刘建梅面对面坐着,各自木然。江浩平看见她进来,再次看向手机。刘建梅则再次喋喋不休。只要江浩平在场,刘建梅不提一句往事。

第一次住院期间,刘建梅把家里的事广而告之,她听到,立刻躲进走廊最深处的晾衣间。后来,这成了每次入院的固定节目。对着打开的窗户点上烟,或者打开最新的喜剧节目,成了她难得的放空时段。但她知道,她的心仍在刘建梅诉苦的病房,脑子还在围绕着往事转动。她知道病房的气氛会在刘建梅絮絮叨叨后变得沉重。尽管这一切刘建梅自己似乎并不知情。或者,刘建梅期待这种沉甸甸的气氛,好加重自己身上的悲剧色彩,让自己由此得到诸多善意——她更倾向后者,因为这样她便可以相信,刘建梅的悲伤中有表演成分,真实的情景里并没有那么多痛苦。这些年在外,她越来越喜欢独来独往,哪怕遇到真的关心,她也不回应。有的同龄人有了稳定交往的对象,会有一个公开仪式,可她不。她不发朋友圈,也不介绍给朋友,甚至不愿意跟恋人合影。她把私人信息压缩到最低,连升职加薪,取得行业内勤奋奖,也坚决不晒出来。少数几个亲近的朋友,被她按照相熟的场景区别对待。作为同事认识的人,成了朋友也依然只是好同事。其他生活场景中熟识的人又有其交往和交流方式。她把自己保护得很好,直到大部分人都觉得她十分有距离感,直到每一个可能走入婚姻的伴侣最终远离了她。她似乎动用一部分刘建梅的方式,成为刘建梅的反面。对日常事务的冷淡,让她对渐渐变得沉默的江浩平产生一丝亲切。尽管她绝对不会跟他私下过多交流,但这种遥远的怜惜,让她这回没有反对江浩平到来。

雨越下越大,打开窗户,一排排雨伞遮住地上的积水。

江浩平剥好的橘子堆满床头柜。有的病人提前开始午睡,整个病房变得安静。直到通知手术的人终于来了,热闹再次被唤醒。跟着一起来的,还有一位陌生人。

刘建梅刚才还在抱怨颈椎痛,此刻却噌的一下坐起来:"是我表姐,你该叫表姨。"

"表姨。"她怯懦地叫着,迅速回到一个小女孩的状态。但她很快发现了这一点,在接下来的十几分钟内如迅速膨胀般成长起来。

"表姨。"她再叫道,"你从哪来?"

眼前的中年女子十分瘦小,目光却因身形娇小而显得锐利。

"不容易。"表姨叹道,"还得让你大老远来这一趟,要不是你得签字,我都想跟你妈说,我来就行。"说罢,看了江浩平一眼对刘建梅道,"这就是筝筝爸爸?"

"他要来的。"刘建梅瞥了一眼,"我都说他不要来,他非来。"

表姨摆摆手:"东西带齐了?"说罢,看了一眼病床上的东西道,"吸管呢?到时候怎么喝水?"

"我去买!"江浩平难得喊了一声,站起来,佯装拍了拍身上的几粒浮尘。她意识到父亲也许获得了难得的短暂自由。

"哎呀,你去。"刘建梅又指挥道,"等下说不定还用得上你爸。"

她瞬间黑脸。雨越下越大,她撑着伞一路小跑到了对面的超市。说是买吸管,却也买了不少别的东西。再冲进病区的时候,刘建梅的声音在走廊也能听到。

"哎,表姐,我害怕。"

"不怕,一会儿就好了。我把你送进手术室再回来。"

"家属不能进手术室。"

"那我送到手术室外。"

她的雨伞还在滴水,表姨和刘建梅却像都没有看见她。她跟她们的侧影和背影打了照面,而她们像更亲近的一家人,很快走过了她。在表姨鞋跟踩踏出的尾音中,她看向坐在板凳上发呆的江浩平:"我妈啥时候有个表姐了?"

"我不知道啊。"江浩平讷讷道。

"我们去吃午饭吧。"她说。

医院电台轮番播着暴雨讯息,检查进出的保安也多了几位。整个一楼变得更拥挤。院外的马路,一排排人踩着水去买饭,马路上更吵了。她和江浩平各自撑着伞,从并排走,渐渐变成一前一后。她自觉地在前面带路,江浩平跟着她。走了一会儿,江浩平带路,她跟着他。

"我们要不要给那位表姨带饭?刚才我都忘了问。"

"能带就带点,恁[1]妈手术完,说不定也要吃点。"

几滴雨落在她的镜片上,一排小吃店招牌上的汉字迅速变形。她突然觉得自己不是在选餐馆,而是幼时选庞中华和颜真卿的字帖。江浩平似乎看出她在走神,便很快钻进一家饺子店,点好餐。

"你现在算退休?"

"还没有。"江浩平道,"有时候还得下乡防火,尤其是夏天。"

"那是什么?"

"防止村民烧麦秸秆子。"

他们曾经住在县城边上的临街房,马路又宽又僻静,常有农民背着玉米在门前的马路上晒。有时,还有人躺在路中间休息。

---

1 恁,此处为方言,意为"你"。

只是后来没几年,整条街热闹起来,邻近的田地开始荒芜。一些农民不见了,连县城往乡下去的路也越来越安静,越来越宽,和城中心的拥挤形成鲜明对比。再后来,似为了填补这部分安静,一些繁华的商贸城建起来。先是温州人来了,接着邻近县市的人也来了。很长一段时间,商贸城里的人说普通话,他们这些本地人继续说着方言。她小时候被江浩平牵着手走进去买小商品,也会突然说起不和谐的普通话。以至于她觉得,那时候的世界,是被口音划分的。现在,她和江浩平面对面坐着,她说普通话,江浩平继续说方言,他们的声音混合在一起,听起来并没有什么古怪。

"其实有口音也挺好。"她突然说,"小时候妈在家里说普通话,我还觉得很怪,现在觉得挺好。"

"你妈在学校说普通话习惯了,在家里切换不过来。"

"她的普通话也不标准。只是普通话口音的方言。"她微笑着说。

"那也不一样的。你妈年轻的时候,这口普通话吸引了多少人啊。"江浩平的音量终于正常了一些。

男服务员粗糙的大手按着脏兮兮的抹布在他们面前的餐桌上草率地划拉了一下,一道露出木头原色的裂痕无比刺眼,她突然有了沉默的冲动。但很快,她就知道不能允许自己这样。

"我妈年轻的时候,喜欢她的人很多吗?"她轻声问道。

刘建梅生病前不止一次对她提起自己当年的风采,但她从没有关心过。20世纪80年代末,是一段因为跟她出生时间接近,而让她觉得虽然没有记忆却依然有所了解的时段。在第六代导演们的电影里,光影把片中男女的身体塑造得饱满又分明,在夜晚和基建设施不够完善的小城徘徊、跳跃。一切都是动荡的,隐隐勾出她神往的迷思。但听刘建梅提起那个时代,她就很快忘了这种感觉。然而现在,在问江浩平的瞬间,那些电影带给她的印象,又像都回来了,她的思绪停顿在一片虚构烘起的朦胧水汽中,她好奇着江浩平的回答会是怎样的。她仿佛和父亲处在一段林间空地中,四周都是灰扑扑的枝丫,这小块空地却被突然冒出来的清洁工扫得整整齐齐。看起来,他们置身于四处都是豁口的世界,实则深陷幽闭空间。

"有时候我觉得,我妈和你,好像还像过去那样都没变。"她突然说,"我现在住的地方,小馆子关了很多,一出去,感觉路宽了。县城也变大了,高新区衔接上市区,市区……我不知道。"

"一些地方变得相似,你就觉得大了。你在上海住的地方,跟咱们县城有什么区别?"江浩平突然放松起来,目光中似也有了许多往时的色彩。

四年前的春节,她带着当时的交往对象回老家。县城中心路很窄,补不起拆迁款的老楼堆在道路两侧,行人挤在两边,似乎都有迎面对视的机会。江浩平一脸阴沉地混在队伍之中,一转头,她看见他,同时也第一次见到那个孩子。厚厚的镜片下是和她不一样的双眼——虽然近视,但因为足够大,倒显得比她精神。江浩平佝偻着身体,目光时而朝向地面,时而斜着望向别处。密集的人群遮挡了江浩平的视线,他像侧着身从她目光的迟疑间隙溜掉了,但脸上的困惑表情似也复刻在她的脸上。她感觉包含着自我嫌恶的不适神色在自己脸上,在江浩平脸上,逐渐连成一片,一起塑造了她自己对周围整个环境的拒绝。突然间,她甚至想像乞丐那样躺在人行道旁边,任凭来去的人从自己面前走过。不久后,江浩平千里迢迢跑到上海,给她带了一箱冬桃。她吃不掉,也不想费力分送给任何人。冬天快结束的时候,桃子烂掉一半。直到春天,出租屋内都是桃子的余味。果皮和果肉紧紧贴合,撕不下来,洗干净直接咬下去,是裹着脆的甜。不似长三角地区的水蜜桃,甜得更柔和,一咬,是牙齿陷进果肉里,汁水滴到下巴。她自己都不知道哪种口感她更喜欢,就像不知道是不是在外地生活,她就真的更自在。

"你怎么不吃?"江浩平的声音因小心显得低沉,显得突出,阻断了她的联想。

她看向他,只觉他两鬓细碎的白发较之刚刚更显眼,眉毛和下巴,甚至脸颊,都有了灰白的痕迹。仿佛一顿饭的工夫,她已倍速浏览完他这几年的生活。她突然想起父母办好离婚手续的第二年,她去处理房产过户问题。江浩平要求见她,用不同的手机号给她打电话,最后她答应在高速路口坐他的车。那次她坐在副驾驶,离他很近。那天高速上并没有什么车,但她突然觉得江浩平沧桑了很多。似乎因为卷边的衬衫袖口,似乎因为不那么白净的鞋面。这些细节不断摩擦着她的视线,像有了累积、繁衍的力量,让原本轻速流动的时间,突然有了让他们与往昔弹开的能量。但下一个瞬间,就在观瞻着变化的中途,她又陷入过去的心情中,仿佛忘却自己的内心已经变化——当时当刻她就意识到这一点,很快做出调整,然而效果不佳,她的表情仍因过于紧张而显得严肃。当时,她觉得她仿佛只是站在时间的另一端,观察那一侧只是变得更健壮的自己。但现在,在经历了似乎一模一样的对江浩平的审视,对他身上时间经过的路段有了更深入的观察……她开始好奇他这几年的经历。可她仍是说不出口。或许有了自身生活的比较,她也没觉得江浩平的窘迫多么让人同情。身体和时间,形成生理和精神的两端,在摩擦的过程中,让她看到十分具体的流动——她认为自己已经参与了江浩平的时间,尽管她不知道对父亲来说,他有没有看到自己身上的这种流动。

"再过两年你就六十了,退休后怎么安排?"她突然夹了一口菜给他。

"有个化肥厂想让我去做财务。"

"可以啊。"她顺口道,"多少钱?"

江浩平不作声,只是看着她眼前的菜说:"不喜欢吃吗?"

"喜欢。就是肉太多了。"

"那吃点菜。"

她凝视着面前碗碟堆成小山的肉全都换成了绿色的蔬菜，终于问道："你准备待几天？"

"那不得等你妈病好了。"

"手术完可得住上半个月，你在这边，住哪？再说了……"她看向他，"你不上班了？"

"我早就不用坐班了。"江浩平突然道，"自从……怀孕，我就不用天天去上班了。现在所里都是年轻人，有的比你还小，也不需要我。"

一瞬间她似乎明白了什么，却也没有问。

"那干脆就别去了呗。你在这边租个房子，我估计我妈得休养一个月。咱俩一替一天。"她冲江浩平道。

"我住你大伯家，倒不用租房。就是那边太远了，还总是停水停电。"江浩平道，"加上我有时候还要下乡防火。现在这些事，很多摊在我头上。"接着，他似乎感到自己在不自觉地抱怨，很快又噤声。

"我老想起过去你跟我妈在外面卖挂历，卖冰棍儿。"她说，"还有咱家房子刚盖起来那时，所有的钱都掏空了。有一天，你从几个写着拆开有奖的酒瓶子里找到几十块钱，我妈用那个钱，买了菜。那是我们那几天的口粮。"

"那时候就想着挣钱。"江浩平看向别处,"但突然有一天,钱变得更难挣了。"

他们不再说话,默默避开了各自心底的委屈和不满。也因了这突然的沉默,饭总算吃完。餐馆地势较低,已经覆上一层薄薄的污水。父女俩起身的时候,污水变成灰色的泥河。

他们顺着水流走,也是顺着人流走。蹚到路另一边的时候,买饭的人更多了。有的人对吃什么挑剔,蹚着水走到地势更低的饭馆。她和江浩平一前一后,水很快没过膝盖。而不远处的人,积水已到他们腰际。水面上漂着几个口罩,一排排电动车在水下发出呜呜。她想快些走,又被江浩平按住。

"慢点。"他说,"越是这时候,你越得慢。"

她想起好几年前,她坐在江浩平的自行车后座上,希望他能骑得慢点。可江浩平只是越来越快,越来越快。她很紧张。但她越紧张,江浩平骑得更快。最后他终于停下来道:"你得相信我。"

绕过水下物体,抵达对岸医院。负责检查的保安吼叫得更大声了。他们各自戴上口罩,江浩平的腕带已经还给刘建梅,她只得拿出他们二人的核酸检测报告,希望保安能让他们进去。或许暴雨加剧了工作量,保安大手一挥,让江浩平尽快下来。

匆匆忙忙的医护人员开始搬水搬食品。一大箱一大箱纯净水堆在一楼一角,一张空的手术床从他们面前呼啸而过。她突然担心手术出问题,自顾自往前狂走。电梯上的人更多了,每个人都很急,脸颊和额头洋溢着微微冒汗的红润。

"今天还能做手术吗?"她不自觉问道。

"放一万个心,咱们医院,没事儿!"一个穿着蓝绿色衣服的护士道。

"不过今天手术时间好像推迟了,本来是早上。"她大着胆子说了一句。

"一院全院停电,医护人员都困在顶层,要给他们送救援物资。咱们医院没太受洪水影响,今天的手术,都能做完。"

"洪水?"江浩平惊道,"那还能坐公交吗?还能坐地铁吗?"

"现在还没通知不能坐。对了,你们怎么两个家属啊,只能留一个陪床啊。"

"你今晚还回得去吗?"她担心地问江浩平。

又一台蓝色手术床从他们眼前掠过,护士们风驰电掣地往前走。她用目光搜寻着刘建梅和那位陌生表姨的身影,心底不禁泛起一阵新的抵触。

"你带饭了吗?"她用手肘戳了戳江浩平,他看了她一眼,很快走出去,再回来的时候,刘建梅的床已经停在门外。

"你,喊人帮着抬一下。"表姨冲着江浩平道。

刘建梅已经醒过来,攥着表姨的手,双眼流着泪。

"筝筝呢?"

"在呢在呢。"她跑过去握住刘建梅另一只手。

"我刚才做了好长好长的梦。"刘建梅又看向表姨,握住女儿的手松开,用两只手握着表姨的一只手,"我就想你要在就好了,你肯定知道我在想什么,我要说什么。"

"你就是紧张对不对?你就是觉得拖累了孩子对不对?你就是觉得日子刚刚好起来又得了病……可你看,手术这么成功,很快就能出去了。你忘了呀,你可是高级职称,有房有车,你是成功人士呢……孩子这么争气,也不用你的钱,自力更生,你现在一个人,想去哪去哪呀,多自由啊,我羡慕着呢……"表姨看向人群,"谢谢谢谢,搭把手。"

江浩平和几个男性陪护一起把刘建梅抬到她的病床上。表姨轻车熟路地摇动着支架,又示意江浩平把一次性坐垫拿过来。

"你跟我说说,你梦见什么了?有没有梦见咱们老家那个池塘,还有那只野鸭子,还有枣树,还有你想爬却爬不上的榆树……你还记得吗?枣子砸下来,鸽子粪砸下来……你表哥带着我们跟其他班的人打架,最后你跳上乒乓球台,把他们都吓跑了……说说吧,梦见什么了?"

表姨让江浩平走开,示意她把塑料盆递过来,又让她掀开刘建梅被子的一角。接着,表姨拧开刘建梅下体插着的排尿管。她大吃一惊道:"我来。"

"怎么，把我当外人啊。"表姨不给她反应的时间，已经把尿倒在塑料盆里，"你看着你妈，我去倒。"

"不不，你得在这儿。"刘建梅声音发软，"看着你我心里踏实。"说完，看了她一眼，让她快去。

她本想自己倒，此刻却觉得自己仿佛多余了，才有这机会。江浩平已经出了病房，混在走廊拍抖音的队伍中打电话。

"说啥呢？都是亲人。"他对着电话低吼道。仿佛提醒了她——父亲只是在她和刘建梅这里，才保持了这样的胆怯、犹豫，压制住暴躁。此刻，父亲已钻回他日常的牢笼。一瞬间，那层连接着她和父亲的，交织着过去和现在多重心情的绞花纽带，突然消失。但她没有觉得失望，而且感到奇妙的安慰。她早就该重新认识他，而不是让自己寄生在回忆和这些年的许多电话、短暂的会面之中。她看向他，两鬓微微的灰白似乎有了语言，侧影在阴天的光下，多出一丝威武。

刘建梅轻轻抽泣，说话也开始打结。

"我梦见大草原了。我梦见我在前面跑，我妈在后面跟着我。我越跑越快，越跑越快。她追我，但是很快摔了。我扭头找她，她又不见了……接着你们都出现了。还有很多人都出现了。有人掏钱给我买糖葫芦……我用碎布给等等补书包。"

她记得那个书包。小学一年级她第一次穿校服，央求刘建梅买同色系书包来搭配。后来到了初中她也不舍得扔，要求刘建梅补。

"还梦见筝筝小时候……那时候筝筝多可爱……现在也这么优秀……"

"……我梦见外面电闪雷鸣,我在喝红酒……一直喝一直喝……"刘建梅的声音低下来,像雨伞剩余的水滴落在大理石地板上。

"你小时候就会喝。你那时候躲到你爷放酒放白菜的窖子里喝晕了,还记得吗?等出院,我陪你好好喝。咱们不仅要吃好喝好,还得玩好。到时候我开车带你去。我们不爬山啊,不下水,我们去那种能好好观光的地方。我专门给你找个导游,会翻译。我们不仅要在国内玩,还要去国外,好不好?"

她听着,觉得刘建梅似乎很受用,很快不哭了,有些想睡,但被表姨叫醒。

"你现在不能睡,要等两个小时才能睡……我知道你现在很累,很难过,你就是觉得拖累孩子对不对啊。不会,筝筝多懂事啊。现在这工作又自由。赶明在上海买了房,找了对象,把你接过去,你就是大城市人了,是不是?"

"我不想当大城市人,我才不去上海……"

"那就在老家,我们开车,自驾游。我们去吃好吃的。你也可以住我家里啊,我家里大,我给你看你妈妈以前的照片……那照片,我跟你说,你都没有……"

她继续听着，而一旁的江浩平已经靠墙快睡着了。她站在病房的角落，走开是不合适的，留下竟有些多余。

"我去拿个热毛巾给她擦擦脸。"她说道。

毛巾拿来，表姨自然地拿起。先是眼睛，接着脸颊，最后是下巴和嘴角。刘建梅的情绪在一遍遍擦拭中渐渐平复。

"我就说得有你，表姐，得有你，他们都不行……就你，能说到我心坎里。"

她仍是站着，好奇地观察着面前的一切。她没想到她做了好久心理准备的事，竟然是这么度过的。她看着一个自己不认识的女人在照顾母亲，而她只能表达感谢，像一个最亲近的外人。姥姥的电话适时响起。

"我不想接，我不知道说啥。"刘建梅低声道，"表姐，你跟她说，手术很成功。"

她本已接起，此刻只好递给表姨。

"嗯……啊……表妗子，你这是把我当外人是不……看来我这些年是跟你们走动得少啊……我跟小梅，那也是从小一块长大的不是……我来照顾她，不是应该的吗？是啊……我就说啊，要等等回来就是签个字，不然，我就可以……"

表姨的声音不大，语调却十分坚决。天色越来越阴沉，一位家属打开灯。

她不自觉用手做出抽烟的姿势："您一会儿怎么走，表姨？"

"我走?"表姨惊讶道,"我不走,你和你爸,晚上你们去找个酒店,我今天就在这里陪你妈。"

"这……"

"咋?你信不过我?"表姨盯着她。

"她就不行。"刘建梅继续躺着道,"哎呀,表姐,我想吃点。"

表姨像变戏法似的从腰包里拿出了裹得严严实实的饭盒,是煮烂的肉丝青菜面。

"还是表姐知道我想吃什么。"刘建梅突然涌起笑意,"只是又麻烦你。"

"我自己在家吃饭多没意思,在你这边,我都能多吃几口。来,咱们一起吃,你一口,我一口。"

她想抢着去喂饭,刘建梅对表姨道:"她上次把饭喂我衣领子里。"她的脸瞬间红了。江浩平杵在一旁,似是没机会说话,也没机会动。

"你们这床人真多啊。只能有一个陪护啊,你们商量下。"护士来看了一眼刘建梅。

她和江浩平都不说话。外面的天渐渐暗下来。

"怕是等一会儿继续下雨,想走都走不了。"刘建梅低着头道,"恁俩要不出去住吧。"

"你俩在外面找个地方,我今晚在这儿就行。"表姨再次道。

"现在也不好出去。"邻床女病人道,"雨不定是不是还要下。"

"刚才不是变小了?"

"估计还得下。"

"表姨,"她道,"我是陪护,您等下还是快回家吧。注意别坐地铁,打个车。"说完,她看向父亲。

"实在不行我住水房。"江浩平低着头,"昨天有家属就在水房打地铺。"

"那不合规矩。"刘建梅嚷道。

"刚手术完,一个人不行。"江浩平音量大了些。

"先吃饭,别急。"表姨对刘建梅道。

她坐在床沿,突然觉得只有自己是无用之人。手上的腕带脱落下来又被她塞进手腕深处。她打开手机,看着邻近的房源信息,价格因为暴雨疯狂上涨,几分钟就涨了一波,再几分钟又涨了一波。她感到一阵焦灼,仿佛走开是不孝,留下也是不孝。只是后者在她眼前发生,让她感到羞耻。

"你们注意着啊,输液管不滴了要赶快叫护士。"表姨安顿好刘建梅,又开始指挥病房里的其他人。她觉得这也是对自己的提醒,密切注视着刘建梅,生怕漏掉了什么。

突然一阵闪电,雨声似乎更大了。护士挨个病房通知地铁停运的消息。

"有几个人被困地铁五号线了,咱们有家属去坐地铁的,马上通知折回来,或者改乘公交。"

"表姐你咋走啊?"刘建梅道,"等等,你赶紧把你表姨送回家。"

"我不走,你刚不是还说我在这儿才放心。"表姨目光闪烁,"怎么,现在又不信我?"

"我不知道雨这么大,早知道不让你来了,都怪我。"刘建梅低声道。

"本来就是我要来,我不来谁来,我就在这儿,难道让你那妹妹请假从老家来啊?亲戚不就是用来帮忙的。"表姨继续给刘建梅擦脸,"再说,我在这边很少见到亲人,你来,我高兴着呢。"

她再次打开手机软件,看到刚涨上去的房价又纷纷跌回原处。

"现在还可以出去,水势还没有那么高。"她看着表姨。

"那我一会儿就走,今晚就辛苦你们父女俩了。"表姨收拾着饭盒,"你给你妈再倒一盆。"

她突然松了一口气,整理停当后,给刘建梅掖好被子。江浩平也从外面走回来了,边走边急切说道:"外面有人心脏病突发倒下了。"

"怎么会?"她道,"送急诊了吗?"

"这边好像做不了这种手术,要送别的医院。"江浩平道,"还好我们这边手术做完了。"

表姨瞥了他一眼:"要不你走,我跟筝筝在这儿。"

"我哪能走。"江浩平道,"夜里要翻身,你俩抬不动她。"

"呵呵,这时候嫌我胖哩!"刘建梅突然有了点精神,示意她把床摇得再高一些,"你赶紧走吧。"

表姨给刘建梅剥好橘子,看了他们一眼。她被这目光扫视得不自在,坐在一旁道:"表姨你现在退休了吗?"

"早就退了。以前是她们同行。"表姨看向病房内两个换药的护士。

"那现在呢,就自己在家?"她突然觉得自己说了多余的话。

表姨仍是面色平静:"我自己住。对了,我女儿也在上海。我有时候也去上海看她,但她那边是合租,我待不了两天又要让她房东不高兴,也就回去了……你妈妈说,你是做设计的?"

"是的,我大学学的这个。"

"那你给我看看,我这个logo设计得怎么样?"表姨把手伸过来。

"你表姨现在发展业余爱好,也会做设计了,还炒股。"刘建梅介绍道。

她看向那张粗糙的矢量图,边缘线倒是清晰,左右间距似乎都有问题。但她仍道:"您这个logo要服务什么企业?"

"我就是自己做着玩。觉得挺简单,那软件,也不难。你是学平面设计?"

"产品也做。"她道,"你买了什么股?"

"银行股。我不买别的。"表姨又拿出手机划拉,"不过最近我看上这几只,不知道要不要买,最近涨得倒不错。"

"我不懂这个,什么都没买。"她说完,却仍看了看,发现是几只医疗股。

"我就想着,你们年轻人肯定懂。"

"她不懂。"刘建梅道,"她就天天公司家里,家里公司,哪能懂别的。"

"我发现你的精气神好得很,根本不像刚手术完的。"表姨笑道,又看向她,"你坐我这儿吧。我等下就走。"

外面的天黑下来,表姨仍是没走。病房内的本地新闻已经开始播报雨情,还有军人出动的身影。她站在窗外,看到楼下小如蚁的人群朝着对岸餐馆走去。

"还以为下雨买饭的人会少。"江浩平没话找话。

"咱这儿的人,少啥也不能少吃。都这时候,还蹚水去买饭。"刘建梅道。

"你要吃啥,我看医院食堂有没有。"她问。

"别忙。我带了。"表姨不声不响又从那个既没有变大也没有变小的腰包变出一个保温盒。

"西湖牛肉羹?"她惊讶,"还有煎饼。"

"鼻子灵。"表姨把小桌板在病床上铺好,"我前夫教我做的,这是我们婚姻最宝贵的遗产。"

"你表姨说话有水平吧。"刘建梅冲她道,"你去食堂看看有没有吃的,给你表姨买点。"

她看向江浩平:"你去吗?"

"我不饿。"江浩平道,"刚看见发救援物资,有泡面,我去领点。"

"等下可能真不好走。"她念叨着,看了一眼刘建梅。

刘建梅却像没有看见她,安排道:"你表姨大老远跑过来,你赶紧带她去食堂吃点。"

"食堂好像也被淹了。"邻床的女病人道,"刚有人在走廊里拧裤腿上的水,那水滴得,到处都是……"

江浩平把面泡好,喊她去吃。又想喊表姨,但表姨不理他。她则吃了几口就觉得饱,又不敢丢掉,只好说自己到门口吃。蹲在走廊深处,仿佛在享受新的放空时间。一个男助理大夫在走廊喊着:"谁是刘建梅家属,谁是刘建梅家属?"

她赶忙站起来,回到病房。

"这个,手术很成功。"大夫看了看刘建梅,"但是咱们恢复起来,还要段时间。你得记住,不能老是站起来走,尽量卧床。

今晚不能自己翻身，实在不舒服想翻身，你们喊护士。记得别压住引流管。"

"你说这医院……护士大多是女的，医生都是男的。一开始我还想，咋乳腺病区都是男大夫，现在也习惯了……"刘建梅道。

她想起，第一次住院时，主治医师带着几个男大夫像巡逻般走进病房，刘建梅掀开一对乳房，像往下生长的木瓜，隐隐能看见泛红和发青的毛细血管。主刀大夫观察着，上前按了按。助理大夫记录着什么。那时她站在一旁还略感惊讶，后来见多了，她慢慢习惯，却也总是忘记，即便在这种情况下，在这个年纪，母亲也依然是一个女人。

"不过也没啥了。就是陪护也是男的多。大夫看就算了，有的男陪护跟看不见病号似的，人家换衣服也不知道避人。"刘建梅继续絮絮叨叨。

外面传来吵闹声，是几个护士在赶人。

"这真的不能住，你不能在这里打地铺。"

"现在没地方去，外面都是水，最近的酒店离这边也几百米，我们蹚着水去？"

"现在的雨势还能走，你再吵，耽误了时间，更走不了。"

"你们这不是医院吗？我们走不了，不能就在医院吗？我们在走廊上打地铺，早上就走了，能碍着你们啥事？"

表姨已经把饭盒收好，背挺得直直的。

"今天手术的家属。"一个眼生的护士走进病房，"可以留两个陪护，等下十点之后，到走廊上输液的沙发椅上休息，只能在那个地方，听到没。"

"都是我，害你有家不能回。"刘建梅对表姨道，又看了看她，面露难色。

"我给你开个房间吧表姨，那边地势我记得比医院高，过去就几百米。"她说。

"医院我熟。我干这个出来的，我就应该在这里。"表姨道。

她看了看江浩平："你也在医院吗？"

"放心吧，车到山前必有路。"江浩平说完，赶忙把没被收走的小桌板从刘健梅的病床上拿走，放回储物柜。她一脸无奈，给父亲、母亲、表姨分发水果。

"你累了可以睡会儿。"表姨道，"你妈我看着呢。"

"表姐，我就说得有你。"

"你也可以继续睡，睡着了有利于恢复。"表姨道。

"刚迷糊一会儿，就老梦见以前的事。梦见笋笋小时候，梦见我结婚的时候……那个羊毛衫，我要穿红的，后来给我换成白的……我结婚那天一天都觉得哪里不对……"

表姨看着刘建梅："谁都会梦见过去的事，不管过去的事是什么。人的一生就这么多事情，只可能活着的时候梦见。有时候梦见近处的，有时候梦见远处的。还有时候梦见根本没有发生过的事。你还记得我给你说的取名字的事情没有？我生我女儿的时候，梦见一个名字，结果后来没多久，我爸就把那个名字拿给我看……但是啊，我愣是没让叫那个名字。太像男孩名字!"

"要我肯定就那么叫。"刘建梅道。

"你不能被梦影响。人被人影响还不够，还要被梦影响吗？要真这样，你这一辈子够不够时间活？"

"我就是想，有的事，我没处理好。"

她看一眼江浩平。他像个木偶，愣愣地坐着。

"你做得已经很好了。你知道吗？我多羡慕你。你经过那些事，多么坚强，你看你，都不像刚手术完。你精力这么好，这些事，是教你有耐心，教你慢。"

"你看你表姨，多么有哲理。"

"我当时要像你一样……"表姨叹道，"像你那么坚持，我自己带女儿。你看你，当时哭啊，闹啊，可该你的还是在你这里，女儿多孝顺。我那个女儿……反正她也不跟她爸亲，那孩子，过独了。不像筝筝，跟你这么亲……"

"你那时候年轻啊。我那时候筝筝都多大了。"

江浩平面无表情地坐在椅子上，看着她们。

"我那时候觉得自己时间还有很多，要体面。实际上冷静不冷静的，到手里才是真的。你当时闹腾，现在不也都好了。你这个病再一好,还怕什么?"表姨道,"我离开老家到这儿,挣了套房子,结果还是自己住,连我爸妈都不愿跟来。"

"老年人,就爱守着老房子。他们身体还行吗?"刘建梅问。

"行不行的,就那样。从我离婚,他们就对我不满。这都多少年了,我一回去,还觉得他们对我不似年轻的时候……"表姨看向别处。

又一波救援物资送到病房——奶香面包、双汇火腿、郏县苹果。

"这两天大家尽量不要外出,不要出医院。我们就在医院里。家属要安抚病人情绪,也要注意自己的身体,如果有感冒发热的情况,尽快到护士站反映。"一个男护士推着手推车进来,很快说完,又很快走出去。

八点半一过,病房很快安静。护士已经查完前面几间病房。她拿着充电宝,回到晾衣间。窗户仍是没关,雨水的腥气,覆盖了不同的衣物残留的味道。她掏出烟盒里最后一支烟点上,看见江浩平走过来,又想收回去。

"给我也点个。"江浩平掏出烟。

她脸上升起的红云迅速消散,半晌道:"你回病房吧,能留两个人。"

"你忘了,腕带上写的是你的名字。"江浩平道,"不要紧张,等下肯定有走不了的,现在雨这么大,往哪走。"

"他们也不一定就把我的脸记那么清楚,我把腕带给你,我下楼。"她吐了最后一口烟圈。

"我刚看见一个病房里面就一个人。"江浩平道,"说不定能在里面多打几个地铺。"

"这不好吧,那是别人的病房。"

"你就别担心了。"江浩平道,"你不相信你爹吗?"

她面露无奈,再次想起那间调解室。刘建梅的气势完全被江家人压倒。几个姑姑围着她说自己的理。爷爷坐在轮椅上,掀开多年前腿上的伤口,说自己八十多岁了,不能离开老房子别居。县城只有一个律所,两边律师都是同事,只是面面相觑,不发一语。法官则不耐烦地看着她:"要不你就跟你妈退一步。"

"根据离婚协议,这房子就该是我妈的。"她语气平静,没多说一句维护母亲的话,只是僵硬地坐着,努力确保自己和母亲不出错。那天回去的车上,她一个个屏蔽亲戚的微信,再一个个点回来。最终,只是取消了消息提醒。此刻,她觉得自己又回到了那辆车上。

"打地铺毕竟不合规矩。"她终于说,"我觉得我们应该按规矩来。"

"那,我走?"

"要走,也是我走。"她笃定地看他一眼。

刘建梅似乎睡了,被窝里却又有光溢出。她坐在床沿,黑暗中,右手被刘建梅握住。手机在口袋里跳跃了一下,打开,竟是刘建梅的短信——"你表姨不容易,她要留就让她留。她现在也需要家人。"

表姨似乎没有察觉她们母女俩隐秘的交流,把老花镜往下拉了拉,仿佛在查看收盘前的股票信息,又好像是在佯装看着什么。看见她坐着,立马说:"我马上就走。"

"不用,我这几天有点累,已经订好房间,我出去睡。"她微笑着说。

查房结束,江浩平还没有回来。按照惯例,门再过十几分钟就会锁上。她把柜子深处的瑜伽垫和被子拿出来,铺好,把自己的一件外套折成枕头的形状,腕带放在外套上。走廊里还有零星的声音,几个曾找过刘建梅的病友,各自低声絮絮说着心事,声音很快连成一片。似乎每一个人,都是缩小的刘建梅。电梯里,人没有白天多了,但仍满满的。大家都不说话,她却觉得每个人身上都有不同的力量,或者说,因为力量很平均,她感觉有一部分,在渐渐往自己身上铺。一出医院,是好大的雨声。她跟在几个拿着手电的人身后走,但很快,他们的身影在不同的路口消失。雨声仿佛覆盖住很多声音,又因为这种安静,雨声似乎更大了。导航里的声音提示她,距离酒店还有一千五百多米,比订房软件上显示得要远。但她突然觉得走走路挺好。从第一次陪护起,她每次出来都开导航,现在已陪护多次,她还是不认识路。

这么一想,她关掉导航,凭印象往那幢曾路过的酒店走去。雨中的马路似乎比晴天的时候更宽阔,风把新的一片雨刮在她脸上,而她的步伐渐渐加快。

2022 年 1 月

寂静的春天

一个人在这个世上,一边寻求着挣脱,一边与人的关系越来越真正密切起来。

一

今年上海的春季尤其漫长,连带着时间也变得缓慢。3月31日的时候,肖叶还觉得狭长的小区里只有一棵树。从不同窗户望出去,都是一模一样的绿色。5月底,她才发现树不止一棵,只是因为都是同一品种,恰好那些窗户都迎着同一棵巨型松树。它仿佛轻而易举就把小区其他树,以及小区本身遮蔽了。她觉得,时间真的缓慢下来,一帧一帧朝前滚动。挂出去的衣物,被风吹出大肚子,仿佛正在扭动的女子,声音均匀栖息在她视线以内的所有角落。她觉得(或者说认为)自己被包围了。周围的一切都变得仿佛只是一个慢动作的延续。临近傍晚时,肖叶常常有种年少时陪老人们听京戏的感受——眼前的事物稳稳地落下,内心却在对同一些细节的感受中一日一日地变化着。她不知道什么时候,这种感受就会消失,没准出门走一圈,就化为乌有。可她暂时没有这样的机会,也就坦然地接受着它在内心的生长。待到6月中下旬,她终于从职业宅家的身份中走出来,看到满大街的车水马龙,还有宛若新开张的店铺,突然觉得似乎有什么新的记忆正把慢动作间的那些缝隙补全。而她过去那些确凿无疑的痛苦,已经生长成参天的大树,她甚至获得在树下乘凉的机会,只觉得十分平静,并不为眼前的热闹过于欣喜、庆幸。

去年春末,雨连续下了三天,每次出门前肖叶都觉得要入梅了。走过雕塑教室内一尊尊定型失败的"作品",仿佛眼前的事物都在融化。社交网络上已经很少有人晒戴着口罩的照片,核酸检测寻常到肖叶有时会忘记它们的存在,就好像那是晨间的打卡仪式。过去那些年,上海的四季从未如此分明。春秋两季时间很短,夏天从3月尾便开始。9月,市内仍然很热,国庆是个节点,然后经过短暂的秋天。冬天仿佛很冷,但冷仅仅是一种体感。室外,一件有重量的大衣足矣。只是因为秋天短,衔接期不够,冬季就仿佛更显得冷。

好在今年这个春季太长,延续到5月。肖叶怀疑夏天已经混入春天的队伍,在每日气温最高的时候均匀浮现。

"其实是温差突然缩小的缘故。不是一天内的温差,是前几日和后几日的温差。"芮瑞在电话那端发出扑哧的声音,似乎在一边吃橘子,一边吐出白色的筋,"没准再过些日子,咱们就直接过秋天了。那时候你肯定要怀念现在,你这房间,到了秋天,肯定就要冷起来。"

肖叶住一楼,卧室朝西,下午才有阳光照进来。房内一到秋冬就有潮气,又阴冷,她比别人更早穿上棉拖鞋。有一次,蟑螂从沙发下面经过,她看见了,一脚踩死,完全不顾芮瑞的大呼小叫。可她怕老鼠。夜里厨房顶端的墙壁上总有咯噔咯噔的声音,她觉得是老鼠游过去了。找人上门捉,却只是在老鼠可能出没的地方撒了药,把可能的口子堵住。她心里不踏实,在宠物店里提了只猫。是三个月大的狸花猫,不太亲人,气味也有些大,可自从它来了,夜里就再也没有过奇怪的声音。但芮瑞并不很喜欢猫,自从有了这只猫,她来肖叶家的次数就变少了。尽管每次来,她仍要在肖叶的床上翻滚一圈,就像她们更年轻时那样。那时,肖叶戴着笨重的黑色粗框眼镜,凝视着平放的大体老师,脑中浮现的却是一幅骨骼结构图。

去上海读医学院之前,芮瑞曾安慰她:"美术系也是要了解人体结构的,只是他们用眼'解剖',你用手。"芮瑞比她大几岁,在那个迅速生长的年纪,总是能说出让她意想不到的话。她信任芮瑞,超出对一切可能亲密的人,包括亲人。她家乡的房子,芮瑞也曾去过一次。那时姚木桃还活着,白日里,倚在门前的太阳底下,目光朝向来来往往的人,就像荡来荡去的花轿。

井巷街上的人,一直住得很固定。以肖家为例,姚木桃那辈的工厂职工都住在那一带。从原先的平房到二层小楼,再到20世纪90年代末纷纷在宅基地上建起的一家一户的独门小院。街上的房子一变,路面似乎也宽阔许多。到她这一辈,整条街上都已经是私家住宅。虽也有一些铺面,但终究还是县城里少数几条可以形容为安静的马路之一。但也因其安静,清晨楼下姚木桃的咳嗽声都可以把她惊醒,所有曾走过这条街的人,也都往往与姚木桃的目光对视过。对那眼神,肖叶是熟悉的。在她十二岁的梦里,姚木桃下半身是一团橙黄色的火焰,双眼似乎没有睁开,却始终斜着注视她。醒来的时候,她觉得自己把姚木桃的神态嫁接到了某则神话故事中。微弱的恐惧消弭,她只觉得每次推着自行车经过姚木桃,都感到姚木桃一直在注视着自己。

学解剖学的时候,每次轮到上实践课,她脑子里浮现的还是手绘人体的曲线。那些跟随着形状而不是骨骼游走的线条,很长一段时间塑造着她的观看方式。身为美术特长生的几年时光里,她总是喜欢站起来画画,沉甸甸的马尾有规律地甩动,而面前的模特纵然千变万化,在她眼中也只是不同形制的物体。文理分科后,她的成绩比之前出色。高考时,遵循父母意愿报考医学院。

过去画石膏像的时候她就想过,古希腊时期的人物,其面目是如何经受着翻模和一遍遍复制,再传到现在这个时代。他们形体的真相也许早就在多年前失去了准确度。"所以学医很好啊,你面对的是更准确的身体。"芮瑞那时已从美院雕塑系毕业,在五角场一带和大学同学一道租下一间旧厂房做工作室。不知道是安慰,还是她真的如此认为,每当肖叶在语音电话里表露一丝焦灼,她就说起自己的观点——"对理性世界,而不是感性世界的认识,才应该是从事艺术工作的基础。"

肖叶和芮瑞是在一个叫作"涂鸦王国"的网站认识的。那时,芮瑞已经是一名有不少关注者的插画师,大学期间就可以靠商稿养活自己。肖叶那时还是中学生,但未表露身份的时候,芮瑞也并不觉得这是一个妹妹。她们就像真正的同龄人那样从网站私信交流到skype。直到第一次见面,芮瑞不无羡慕地说道:"我现在才真的知道我十八岁是什么样子。"但她们见面的时候,肖叶已经二十四岁了,她知道芮瑞的话只是一个类比。后来芮瑞也数次说过——"人在她最好的时候是不知道自己好的。"她们第一次见面非常愉快。此后,只要不是忙到脚不沾地,她们每周都会见面。

临床医学专业硕士毕业后,肖叶进入所在大学的附属医院做规培。她原本是要跟另外一名规培医生去运动医学科,却突然被分去骨肿瘤外科的住院部。医生上班的时间就是她上班的时间,每日八点钟医生们准时交接班,她也正式开始一天的工作。病房内时时有哀号,男医生熟练地掰着病人的身体,某一瞬间,肖叶会觉得病床上的人都是一具具拥有血肉的魔方。不过，也就一个月时间，她就降低了敏感度。骨肿瘤病房内有不少儿童，肖叶常常需要配合医生进行安抚，但规培医生一般没有资格插手具体工作，做得最多的就是向化疗和手术病人传达注意事项。一间间病房跑下来，肖叶练出了流利的口条。但每次说话仍忍不住低头，碰到高大壮实的男陪护，还不禁有些紧张，显得怯懦。不过相比这些，她认为还是写病历更难一些。她的表达总是被医生训斥用词烦琐，后来又说她写得太俭省，一些必要的过程没有记录完全。她一遍遍改，像在纸面上一次次完成对曾经的大体老师们的致敬，一块块骨骼在她面前像有了形象。有时候忙到傍晚，她站起身，觉得自己的脊背在一点点松动。她的右手顺着脊椎疼痛的位置按压，一边想着正抚摸着哪块骨头。偶尔看见换衣服准备回家的同事的脸，她感受到的竟不再是线条，而是一幅由骨骼组成的图画。这让她感到一阵寒意。在医学院的时候，曾经的美术训练还在身上，她甚至经常一遍遍看达·芬奇的画册，认为自己只是在进行一种技术性的美术训练。可现在，在医院里，她突然发现这种感受离自己远去，每个人在她面前都十分具象，这召唤出很多曾经被她忘却的生理感受。她在充斥着细节感的具象中，感受着内心深处的回响，渐渐适应着不再被线条和画面包围的人群，终于发现自己早就是个不折不扣的医务工作者。

那时，芮瑞已经很少接商稿，哪怕是系列，仅每年和企业合作的几个产品设计项目会亲自操刀。工作室已准备盘出去做瑜伽馆。手下两个年轻人里,有一个女孩还跟着芮瑞,帮她处理工作上的琐事,但主职是白酒企业公关。工作室内做接待用的一间办公室里,仍摆着芮瑞过去的几件雕塑作品。侧卧海平面的一截波浪状山峦、腐烂一半的橘子、悬挂柜口的镂空纸板装置、一只雪白光洁的石膏手。这些早期作品已不适合放在芮瑞家,但她也不想草率处理。瑜伽馆搬过去的头天晚上,肖叶造访,示意芮瑞,"当代艺术其实不适合摆起来"。芮瑞不满,却也马上觉得很有道理。她们一道把它们搬进了仓库。身高一米七九的芮瑞不小心撞到了肖叶的腰,肖叶马上意识到那具体位置是髋骨。她的手精准地爬过那块骨头前后,并打了几个圈。肖叶像过去那样拉着芮瑞坐下,给她做颈椎按摩。自从进入医学院,肖叶觉得自己的手劲儿一年比一年大。她能准确捏出那些骨头的位置,像寻找身体结构那样一遍遍围着骨头打圈。这让她虽然并不清楚穴位,却也能很好地完成按摩。尽管,进入骨科后,她才知道自己的力气算是比较小的。那些能面无表情掰动病人身体的男医生,让她感到无形的压力。

"你只能以柔克刚。"芮瑞再次摆出她熟悉的老师模样,"假设他们没有你那么会打圈,假定他们对骨头的熟悉程度也就和你差不多,他们超越你的手速和力量——如果是一种敏锐,那么对着骨头打圈也应该是一种敏锐。"

和芮瑞在现实中逐渐熟悉后，肖叶跟她一道在线同频看纪录片。里面谈到达·芬奇为了画出女性盆骨，亲自解剖了一只哺乳动物。不同的结构套嵌在同一个躯壳里，让一幅身体剖面图显示出独特的艺术光泽。肖叶突然想起，读书期间，有些医学研究用的头骨会被标记编码，送往一些美术院校的教室，如果是成熟的绘画者，往往能发现不同头骨之间微弱的差异。可如她这样的医学生，最终需要用手指在不同病人的身体上记忆同一块人类骨头的感觉，如此才能在下一次更准确地辨认。她是用相似性去记忆，而绘画者通过差异性去记忆。她不明白，抛开专业背景，哪一种更值得信任。那些与她迎面走过的人，仿佛各自的骨头也都应该有稍稍不同的形状，可她对骨骼的认识依旧需要凭借那些曾停留在手指上的相似触感，因此没有机会去感受那些微弱的差异，只会觉得每块骨头都是一样的。一瞬间，她仿佛觉得自己从充满特征的世界坠入无差别的生活，感到些许失落。

二

几年前，历经多个科室的轮转，肖叶最终没有选骨科，而是选择了神经内科。在此之前，她还一度想成为麻醉医生。在外人看来，在合适的时间注射，关照着病人从手术台上醒来的麻醉师，似乎只是一台手术中必要的工具人。但对肖叶来说，他们形似田间地头的农人，不仅负责播种，更要知道如何收割。她很享受麻醉医生看似重复的劳作，她也不认为那与用手术刀有何不同。当她偶然表达这一点时，却遭到同事的嘲笑："你拿过手术刀吗？"确实，她从未真正承担过风险，甚至像是只想承担重复中的那一丝趣味，话语、动作，还有与之相随的演练多遍的心理建设。电梯中老人的气息和年轻病患眼中超出年纪的成熟，还有一些陪护们偶然展露的不耐烦，一个个破碎又努力维持着祥和的家庭成员在病房内来回踱步，让她不禁想起姚木桃最后那段日子——她依旧屹立在红色掉漆大铁门前那一缕阳光所在处，仿佛自言自语，又仿佛在对着每个路人喊"妈打，妈打"。井巷街是条偏僻的马路，一个方向朝着曾经的县酒厂，一个方向朝着寺院。在她更早期的记忆中，那条街曾经飘满酒香，还有佛寺的念经声。它们总会把记忆交会出一层虚构色彩。肖叶至今不知道，到底是酒厂离家近，还是佛寺离家近。

姚木桃曾经是酒厂会计，退休后逐渐患上更年期精神分裂症，表情看起来永远像在生气，总爱朝着路口的方向望。井巷街在城市改建过程中一步步拓宽，成为附近一带最宽最长的马路。无论是去酒厂还是去佛寺，都要经过井巷街。渐渐地，它也显得热闹许多。外县市来烧香的、来批发酒的人，操着相似又有所不同的方言。某一瞬间，肖叶觉得井巷街也是缩小版的宇宙中心，是一个小型交流点，是一个驿站。姚木桃在门口的张望与敌意，仿佛是对陌生感的欣喜与恐惧。只是这两种情绪混合在一个病人的目光中时，就显得难以分辨，不知道那究竟是关心，还是抗拒。

那时候，肖叶还未真正意识到自己是这个大家庭的一员，对姚木桃的各种举动也没有太多情绪上的波动。在姚木桃突然出走的一些夜晚，她甚至觉得自己只是个看客。但当她在住院部的楼内走着，看着一些原本破碎的家庭中，最终都有一个人可以站出来照顾病人，突然觉得自己的那些记忆也终于有了分量。过去没有溢出的情感，现在通通来到她身边。她仿佛与姚木桃在世时候的记忆，再次生活在一起。

个别不太忙的间隙，肖叶会默数自己扶眼镜的次数，以此作为休息。从外科到内科，从急诊到儿科，起初每次轮转都是一次全新的准备，到后来，虽然科室不同，工作却越来越让她感到熟悉。尽管要面对不同的病人，但肖叶也能迅速把不同的经验转化。最后决定科室的时候，她甚至觉得那些先前的生活都是无限接近似的——曾经的她，不过是在练习局部移动。整个实习生涯，她好似在重新打造自己曾恪守节奏的学习生活。那曾让她倍感艰辛的校园日常，再度回想起来竟成为漫游般的好时光。看着眼前的血肉之躯，她不再能够把他们和大体老师们躺平的模样联系在一起。她甚至像重新踏上生活的岔路口，移交一部分现在给了过去，用以填充或补全那过于紧凑而缺乏反思能力的更年轻的八年时光。

　　肖叶的规培生涯结束时，正值芮瑞的雕塑教室改成的瑜伽馆开始对外营业。芮瑞给了她一张卡，让她有空去坐坐。但肖叶一直很抗拒，毕竟她平时工作够忙，还要她运动，实在为难。直到那张卡快过期，肖叶才想到过去一趟。那是春夏之交，两排像迎接她的梧桐树围绕着瑜伽馆。七八个女子仰卧在瑜伽吊布上，双腿盘起。透明玻璃墙壁内，她们的身体似乎都打上一层蜡，尽管转过来的脸都有了岁月感，可体态的轻盈依旧让肖叶赞叹。一种恒定的、对年轻的坚持，把肖叶从医院带出的衰败气息一扫而空。

　　按下门铃，一个四十岁上下穿紧身运动装的女子来开门，口音有些港普。肖叶马上介绍自己是芮瑞的朋友。女子很热情地把她引入店内，一边介绍体验课和其他的项目，一边介绍着长期学员的情况。这间瑜伽教室主要做熟客生意，先前，老师们上门教学了好一阵。近期交通恢复，才有机会把部分学员聚集在教室里。

　　现下的几名学员基础很好，一些高难度的动作，仍需老师扶着身体，引导发力位置，才能试着做。但也不能持续做下去，只能悬在半空，然后身体翻转下来，休息几秒，再用别的动作继续调节身体。直到全身舒展得彻底，才有可能稍微比之前的动作幅度大一点点。如此一轮轮循环，能做到的程度才有变化。肖叶在一旁站着观看,突然觉得面前的瑜伽练习者和医院的那些病患并无不同。她们的身体里没有病灶,但内心对完美的渴望指认着身材的缺陷,于是身体也在艰难与隐约疼痛中不断移动。

行至工作室尽头,一名空中瑜伽男舞者引起肖叶的注意。他二十七八岁,凝视着面前的白墙,头发略长,瘦瘦的,戴着发箍。脸不太光滑,能看到不少痘印的残留,颇有些风霜感。肖叶注意到他一对梅菲斯特气息的轮廓鲜明的大耳朵。男子的动作比其他几名熟练的女子幅度更大,看起来有些童子功。到了休息室,肖叶冲女子轻声道:"没想到男人也有做这个的。"

"那可是很多的。只是他这样素质的,不多。"中年女子道,"他曾经是芭蕾舞特长生,后来学了土木工程,毕业后一直在建筑工程队。几年前是我们的常驻学员,现在也是工作室的老师之一。"

肖叶顺着敞开的门望向男子耸动的耳朵,突然觉得他比刚刚更瘦,身形也更柔软,喉结仿佛统率着身体内所有的骨头在移动,肖叶竟产生一股想要触碰一下的冲动。为化解内心的激流,她佯装要去取钱办卡,赶紧从瑜伽馆里出来。

马路上的热闹像是新的,再次击破刚刚她感受到的那些凝滞与急流。瞬息间,她觉得医院的生活才真正贴合她的多重心境,是真正真实的,不是瑜伽馆近似制造出来的安静,而是一个个家庭,一个个人主动或被动地掰开给她看。医生的看传达给病患们，成为他们的看。看与看之间，那些曾经感受到的线条、骨骼的界限，突然在脑海中变得模糊。她仿佛再次回到充满想象力的少年时刻，站在窗前，看马路上数不清的人影成群结队走过她——这些躯体也像一遍遍碾过她的内心感受，她借此站回她本就身处的人群之中。肖叶记起来，在最初学画画那段时间，她也并不用人体的框架来审视面前走过的人，所有人对她而言都是一种感受的集合体，只是因为每种感受都只占据一个瞬间，她很快忘记了。而后，那更为具象的人体结构，主导了她记忆人脸和躯体的方式。她惯常认为自己是用刻画的方式记忆，而忘记最初她的记忆仅仅来自感受。现在，她选择神经内科，或许也只是回到最初记忆的方式，以对整体的感知作为唯一可信的记忆方式，而不是以刻画细节作为整体。

当肖叶把自己选择的心路讲给芮瑞听的时候，却遭到了她的质疑。

"病人的痛苦并不以整体为出发点呀。你这样想是否还是把他们当成了大体老师？"

肖叶默然，但她知道这也许只是自己没有表达清楚，可是她也不想跟芮瑞说了。她深知她尚不能说服芮瑞，甚至不能说服自己。她内心的责任感确实已经被唤醒，但真正工作起来的时候，医学伦理并不是主导她工作的第一考虑，她考虑的甚至完全是技术。只是她目前面对的医患，技术难度要求没有那么高,有时她甚至会觉得自己在凭借惯性工作。正式成为神经内科医生后,她收拾好宿舍的行李,在距离医院三公里的位置租了一间20世纪80年代的老房子。厨房公用,洗手间和卧室是独立的。一到周末,常常需要邻居的饭香提醒她该吃饭了。微信里塞满各种群,不同年龄段的病患,相似治疗方案的病患,急需住院的病患。每个工作日的早上,肖叶跟着主治医师等同事浩浩荡荡穿过病房区的时候,那些病人和部分家属的目光给予她极大的满足感。只是,手术刀依然是距离她很遥远的存在,尽管她也并不期待。

和很多同事不同,她似乎更喜欢做整理,做记录,不断跟病患阐述注意事项等看起来不够艰难的工作。她的笔记经常被老师当众表扬,她也常常被称赞沉得住气,可这一切只是因为她对更进一步缺乏主动性。她更希望被安排,或在熟悉的位置上多停留一阵子。按照一般发展情况,过几年,她也会参与制订重要的治疗方案,再过几年,她甚至也可能拥有她的话语权。学医之后,她就知道医生的时间看起来过得很快其实又很慢。八年的本硕很快过去,三年的规培也已结束,其中的艰难都被洗出一层柔和的底色,中间各种熬夜备战也被她忘记。参与制订治疗方案的时候,她脑子里常常飞速旋转着几个不同的案子。需要负责的地方多了,对专注的要求变成对敏锐度的要求。她也渐渐像更老成的同事那样,先从经验大数据中筛选出最优选项。她越来越知道,真正高难度的，并不是疑难杂症，而是大量重复。甚至和病患沟通的语言，都是一遍遍重复出来，继而建立和塑形的。她的字也渐渐写得越来越潦草，甚至简略，可是她头脑中的信息海洋开始奔腾。有时，不需要过多反应，也可以自动做出最匹配的选项。

一次，急诊科接收了一名神志模糊的六十岁女性。做完头部CT，又完善了脑电图、磁共振、腰穿，其间女病患一直能被喊醒，却不能正常回话。能说话的时候，又言辞混乱，主谓语不分，还一直嚷嚷，并且跟邻床的两名患者无厘头吵架，举止形状颇有姚木桃当年的样子。整个晚上，肖叶多次被叫过去，楼上楼下跑来跑去折腾了一宿。第二日下午，护士突然报告患者脑出血。在剧烈的疲倦感中，她接着再次参与神经内科会诊，确定女性患的是动静脉瘘畸形。医生们在修补手术和微创动脉造影之间进行了小小的"博弈"，定下后者为治疗方案。肖叶那些被牵出来的和姚木桃有关的记忆被忙碌感冲走。跟患者讲入院须知的时候，她语速比过去缓慢，却掷地有声，仿佛大脑中有一块黑板，她逐字逐句把要说的写上去。而这些字，也把大脑中原有的那些字挤走了，转化成更体贴的表达。肖叶这才发现，原来一定程度的缓慢，就是周全。回到办公室的时候，肖叶重新想起患者先前的举止，又觉得那和姚木桃全然不同。可为什么刚看见患者的时候会觉得那是一样的呢？或许是因为当时看到的是一个片面的形象，经过这几日，病人的完整反应才终于被她记录。想到这些，肖叶突然觉得自己对姚木桃的那些记忆，其实也是片面的。她从未获得对姚木桃整体反应的认识。而这次治疗之所以让她与记忆中的病例拉开距离，也只是她主导的全方位检查，让她拉长了对患者的认识过程，因此击破了一些先前建立的刻板认知。

那之后，肖叶不仅对周围的人，更对自己的身体格外关心起来。做美术特长生那几年，她极少画自画像。她发现对着镜子画，很容易丢掉本质的自己，任由细节蔓延，把画面带到一个似是而非的境地，不仅常常越画越不像，还容易把自己画得有一丝像别人。跟着心里的印象画呢，又容易忽略一些细节，神态似乎像了，却也容易因此走极端，或美化，或因不知不觉强调一种特征的鲜明，而显得更像在追求简化的准确性。在努力诠释自己的过程中，她似乎距真实的自己越来越远。可画别人的时候，就似乎没有这个问题了。她总是可以很客观，且没有负担地一点点来。就仿佛，画自己的时候，她是把内心的样子也带进去，而这个样子对她来说仍有些模糊。那几年，迎面走来的人，在肖叶眼中都是模特，都是线条包裹成的人形雕塑。肖叶总能快速画完一个人，而准确程度，却总是受制于第一印象。作为特长生参加中学生美术大赛时，肖叶画下姚木桃斜眼望着她的一幅肖像，不过，她在图画背景中加入诸多细节——郁郁葱葱的南方雨林，草绿和翠绿交织，把女性半截身体遮蔽的倾斜下来的、被砍倒的树木。图画递交上去之前，美术老师批评她作品稍显投机——把女性和环保主题相结合。但老师也很客气地表扬她对梦境的把握，整个画面生动、艳丽，稀释了主人公阴沉的神色，因为浸润在梦中，所有鲜明的表达，就成为一种风格。

后来，很长一段时间，想起姚木桃出现在梦境中的模样，肖叶再也不觉得后怕。尽管那层艳丽像是她给自己的记忆附着的一层保护色，但不得不说，很有用。她再也不觉得那个梦是恐怖片。直到成为医学院学生，面前的人从线条渐渐成为更实际、整体的存在，包括姚木桃在内的那些记忆，也才终于以更加客观的形式出现在她的面前。只是这两种印象，在交叠中愈发放肆，共同构成她在某一段时间内的激烈感受。随着时间的推移，第二重印象督促着第一重印象退场。如果说，过去，她面对人体的时候，灵活的线条刺激着她内心一切可能的波动，她需要小心把它们投射在纸面上，那后来，所有的感受以更整全的样态进入她的内心生活，因完整而显出柔和。她感觉曾经的波动在冷却，变成一个个凝滞的"此刻"，她在不断切换中感受着内心的移动，也因此读取了生长芯片中真正的冷静。她内心的底色掌控着一切灵敏的感受，很多细节被隐藏，而她的感觉却更准确、清晰。她发现，走出学校后，所有的生活，所有的工作感受，都变成对前者的补全。内心的感受和学习经验的延续渐渐在生活场景中融合，两股力量的争夺战才终于平息。可是，瑜伽教室里的感触，让她觉得一种新的对身体的认识加入了进来。

三

自从开始固定练习，肖叶和芮瑞就常常改在瑜伽馆见面。过去，她们仅仅就遇到的问题和具体事情交流，自那时开始，竟也聊起女性常见话题，少了一些郑重其事。

男瑜伽舞者不是每周都来，但如果来了，就会做兼职教练。他话少，芮瑞喜欢打趣他，像曾经调侃肖叶那样。他端坐在休息室时常释放出一阵安静气息，神色冷淡，却不似精神涣散的冷漠，而是目光集中在一处，有时候是看着面前的桌子，有时候紧盯对面的人。耳朵倒不似远观时那么醒目，只在他偶尔低头的时候竟像一对要起飞的小翅膀。肖叶得知他叫"于牧"，是一家建筑公司的某部门负责人。

最近，于牧所在公司负责的一个外地公园项目进入收尾阶段，他必须去处理一些事，此次也是在瑜伽馆交接一下后续的工作。和许多"成功人士"一样，他也在朋友圈分享自己戴着橙色帽子的工作照。阳光打下来，他的脸被分成两边，一半是更暗的阴影，一半是透着微光的阴影。帽子模糊了两块灰色的界限，微微混合的灰色把于牧塑造出沾染风霜的模样。同时，工作服遮掩了他过于瘦削的躯体。和建筑工人站在一起，他丝毫不显得单薄。肖叶把那张照片放大看，那在瑜伽馆休息室仿佛无性别的面目突然显出棱角,竟终于和他吊布上的身体融合成一个鲜活的人了。

肖叶加了不少瑜伽馆学员的微信。他们不像医院同事,而是在朋友圈外放地呈现着自己的身体状态。不少人都开了自己的视频号,肖叶甚至觉得,如果他们的账号是一个个播放器的话,那他们展示出来的身体,就是乐曲。她则是一个聆听外放音乐的旁观者。当她走进广场舞队伍,这些身体也可能跟着《潇洒走一回》的步调做瑜伽;当她走进超市或电影院,这些身体又以静止的模样反复演练着新的动作。这些动作和旧动作结合,竟像是一出在一个人身体上呈现的交响乐。

"身体的变化能让人打开一个世界"——瑜伽馆的标语一直悬挂在几个长期学员的视频号介绍栏。起初,肖叶对这种介绍十分抗拒,久而久之,竟也习惯下来。返回医院后,那些柔软的身体也常常从大脑中钻出来。肖叶突然又恢复美术特长生时期的感知能力——面前走来的人都是被线条包裹的血肉之躯。作为医生,她需要调动的,是身体结构中的能量。如此想着,肖叶不再觉得对眼前人的印象,是分为第一印象和第二印象的,似乎,它们都成了一种印象。她的感受前仆后继地降落,似乎先于她定义了眼前的事物。那触碰患者身体的瞬间,终于和看片子、讨论方案时视觉上的对患者身体的印象,凝聚成一种感受。方案的准确似乎也像新的触摸,渐渐复归到她的指间。这种灵活感一度让肖叶感到羞耻，仿佛冒犯了医生的职业伦理，竟似用人体美学给枯燥的工作加上一层绵密的滤镜。

　　后来，许多同事被派往各个社区做核酸检测，肖叶很快也去了一线。那段时日，眼前人的流动感比在医院的时候更茂盛。有时，她甚至怀疑曾经在医院时，对身体的印象仅仅来源于一种禁锢感。毕竟，医院作为背景，存在感太强，早就覆盖了个体病患的特殊性。她在医院获得的对身体的感受、对身体的记忆，其实主要是医院这个背景赋予的。重新回到医院后，肖叶十分警惕自己对医院气氛本身的依赖。她甚至不再觉得眼前的病患来自医院，知道他们都是从四面八方而来。这些身体聚集在她眼前时，她似乎觉得，原来她的工作是打理一具构造严密的身体。而这些身体携带着的记忆，才是她和生活真正的交流。肖叶再次想起瑜伽馆的标语，突然觉得那也不再是一句宣传语，而是提供了另一种认识身体的角度。

　　很快，随着于牧的回归，肖叶渐渐成为空中瑜伽的重度热衷者。流汗后内心的轻松感与照片中身体的轻盈感让她获得极大的满足。于牧与中年女子给肖叶制订了严格的训练计划，但肖叶仍坚持自己的懒散训练法。休息日，她会突然不再早起，上午十点到教室，简单热身，中午在教室内用餐，然后开启一下午的魔鬼训练。大脑高度集中在几个高难度动作中时，肖叶突然觉得所有对身体的记忆与印象都在消退。她甚至感觉不到面前走来的人的面目，也感觉不到他们每个人不同的身体形状，她似乎沉浸在一种既分散，又因为内在高度一致而显得充满共情色彩的集体之中。她常常回忆不起来那些在训练间隙走来走去的人的脸，因为他们体态相似，穿的衣服甚至也相似，年龄更是近似。而她因为也是其中一员，很难完全以旁观者的心态注视着他们。或者说，肖叶会觉得那注视着的，也是另外的她自己。

只是，瑜伽馆也和住院部一样，中间都会有一些人离开。有的人突然怀孕生二胎，有的人突然搬迁到城市边缘的小区。新生活一降临，他们很难跨越大半个城市，甚至大半年的时光再次归来。肖叶一边在医院感受着一波波病人的来去，一边在瑜伽馆看着刚刚融入的集体突然因为进来新的人，仿佛缩水。她内心的感受不断移动、蔓延，进而变成某种具有超自然力量的监测器，似乎紧跟在她身后注视着她所感受到的每一个人。

不久，芮瑞决定结束自由工作者生涯，回归职场，成为一家美术用品企业的市场总监。经常需要去办公室后，芮瑞的时间反而空出许多。她跟肖叶自嘲道："以往在家工作，每天都是工作日，现在倒是解放了。"

肖叶鼓励芮瑞继续做作品。几个月间，芮瑞利用下班时间给家里做改造，把接近二分之一的空间变作工作室。起初只是利用零碎时间做一些架上绘画，后来渐渐又开始做手工。最后，芮瑞决定还是做雕塑。感觉上来后，芮瑞再次辞掉工作。那段时日，每次去芮瑞家，肖叶都能看到那些缩小版的人与物在灰蒙蒙的台面上生动又安静。

"这些东西还挺适合摆起来的。"肖叶道。但芮瑞并无此意。对她来说，似乎创作只是刚刚起步，她依然在找手感。肖叶帮她把废弃的作品一筐筐往远处丢弃。正值垃圾分类推广得热火朝天，每次她们二人都要搜索究竟哪些废料是干垃圾。芮瑞比过去决绝，只要觉得没有达到要求的作品，全部丢弃。近一年后，留在她家中的作品依然一个手掌能数得过来。而这几件留下的作品，居然还是肖叶和芮瑞一起完成的。

春天来临前，肖叶在医院没日没夜地熬过了最难的一个治疗。接着，她正式辞职。和芮瑞不同，肖叶这番选择让人惊讶。但她不以为意。她已经三十一岁，却刚刚与自己的身体达成和解，适应着身体在不同场景和氛围下的样子，对其他人的身体形状也多了更多的包容度。她想要把这份感受凝聚一处，她需要专注做一件事。

于牧再次出现的时候，肖叶看着他试图在瑜伽吊布上做芭蕾动作。每次都仿佛要摔下来，却又被吊布接住，形似倒立。与她和芮瑞不同，于牧一直没有辞职，依旧常常在瑜伽馆消失。芮瑞把雕塑教室开起来的时候，肖叶曾叫上于牧一道去。只是穿上便衣时，他耸动的喉结和轮廓鲜明的大耳朵似乎没有穿瑜伽服时那般醒目，肖叶也没有了想要触碰一下的冲动。于牧也没有了那种看起来更宁静的神色,他走在肖叶身侧,仿佛一个寻常的朋友,只是因为瘦削,体态又轻盈,显得仍与旁人不同。肖叶没有问他以后的打算,因为这不太重要。芮瑞的雕塑教室主打体验课程,但芮瑞更多是想把雕塑教室做成一个素材中心。

"我希望来来往往的人多些,他们都能在这个空间感受到自己的变化。"芮瑞说,"但这可能是一个不太可能实现的设想。"

雕塑教室设在闹市区,附近有迪厅和韩式料理。来来去去的大学生,很多是外国人。有时候一个东亚面孔的人走进来,肖叶上前说汉语,对方却讲起英语。有一次,于牧和她一道走过泥巴掉落台面、不成形的学员作品,他突然说起自己在吊布上做芭蕾动作的那个下午。

"其实一开始我没觉得自己是想起芭蕾了,我就是莫名其妙想要站起来。"于牧道,"可是很奇怪,我站起来了,却好像马上跟瑜伽的关系更近了。我瞬间就知道,我现在做的是瑜伽,而且我做瑜伽很开心。我好像很快就忘记跳芭蕾的时候,我是怎么感受自己的身体的。甚至那时候有人说我'娘',我再想起来,都一点不生气了。"

春天来临的时候,芮瑞在做好的作品支架前反复调整,教室迎来不少陌生的体验课学生。芮瑞把他们和各自的资料一一对应,接着一边讲自己的作品,一边示意肖叶可以在支架上挂满泥巴。这个过程,肖叶觉得很像挂圣诞树。虽然,她从未挂过一棵圣诞树。毕竟，井巷街也好，医学院也好，医院也好，都不适合一个人做一棵圣诞树。有一年，她因为核酸问题，芮瑞因为一个项目没有完成，于牧则因为所在公司经营不善等待可能的裁员信息都滞留上海。于牧和过去一样十分淡定，平静到肖叶觉得他像一尊雕塑。只是那时候，她自己没想过会有一天和芮瑞一起做作品。她静静地看着于牧的侧脸。她发现，离近看的时候，于牧的外部轮廓特征似乎更明显了，却也突然让她感到亲切。肖叶很喜欢靠近于牧坐着的感觉，却也并没有非分之想。当她试图伸手调整小彩灯的位置时，于牧伸手扶了一下她的腰。那一瞬间，肖叶忘记了那块骨头的名称。

2022年7月7日于上海

冰河

一

门内的人叫章敬业。他早上来，一般是六点钟，有时要七点一刻，今天例外，五点半他就来了。寒天的早上，即便全身裹着棉袄棉裤，踩着皮棉鞋，也依然觉得冷。他坐下来的时候看不出高矮，只让人觉得一个宽大的影子落下来了，尽管影子里他真正的身躯又瘦又小。

章敬业模样有些老，但分不清是五六十岁的老，还是六七十岁的老。他不太说话，长期的沉默让他看起来过于严肃，以至于显得不太有精气神。他面前是拼了一半的拼图，如果在往日，他定要把拼图拼完，但今天，他总想犯懒。

他面前还有一本翻开的日记，日期还是几个月之前的某一天。第一句话写着"今天是地铁运行的最后一天"。章敬业看了一会儿，又把日记本合上，紧盯着右侧墙壁，也像只是对着空气,轻声读出,或者背出日记的内容。像这样记日记的日子并不多,章敬业只在从城外回来后才会写。刚搬进来的时候,他没什么出去的机会。后来,每年能有几天假期。他喜欢在固定的那个日子前后请假,仿佛是一种契约。也有时候,他从外面回来,并不写新的日记,只是不停修改之前的。有那么几次,改着改着,一篇日记就变成了另一篇,另一篇又变成了另另一篇。到最后,这些日记总能连在一起,像纸上的山脉,有时海拔高一点,有时矮一点,它们的曲线像章敬业心绪的变化。尽管他的情绪在脸上是看不出来的,但落在纸上,他就发现,自己只能在每年的那个日子,才稍微平静一些。

他手里端着一个白色茶缸子,背面隐约印着"钓鱼岛是中国的",那还是很多年前搬进城内时他带来的,当时杯子就不怎么新了,现在旧得更加明显,笔画已经掉漆了。除了他和钟娟娟,门卫室其他人都不知道这句话什么意思。章敬业用一只很小的电磁炉煮饭,茶缸子是锅也是碗,筷子用来喝汤,也用来吃米饭。有时,茶缸里是炒好的油豆腐和五花肉,有时是煮好的速食面。但今天,里面只是一杯漂着油脂的开水。章敬业吸溜一口,看看面前荡着黄尘的马路,再啜一口,看看后面,那远处隐约的山。直到水有些温了,他干掉半杯水,没管窗外的来人到底在问些什么,只是大喊:"山在后边,河在右边。"最近,总有人敲门卫室的窗户,问些有的没的。比如最新一期的报纸是上个月的还是一年前的，又比如城内的租金是多少，申请条件是什么。还有一些住了很久的老住户，偶尔会敲敲窗户，低声说着听来的"新闻"，说冰河里的鱼虾都靠进口放生到河里的。对此，章敬业不感兴趣，因为他从不去冰河。章敬业已经快忘了自己最初是怎么进城内生活的，只记得，自己的养老金好多年都没有涨，但也足够支付在城内生活的费用，而在城外，他要靠子女的帮助。搬进城内后，只有老伴的忌日让他会觉得自己和城外的世界有关联。他不爱打听什么，不像有的人，眼睛会盯着来往的人看，他大多时候一动不动，就像所有的一切都和自己无关。实在担心会睡着，就玩面前的拼图。有时，他也会和来送邮件的邮递员聊天。城内所有收寄件只走平邮。一开始，邮递员们每隔两周会来一次，有时候只是发放城内人看的精简版报纸，更多时候，他们会亲自把邮件送到每户人家，并写下一份翔实的访问记录，呈给上级。

城内人不用手机，新来的手机都上缴了，或卖给二手商。报纸是他们了解外界的唯一途径。起初，这些报纸并没多少人要看，只是丢在门房。堆久了，就被值班的人丢出去，每个月都有收废品的人守在门卫室外捡报纸。时间长了，报纸送得越来越晚，也越来越少。城内人不到必要的时候，也不太过问城外的样子，偶尔有些想出去的，或者出去了又回来的，嘴里也多是一些道听途说的消息，什么"外面什么也没有"，又或者"出城的方向错了,看见了几个扛着锄头的人,说要到我们这里来"。

门卫室其他几个轮班的,对章敬业有各种不同称呼。许亚洲喊"章爷",岁数最大的钟娟娟喊"阿业"。年纪最小的索罗,有时候喊名字,有时候喊他"〇五一六"——这是章敬业住的那间屋的门牌号。只是城内人说话时都不爱看人的眼,偶尔往高处瞅,看见一两架飞机从头顶飞过,就赶紧低头向着地面,声音也低沉下来,整个人降了一个色号。但偶尔也有人故意高声大喊,比如钟娟娟。她会看着突然在滑板上跳起来的索罗,用家乡话大声咒骂他。也有时,她会骂一个似乎不存在的人。没人知道她骂的是谁,也没人去猜,毕竟大家心里都有想骂的人。只是总有看热闹不嫌事儿大的,说她骂的是头顶上的飞机。但很快钟娟娟又开始说一些无关紧要的事情,待到真的聚集了几个听众,她又不说话了。更多时候,城内的这群人都在咒骂天气,咒骂长期的断电、时不时的断水,他们只能轮流去冰河打水,而敲破冰层的铁锹被传来传去,常常不见踪迹。

这几年地震频发,暴风雪来了几趟,光照总是不够,城外的粮食往往也要靠进口,更不必说城内。城内没有四季,都是寒天,可即便是稍微温和的日子,也不见冰层有松动的迹象。

章敬业从不参与大家的抱怨。今天上午,他没有继续枯坐在门房内盯着某处看,甚至没有完成一块拼图。他想起今天是每年的那个特殊日子,往年这一天他都在城外,由孩子带着给老伴扫墓,或者和几个老朋友聚一下。后来,朋友大多渐渐离世,孩子带他扫完墓,也都匆忙回了家。他居住的房子越来越空。

此刻,章敬业又一次对着空气喊"哎",一连"哎"了好几声。他很专注,眼睛一会儿眯着,一会儿瞪圆。盯着一处看久了,他的眼前就有重影,并觉得另一个影子朝自己压了过来,这么一恍神,他竟倒在座位上睡着了。只是刚睡了一会儿,他就觉得有人敲了门卫室的窗户。再一愣神,看见一个又高又瘦的女人,穿着宽大的暗红色毛呢大衣,说话声像喘着气。

她侧着身,左手搓着右手上一颗冻疮道:"我是新来的,这是介绍信。"

介绍信的纸张已经泛黄,一些蓝色墨水字都已经看得不够清楚了。不过末尾的落款他很熟悉,这人是曾经的门卫,好几年前据说去了城外,还有人说去了更远更荒僻的地方,那里还不通信。女人又敲了敲窗户,章敬业回过神道:"我们现在都不用介绍信了,那个你得走流程,先申请……"

"他们说拿着信就能住进来,我妈不住,我可以住。"

章敬业再看过去,发现介绍信上入住人的名字果然和女人身份证的名字不同,而女人的身份证,仔细看,也是多年前的版式了,背面的国徽还是红色的。

"这身份证该换了。"章敬业登记了一下她的身份证号道,"具体住哪,等通知吧。"

"我走了好久的路,草鞋被泥巴糊住了,能让我在门卫室后面扎个帐篷吗?"

"帐篷?"章敬业看过去,只见女人已经熟练地拿出一顶深蓝色折叠帐篷,作势要铺开。章敬业比画了一下道:"进来吧,低调点,别让人看着。"

女人点点头,椭圆形的身影在门卫室又荡了一下,很快消失不见。

深绿色的小卡车,已经趁着朝阳,拉着一批城内住户往城外去,而门房前的小黑板上,也已经被开卡车的人写上一列新的入住人。这几年,入住标准变了,从以前的要有财产证明,或要有学历,到增加不准结婚的条件。也不像最初那几年,住进来就不准出去,要出去也只能往更远信息更少的地方。这几年,有几个人都回到了原本居住的城外,甚至还有往上面城市走的,章敬业不知道,这几名新的入住人,是城外来的,还是从更荒凉地带来的,他们是不是也骑马,或者已经学会了开车。

很多年前,城内也是那样一个更荒凉的地方。只是,章敬业搬进去前,它就已经迎来了一批住户,章敬业也曾认识其中不少人,都是工厂的下岗职工,或者孤寡老人,还有一些不打算结婚和逃避城市压力的男女。入住人需要付出的最大代价,也不过是接收信息的有限。他们不再被允许参与现代化浪潮,从大哥大、电脑、互联网,到手机、即时通信设备、自动翻译机、快递机器人……这些都不许在城内出现。他们看的报纸都是被筛选过信息的,那些现代化色彩的新闻都被过滤掉。他们不被允许结婚,只能住在各自的单人宿舍,不能留宿在其他人的房间。多年来,连城内日常吃食也是就地取材,后山的小野兔小野鸡早不见了,只有冰河深处偶尔还有野生鱼虾,但最近似乎也在变少。有人饲养鸡鸭,有人负责熬煮酱料,还有人拓出一块旱地,种植小麦和旱稻。量虽不大,竟也能供城内的几十口人。开始,运粮车会带来最简单的食物,后来就很少来了。物资短缺的时候,有假期的人会去城外采购一些食品,拿着失业证去旧衣回收站领取免费衣物。

章敬业例行公事地站起来看小黑板上的那些名字,有几个很眼熟,似乎早就是城内的居民,但后来出去了,现在再出现,是要回来?章敬业想着,只见接班的许亚洲已经摇摇晃晃地朝他走来。

"章爷。"他喊着,从口袋里摸出一支烟,伸到章敬业面前,"章爷,我听说,这周来的新人,没有立刻住进来?"

章敬业不愿接茬,但还是伸出一根手指道:"等着吧。"

说完,他终于睁开眼,看见许亚洲两腮的胡茬已经快和额前长长的刘海儿融为一体,撇撇嘴道:"野人。"

"上周走的那个人,负责理发。他走了,没人理了。"许亚洲抚弄了一下刘海儿,"不过他去了那么远的地方,那地方,真有人需要理发吗?"

　　章敬业不理他,走出门把小黑板收进去,再把茶缸子放在水桶里洗净,粗略擦了擦。低下头时,仿佛又感觉那个椭圆形身影飘忽而过,只是再抬起头,又不见了。仿佛刚刚只是过了一阵穿堂风。可这里哪有穿堂风呢。他心里想着自己的事情,又想着外面的事情,不禁把整个头都裹进外套里,顺着泥巴路一深一浅地往城市深处走去。

二

　　许亚洲坐到章敬业的位置,照例低着头往下看。他个子高,低头时像犯了错误,正准备老实交代。刚搬进城内时,他总被调侃是劳改释放犯。许亚洲并不辩解,甚至也不反感,对他来说,城外的生活困难重重,他要么回农村老家,要么为留在城外缴纳滞留金或者买下一栋小房子……不管哪一种,都十分困难。他一度效仿社会新闻里报道过的"占据者":在城外各个因为人口迁徙和街道改建,被废弃的屋宇和那些小楼,外面都写着"拆"字——有的说半年后要拆,有的说马上要拆,都已经断水断电,基本也没人居住——他流窜在那些屋子里,有时候早上在一栋屋里醒来,当天夜里却要逃到另一栋屋子里睡觉。和他一道跑来跑去的人不少,大家也都心照不宣,偶尔碰到了,有的人还会递给他一支烟。和他一道打工的同乡多半回了老家,但有的人回去不久,也出于各种原因,纷纷去了更远的地方。其中一位同乡还给他寄信,地址是一个名叫"暂安处"的地方。他在上面写村庄已经没有自己的位置,他只得往更远处走。

"谁知道还有这么好的地方。"他写道,"说山清水秀不为过,住久了,人都清心寡欲了,我现在,不喝酒,不找妹子,干活也勤快了,手上茧子更厚了。你还记得吗?我太爷跟我们说过,他小时候,河水是可以喝的,这个地方就是这样。"

同乡还在信里列举了暂安处的种种好处,嘱咐许亚洲也可以来,但是得先回到村里,村里待不下去了,才能申请去暂安处。

什么叫待不下去了?许亚洲内心冷笑,但又想,既然同乡找得着这么一块地方,那他又为什么找不着?难不成他真的要回村里,村里还有他能做的事吗?一番寻寻觅觅,终于,许亚洲发现了冰河附近的"城内"。这里不像暂安处那样有名字,也不是什么收容所,而是给一些没有家庭负担,同时不愿意缴纳滞留金或者无个人房产的城外居民居住。起初城内也是由废弃大楼组成,后来,从城外运来的许多其他建筑废料,渐渐充实了废弃大楼,直到形成一幢宛如垃圾山的居住楼。又经过一番环保改造,异味消除了,城内正式招纳一些符合条件的居住者,只需要付低廉的租金,就可以获得一间单人宿舍。但许亚洲身上连一个铜板都没有,只得申请了劳务居住,就是在城内担任清洁工或保安、门卫等职,没有薪资,但可以免费住宿,饮食需要自己解决。不过既然决定了自给自足,这也不难。当然许亚洲也知道,住进城内的人不能组建家庭,不能集体居住,更不允许生育。一些想带着孩子住进来的单身母亲或者父亲,尽管其他条件符合,但因为有子女,被拒绝入住,这事还上过当年的《晚报观察》。

许亚洲想着,看看玻璃窗上自己隐约的轮廓,还有阳光下门卫室墙壁上挂表指针走动时的投影,赶紧挺了挺背,注意力也渐渐聚拢,盯着章敬业拼了一半的拼图。

这是一张世界地图,亚洲部分基本齐了,北美洲国家缺了两块,欧洲稀稀拉拉的,零星摆着几块,都不连着,仿佛这些"陆地"之间的缝隙都是看不见的大洋。许亚洲半低着头,感觉自己要被视觉中的大洋湮没了。

再回过神,面前的马路上突然走动着不少人,有人还骑着马。许亚洲记得,城内确实有人养马,供住进来的富人打发时间。只是这些人后来都搬走了。马常年没人管,变成了无处奔跑的肥胖野马。直到城内这几年开始有人做小买卖,拉小摊做冰河炸鱼的,晨起卖早点的——不是外面那种面食早点,更接近创意料理,比如烤桑葚、烤野山果蛋饼等等。许亚洲都不知道城内哪里有桑葚,野山果到底能不能吃,但当它们出现在早点摊时,没有人怀疑它们的合理性。大家有钱的拿钱,有物的拿物,乐呵呵地享受着难得的集体时光。而这些马,也因为有时需要拉货,能走动点了,便又活泼起来。只是这种日子也没有持续很久。许亚洲来的时候,马又被圈养起来了,只在上面来人的时候,才被允许走出圈养地。

不过面前的马不像城内的,倒像一直被使用的坐骑。领头的满月脸高个儿男人似乎看到了许亚洲的疑惑:"我们也是城内人,住得久了,就喜欢骑骑马。但之前没什么机会,现在这些马闲着也是闲着,我们就想出来玩玩……说起来,这马还是我以前的公司捐的。"

许亚洲看见,队伍末尾的马看起来像得了白化病,毛色有的发灰有的发白,还时不时仰头想要嗷嗷叫一声。还有两个叽叽喳喳的女孩,骑在马上,身上的金属配饰丁零咣啷的。许亚洲挨个看过来,觉得他们像哪个摄影棚跑出来的特型模特。只是看他们的样子,似乎还要往前走,许亚洲心不在焉地学着章敬业的样子,扯着嗓子喊:"山在后边,河在右边。"直到面前的人马仍旧没有反应,防护门栏也没有像往常那样自动打开,许亚洲才突然对眼前的人警觉起来。

"怎么……"许亚洲道,"你们既不是城内人,跑到我这儿来干吗?"

"我们是新来的,他们让我们等一周,可我们早就没地方去了……我们想早点住进来,多交钱也行。这个我们跟介绍人申请过了,他也请示过上级了……"

"有介绍信吗?"许亚洲道,"要盖章的介绍信,日期得对得上。"

领头的男人爽快地拿出来。

许亚洲只觉得笔迹不太像那个介绍人的,想大声呵斥,转念又觉得自己这么认真做什么,他佯装认真地翻来覆去看了几下,问道:"你们以前是城内人啊?"

"我们在城内住了好几年了,去年出去了,可是不行,我们已经没法在外面生活了。"领头男人继续道,"我们运气不好,走到一片荒地,什么也种不出来。"

许亚洲倒是听章敬业还有另外几个人说过,城内最早来的那批住户,比他们这些后面来的人更深居简出,在城内走动往往很难看到他们,他们也不写信,更不会借用公用电话联系谁,就像城外已经没有亲人那样。但他们中有几个人,也曾想费尽心思出去,因为不习惯城外的生活,又回来了。回来之后,生活更加原生态,从衣物到吃穿用,全都自给自足。外国的纪录片摄影团队特地来过一次。不过,这也是三四年前的事了。

最尾处的女孩跳下马:"好了没?我们已经保证过,这次交了租金,我们不会再走了。"

"进来吧。"许亚洲说完,就又低下了头。这是他很不喜欢的时刻,一帮明明住在同一片社区的人,却像一队他似乎从未察觉过的陌生人。又或者,只是不合时宜的穿着与言辞,给他造成了这种印象。许亚洲刻意往下压了压自己的头，想象着现在是自己刚进城时的例行检查时间，他眼前的这列陌生人马正是刚从边境战场上下来的人，还带来了几双回潮流行的西部战靴，和对城内人来说堪称新鲜，但实际也只是更加古老的信息。有一些人围过去，而许亚洲更愿意像现在这样继续保持两耳不闻窗外事的悠闲。只是今时不同往日，尽管他努力低着头，但他仍注意到这些人的影子是怎么一个个跨过自己的身体，等到这些身影走远了，他才终于再次坐直，用一种近乎专注的放空，让自己稍微松懈下来。他重新打散了拼图，从感觉上最远的南极洲开始拼起。只是没拼几块，他又突然站起身，看向窗外，大半条路都被城内高低不平的建筑遮进浅浅的阴影中。刚才那些马蹄的痕迹，很快又被一阵大风刮过去了，门卫室前水泥马路上的灰尘扬起，很快形成了一垄一垄的土线。

看来真的没人来了。许亚洲想着，不知应该失望还是高兴。但只一瞬，他突然大胆地想，也许刚才那几个人就是新来的，但故意说自己是老住户。城内全线实行纸质备案后，就取消了面部扫描等诸多检查方式，蒙混过关变得不再那么难。

兴许他们就是蒙混过关的。许亚洲狡黠一笑，看向门卫室背后泥泞的路上被马蹄踏过的痕迹，但很快，其他人的脚步就盖住了那一排脚印，再看过去，那条路，竟像只有他和章敬业的脚步似的。他还要坚持两小时，直到索罗来，又或者不是索罗，是突然出现的钟娟娟。但这也不重要了。自从实行轮流守卫制,他们就渐渐比过去更加少言,却也更加仔细观察起对方来。此刻许亚洲最关心的就是城内的主干道——他在等待接替自己的身影早点来,这变成了他每天的期待之一。

拼图再次完善了一些,现在,只剩下几块大陆边缘的岛屿和零碎裸露的洋面还没有拼上。许亚洲琢磨着这些边缘奇特的板块各自的归属,直到发现好几块被章敬业拼错的位置,又不得不把它们拆开,并看见了那几块拼图下的字眼——女人。

那是两个马克笔写出的粗体字,"人"字的比画是反复描写过的,因此边缘有些不平滑,遮住字迹的拼图背面,还沾着马克笔的黑色痕迹。许亚洲很快想起章敬业在澡堂里给他讲过的故事——他孙女供职的机关单位,有一个女干部,有一次在集体澡堂洗澡,露出两边肩膀的两块大痣,那两个痣就像两个汉字:"女人"。

此刻,许亚洲仔细回想,想打捞出更多细节,却一无所获,他有些不甘心,站起身透过窗子扫视了一遍门外,准备坐下,恍然听到一阵喊。

"小哥。"

说话的是一个女声,人长得不像章敬业口中描述的女流浪汉,倒像20世纪舞厅里常见到的那种形象——皮衣喇叭裤,粗粗的颈链。女人头发很长,似乎烫了头,但也可能是自来卷。没有刘海儿，额头比一般人要宽。脸有些方，如果不是发型和声音，许亚洲可能会觉得对方是一个个子不高的青年男子。女人披着深红呢子大衣，显得身形比原本宽阔许多。但是大衣保暖性看起来明显不够，她的鼻子红通通的，一面哈着气，一面压低声音，说自己是开了介绍信来的，但房间还没分到。

"前面那个门卫让我找新的门卫……"女人继续道，"说这个事儿。你就是新的门卫吧……"

"没有安排房间是没房间了，还是其他人安排了，就你没安排？"

"我不知道……今天要住进来的其他人，我也没碰见。我就是在后面扎个帐篷，你应该看得见。我是想说，如果没房间，能不能让我在宿舍楼扎帐篷，等房间安排好了我再住进去。路口扎帐篷有点冷……"

女人哆哆嗦嗦说了很多，话也越来越流利，许亚洲心想她既然都自己安排好了，只要不违反规定，他点头就行。但他还是压低嗓音道："介绍人信息没问题，但他安排住处这事儿，我不知道，也没听说。还有，如果你都打点好了，那是多特殊的房间，到现在还没安排上？"

接着，他像是质疑，又像是直接认定似的问道："你不是第一次来我们这儿吧？"

"小时候我和我妈来过。那时候你们都还不在这儿，那时候冰河镇只有两三户人家……"

"冰河镇?"许亚洲诧异道,心想原来他们这儿在别人心里是个镇,他还以为这里是个平凡的小区,除了追求极简生活,也为了遵循城内低碳生活的要求,他们这些人不用电子产品,城内也没什么娱乐设施,他们这里也不像个镇子啊。毕竟路灯是24小时长开的。

女人继续道:"那时候我妈妈就拿到了介绍信,但她还是想把我弟弟养大,在我们那边,女人的生活总是艰难,她说我可以拿着她的介绍信来冰河镇,来了就能住进去……我知道你们都是没身份的,你们的身份证现在在外面早就不能用了,他们不让你们出来,也是因为你们出不去……不过我愿意把身份证押下来,我不会取出来,我也不会跑,我是能实名登记入住的……哦,我对房间有要求,我想要一个没有监控能看到的房间,宿管说,这有点难。"

"这里的房间都没有监控。"许亚洲道。

"要门前没有监控的房间。"女人看向别处。

许亚洲匆忙撕下一张表递给她:"晚上八点之后,你要在房间里,这是规定。交钱去这个地址……"

"八点之后能去冰河钓鱼吗?"女人道,"或者干别的也可以,我没办法一直在房间里。"

"如果你有足够厚的帐篷,倒是可以去冰河过夜的。"

"有。"女人喃喃自语,把背包拉开。她的背包里没有别的东西,只有一顶蓝色帐篷。

三

钟娟娟是最先来接替许亚洲的。按照他们的座次表,第三个来的该是索罗,若他不在,才轮得到钟娟娟。她嘴巴太碎,常常拿着对讲机一个人在门卫室喋喋不休,除了章敬业,没人受得了。他们都希望钟娟娟去值夜班,但她拒绝了,不仅如此,她还经常迟到,尽管她看起来不像会迟到的样子——年近六十的年纪,双目炯炯有神,抬头纹很重,戴着复古感十足的细框眼镜。钟娟娟是城外第一批自由职业者,毕业实习结束,就没再上过一天班。从给地理类报纸写稿,到写短视频文案,她服务过很多不太名的旅行类博主。也因从不要求署名,她的收入在周围同行群体中也相当一般,但她不在乎。没有署名,收入不高,让她觉得不用担心节目效果,更不用担心流量和措辞失误。她一直交着最低的社保,在搬进城内之前才终于买了房——那还是因为当时的政策规定,入住申请者需有购买三十平方米以上公寓的经济能力。钟娟娟也是城内唯一一个能够每个月收到租金的入住人。那份租金正好覆盖了她在城内的租金和饮食费用。

今天,钟娟娟本来打算晚到一会儿,她要在冰河上的小吃摊流连一下，可冰面上居然什么也没有。没有人摆摊，更没有人钓鱼，连冰面上砸出的大洞也被一块不知哪里来的大理石盖住了。她只得先去了门卫室。

她把凳子搬离门卫室，把它放在大铁门前，目不转睛地盯着门外偶尔走动的人。直到一个怎么看都是陌生人的女人从她眼皮下进城，钟娟娟大声喝止了她。

"新来的？住哪个区？刚来就请假？"

"我去买了渔具。"女人指了指自己背着的东西。

"你叫什么名字？"钟娟娟仍旧盯着她。

"〇五三一。"她道，"到这里的不都没有名字吗？"

女人说得确实没有错，他们都有编号，只是都记在各自的心里，时间久了，也没人真的再喊彼此的编号。管理他们的人，更不会再刻意提起，只在每个月例行检查时，他们会像报数一样报上自己的编码，在那些属于自己的快递或者其他物件上，像签名一样签上自己的编码。

"很快你就会忘记编码的。"钟娟娟道，"最好先找个纸条记一下。"

"难道你忘了？"〇五三一道。

"你能记住别人的编码吗？你以为你能真的没有自己的名字吗？"钟娟娟不耐烦起来。

"我可以把你们的编码记下来。"〇五三一想了想说，"不过对上脸还需要时间。"

"那就交给时间吧。"钟娟娟看着她的眼,"现在,先告诉我你的名字。"

"张杰。"她艰难地吐出这两个字,"这其实是我哥的名字,但他死了,就变成了我的名字。"

钟娟娟打量着她:"身份证号码给我。到了城内,就不要说你们那边了,现在你是在我们这边。"

〇五三一张张嘴,只得把身份证号码写到了钟娟娟递过来的笔记本上。

"身份证有X。"钟娟娟看着她,"你从很远的地方过来?"

"我走了半个多月。"〇五三一道,"没有火车也没有汽车,我知道你们这边有,但是步行太难了,我只能蹭一路马车。"她的右手在口袋里晃荡了很久,似乎在捏着什么东西,又像只是在故意浪费时间。最终,她掏出一串字条。钟娟娟看见,第一张字条的一组签名里,有许亚洲和章敬业。

"他们俩没开后门……"〇五三一道,"他们是看了我的介绍信……"

"他们看了你的介绍信,让你住在冰河边上?既然房间安排好了,那就别再跑来跑去了。"钟娟娟拨了拨镜架,"以后想出去的时候多着呢,机会要省着点用,知道吗?"

〇五三一有些尴尬,但还是淡定道:"冰河不就在城内吗?去冰河也算出去?"

"你看好了,除了咱们这围墙里面的路,凡是穿过围墙的,都叫出城,有假期可以用假期请假。"

"这么长的日子,总要做点什么吧……"

钟娟娟不理她,一边查阅着一些消息一边道:"河面的冰层最近没有裂开的,你没有去钓鱼……"

"我只是喜欢水流的声音。"〇五三一道,"你不觉得那非常安静,就像这里的氛围一样?"

"这里的氛围?刚搬进来,你知道什么叫安静?"

钟娟娟激动地站起来。但很快,她又坐下了,对着桌面上完整的拼图道:"你知道吗?很多国家的国境线都差不多的……我是说拼图上的这些国家。你看这一块,狭长,弯弯绕绕。它可以放在现在的位置,但也可以放在其他大洲的其他角落。就像这样……按进去了……"

〇五三一道:"还是在之前的位置最合适。"

"确实啊。但如果我不说,你这样看过来,会觉得我拼错了吗?"钟娟娟道,"你不会发现,因为你根本不会仔细看,这只是一张拼图而已。安静嘛,就是安静咯,谁还能确认安静是不是真安静呢?"

〇五三一不知她想表达什么,但见她脸部肌肉有些颤动,低着头,下巴和脖子上多条褶子都凝固着,分不清是皱纹,还是肥胖所致。她转过头看着〇五三一:"以后你就知道什么是真安静了。"

"我能进去了吗?"

"先写记录。在冰河边做什么了,谁能证明,有没有未经许可使用工具。购买渔具的凭证……谁能做证……"

"我花自己的钱,也要写吗?"

钟娟娟扶了扶镜框,一边用笔在拼图下面压着的纸上记录,一边对她说:"在这里没有'自己的钱',这里花出去的,都是城里的配额……你花钱的配额用了,别人就得少用……有钱也花不出去的滋味,晓得哦?"

"那赚钱有配额吗?"

"赚钱嘛,随便喽。如果你有本事。"钟娟娟道,"不过城里的人都没什么钱。就算你要做点小买卖,怕他们只能拿过冬衣服换。还有章敬业的茶缸子,还有谁祖上传下来的怀表……这些值钱不值钱的,都可能当这里的'钱'。可在这儿,你到哪花钱呢?"

"我在我们那边……我是说我们以前住的地方……"〇五三一四下望着,"那边的钱庄有笔钱,但我来的路上,没有看见钱庄。"

"钱庄?"钟娟娟笑道,"这里只有银行,但也大多倒闭了。农工商银行,也有一阵叫商业发展银行,不过昨天也下通知了,ATM都关了。窗口业务只有周一到周五上午开放。你到底是从多远的地方来的?钱庄的钱不太好转啊。不过我记得前几年,有个很会骑马的人,从很远很远的地方来城内的,结果住了没两年,他又往另一个方向,更远的地方去了……"

"我们那边也有人往更远的地方去。"〇五三一认真地说,"有个人只会写简化字,在镇上找不到事情干,又做不动农活。时间久了,他说日子还不如他老家,就又走了。他走的时候,我们也不知道他老家什么样。不过,我手上现金不多,也不是现在你们用的货币,有什么地方能赚点小钱?"

"城内不太用现金,尤其最近,大家爱拿其他东西换粮食,换衣服……可是你可以卖老币呀,我听说,有人爱收藏这个,纸币也行的。"钟娟娟看了一眼〇五三一,发现她恰好也看着自己,不免打了个喷嚏。

"好主意,就是我的钱数额不大,也不多,不知道有没有人感兴趣。"〇五三一说完,就要往里走。走了几步才想起还没在说明书上签自己的名字,又折回去。写完字,她环顾四周,看见门卫室斜对着的那栋楼的楼顶有一个避雷针形状的摄像头。她在其他地方见过这种摄像头,暴雨来临前,它们被当作避雷针;放晴后,又成了平凡的摄像头。

"值班的话,方便出去吗?"

钟娟娟像听不懂似的看了她一眼:"我们不是为了出去才值班的。"

〇五三一不为所动,继续道:"如果我值班,是不是不用每次出去都要写条。"

"值班就不便出去了。"钟娟娟道,"值班的时候怎么出去?"

"哦。"〇五三一低下头,"那我替你的班,你是不是就能出去?"

钟娟娟吃惊地看着她:"我不想出去啊。"

"但如果你想呢?如果其他人想呢?"

钟娟娟扶了扶镜框,想起索罗正不知在哪里跑着。自己原计划等会儿去敲他的门。此刻〇五三一在这里,倒是一个机会。反正上面的人只在乎有没有人值班,并不在乎是谁值班。

"好嘛。"钟娟娟把眼前的拼图一推,不同的小色块就四散逃逸了,还有的滚落到她脚下,她也不去捡,只是继续说道,"可是接你的人不来,你就要一直在这,能行吗?这里什么也没有。"

"房间里不也什么都没有?"〇五三一道。

她们的对话很傻,就像故意似的。〇五三一又看了眼避雷针一样的摄像头,想象这里人多起来的时候会是什么样子……她不知道自己有没有机会看到这一幕。来城内居住之前,她还住在自己的帐篷小镇。据说,很多年前房价突涨,他们的祖辈就集体搬去了帐篷小镇,不买房,就睡各种帐篷,某些调皮的,还会今天把帐篷扎这里,明天把帐篷扎那里。他们甚至设计了能洗浴的帐篷,能煮饭的帐篷。成年的标志则是自己的帐篷距离父母的帐篷能有多远。

〇五三一高中毕业后，接替了母亲的工作，在一个私人小作坊做事。有时做女佣的活儿，有时做账房女先生。她生活简朴，加上居住的地方没什么需要消费的，钱倒是存了不少。母亲在生病的那段时日里告诉她，如果朝着某条直线一直往前走，能发现很多和自己生活的镇子不太一样的地方。那些地方没有钱庄，只有银行，还有遍布全城的互联网。那里很多人不喜欢生孩子，四五十岁能保养得像小姑娘。她当时听得心惊肉跳，想起小时候母亲也跟自己说过曾外出游玩，去过很多国家。末了，母亲补上一句，后来才知道那些地方都不是外国，就是自己的国家。只是他们所在的镇子，以及镇子周围的地方，和那些地方联系得越来越少了。他们生活的地方刚刚有报纸，而那些地方，已经没有人看报纸，流行网络媒体了。

"你可别觉得他们奇怪。"母亲对〇五三一道，"没准啊，再往上走，还有更不一样的地方。但是我当时走不动了。我听说，还有人去过一个叫核心城的地方，那里已经流行机器人了。他们没有邮递员，只有直线派送员，从一个地方到另一个地方走直线给你送信……"

〇五三一觉得母亲的话有些像神话传说，但还是激起了她的向往之情。她坚持读书，成了镇上唯一的女高中生，后来一切都顺理成章，除了婚姻。她在故乡找不到合适的对象，附近的外乡似也没有她能相中的。她的母亲是心大之人，嘱咐她往外走走。

"记得走直线。"母亲道，"别一圈圈地走，绕得慌。我有封信，你可以带着，带着它，到一个你觉得可以停下来的地方待着。"

那时候〇五三一不知道，自己这一走，居然是这么多年，她从一个少女，一直走到长出法令纹的年纪。她走上了瘾，轻易不肯停下来。到冰河附近，也是被它的流水声吸引了。她家乡的风俗认定——有流水的地方必然富庶。她便决定留下来。她本以为介绍信上没有写清她具体能住在哪个"城内"，可没想到，这封久远的介绍信，城内人并没有深究。也许是因为年代久远，也许只因为她从很远的地方来，大家对她便格外宽容。

这么想着，她却又有些心虚。她又想起在后面那座城的商场大屏幕上，看到的冰山驶过洋面的视频。她一面浪漫地想着冰山能"开走"多远，能路过几个大洲，一面更知道，它怕是根本连那片大海都无法穿越。它会沉没下去，又或更快化为水，成为一缕浮冰在洋面上微弱地闪烁，就像那下面有人在艰难地呼吸。

钟娟娟把章敬业的茶杯、许亚洲曾完成的拼图，都推到桌子一角，把身后的广播打开。十几秒的短暂新闻后，流淌出一首仿佛是粤语的歌曲。

"这是谁的歌？像南蛮方言。"

"粤语，粤语，什么南蛮。"钟娟娟眯着眼，看向右侧墙壁还有柜子上铺满的凌乱报纸，上面一块块被切割掉的新闻，就像一片片镂空花纹。在〇五三一突然打开的窗户前，它们摆出要飞舞的姿势，但很快又在关窗的一刻突然停下。虽然只是一个瞬间的仿若起飞，却依旧稳稳落了下来。尽管仍是落在原处，但此刻的原地，还能与当时的原地一样吗？〇五三一走进来，煞有介事地把自己的编号用粗笔写在了窗户上，写完的那一刻，整个门卫室似乎也被这串数字标记了。

"别人还是要喊你名字的。没什么用。"钟娟娟道，"名字挺好的，反正也就是个代号，大家不会深究，也没什么可深究。不过，你这么纠结，只是在想以后的事吧。你不用看我，你心里若想别人怎么看你，就是在想以后的事。不过，你想的是这里的人怎么看你，还是外面的人怎么看你？老实说，这还是不太一样……"

钟娟娟喋喋不休地念叨了好久，直到〇五三一快睡着了，她的声音仍在。在晃动的飞蚊景象前，钟娟娟仰头看见天花板越来越高。她感觉眼前的一切都在升起，变得巨大，而她无限矮小。

四

索罗坐下来的时候，桌上有〇五三一留下的一摊水。沿着水渍的方向，他看见一个红色木桶。城内经常停水，老去冰河提水不太现实,常备一桶水,已经是大家心照不宣的一件事。不过,索罗从没有亲自提过水,他也没见其他人提过,就好像这桶水始终都在这里等着谁。反正每次走进门卫室,水就在那里了,每次都是清澈的,每次都是冰凉的。值班的时候,常有一些奇怪的声音响起,有时是在白天,更多时候是在夜里。索罗猜不出是什么。他觉得其他人肯定也听见过这声音,但没人说,于是他也不说了。

  他是第二批住进城内的人,是当时年纪最小的一位。那时城内人员构成相对不复杂,没有人开火做饭,大家喜欢在假日,以及特殊时节请假外出采购蛋白棒。索罗吃过各种口味的蛋白棒,据说它们已经替代了城外前些年流行的现做现送的外卖。食品生产商热衷于开发新口味,各种协会也开始用他们的公众影响力宣传蛋白棒这样的快餐式零食。甚至有人说,蛋白棒取消了食物的复杂性。尽管调料表上写着脂肪和蛋白质含量,但没有人知道这些信息的准确性。毕竟蛋白棒已经不似前些年那般饱腹感明显,它似乎只是饭前的调剂,或者饭后的点心。索罗觉得这是商家促销行为,用新鲜的口感锁住人的味蕾,却不让他们获得期待的饱腹感,如此,人们只能继续吃下去,继续买更多蛋白棒。毕竟没有几家外卖了,连快递员都在变少,一部分返回原籍,一部分不知所终,也有人说他们去了更远的地方。有些人期待看到的繁荣景象并没有出现,社会上反而呈现出更大程度的萧条。

  等到第三批住户搬进来后,他们已经取消了在固定日子集体采购商品的计划。一些商铺关门，或被重新征用，或变成新的铺面。他们需不断行走，才能发现一两家可以采购的商店。最终，城内开大会，定下种植农作物的计划。还有几个农业学院的教授来给他们上过几次培训课，只是农活到底是难做的，最后，还是几个原本有农事经验的住户领头，陆续完成了稻米和小麦的种植及收割。索罗记得，有一段时间，城内的广播歌曲是《南泥湾》。

  记忆中，连爷爷奶奶辈都已经不听这样的歌曲，索罗也只是在一次新春晚会上听见过一次。那时他年纪还小，近视，课业成绩一般，被安排在倒数第三排，一百多人的课堂上，他看不见黑板，听不见老师的声音，功课全靠自学。即使如此，他还是喜欢在课下看闲书。不过那年头，书店已经在变少，偶尔几家开着的，除了练习册和理财类书籍，只有《夏洛的网》《穷爸爸富爸爸》等一些畅销多年的中外书籍。因为书少，有的样书已经被翻得掉页，索罗每次路过，都会习惯性地把散开的纸张塞进原本的书里。尽管有时候，他也不知道有的书页究竟属于哪本书，只能乱塞一通。

  索罗大学学的是软件开发，原本是很好找工作的，孰料毕业后，就业市场也在变化，互联网科技公司大批倒闭，索罗居然始终找不到对口工作，在考研和降低就业标准面前，他很务实地选择了后者。毕业后的头三年，他奔跑在外卖快送、同城搬家、家居安装等体力工种间，因为长期超时劳动，常常感到四肢突然绵软无力，浑身冒冷汗。有一次，雇主要求他在一小时内来往城东和城西送两份餐,他终于爆发了,结果当月底薪都没拿到,平台上的提成也被扣除了百分之五十。不久,索罗通过城内招租的一则广告,用自己"985"院校的应届本科学历换来一间低价单人宿舍。因为没有财产证明,索罗签不了长期居住合同,只能签订劳务居住合同。这让他有了在城内给管理层打工的机会,同时还能给城内有现金的人跑腿,买各种生活用品,凿开冰河的冰层,钓起小鱼炸成鱼干售卖给其他住户,赚取外快。

只是,竞争很快就来了。有一天,索罗去晚了些,摊位被一架新的小车占据了。小车上架着的是煎饼果子摊和烤冷面摊。原本曾属于索罗的长队,也全都聚集在新的摊点前。从那之后,冰面上每一天都有新的摊位。有人似乎也不是为了赚钱,而是为了交换食物,交换衣物,还有人只是为了打发时间。他们热络地聊着,索罗觉得冰面都要融化了。后来,这些摊位都变成了城内资源共享的阵地。除了必要的物资交换,还会有信息交换。城内许多人都有自己探听信息的途径,索罗甚至听到传言,说发放给每个人的报纸都是不同的,有一些报纸上隐藏着更多城外的信息。还有人说,那些被剪去信息的镂空报纸,彼此拼起来,就是城外新住宅区的地图。

只是索罗奇怪:还有新的土地可以建住宅区吗?还有多出来的人需要住房吗?那些来到城市的外地人,这些年有的回了老家,有的去了其他地方。曾经作为工业开发区的城市新区,也渐渐变得荒凉，成为楼型的"荒山"。

索罗为了适应没有电子产品的生活，开始制作文字游戏——把曾经玩过的网络游戏文字化，或实景化，像幼年过家家那样表演出来。这样一来，他们随时随地都可以玩到想玩的游戏，尽管看起来艰难一点。不过也只是刚开始艰难，随着游戏的深入，他们的游戏规则越来越复杂，简略版报纸上展现出的城外的落后，让他为自己轻微的领先得意起来。尽管很快他意识到，依然是信息的有限性给了他信心。他不知道，是不是在某个角落，城外的人也在冷冷审视着他们，一边嘲笑他们这些城内人只不过是被遗忘的人，一边嫉妒他们可以长期居住在便宜到几乎等于免费的宿舍里。只是，〇五三一的到来，让他开始渐渐怀疑这一切。

〇五三一来自城外，但又不是来自城外。她走了很远的路，具体的故乡在哪里，城内人都不太清楚。她会看天色判断时间，会纳鞋底，会骑马。不像城内人，骑马是后来学的，她一开始就会。她告诉索罗，城外的信息也是简略版。

"比我们的信息多，但也是被过滤的？"索罗道。

"不是被过滤，是信息本来就那么多，"〇五三一道，"那么有限。"

索罗一开始不是很明白，随着城外渐渐变得萧条，他也懂了。搬到城内后，他没有再见过亲人，一开始他们还有信件往来，尽管信递过来时很多涉及城外变革的词语和句子都被打码了，后来，几个表兄弟姐妹都跟他疏远了。这里面有信息量的错位，还有人心的距离。但这种距离，让他感觉每个曾经想远离的亲属都变得可爱起来，让他内心升起一股耻感。他喜欢充满陌生感的集体生活，但在城内生活久了，许多居住者也都渐渐组成熟人圈，虽然大家掌握的信息都不多，但即使是重复的信息，经过一番交流和交换，也似有了生活的厚重感。

他和他们一起在冰面上摆摊，他学会了简单的捕捞，懂得使用工具探测鱼群的方向，甚至在暗夜，他还能像海洋生物那样感受超声波的音符在四周跳动。他的生活能力，在集体中变强。看起来只是搭伙做一些事，并不涉及精神交流，但其实他和他们已经是朋友。他充满了参与生活的欲望，他有了很多玩伴，被很多人信任。搬进城内前，他渴望的距离感荡然无存，他觉得城内和城外并没有差别，但他为此感到兴奋。

有一次，在执勤申请表上，他甚至大方写上了自己的名字，尽管他认为，以他的资历，管理员肯定不会信任他，但也许因为他的积极，他的申请居然通过得最快。

起初，他和许亚洲分在一起执勤，他们骑着马，一路跟着摄像头的方向走。据说，摄像头会即时拍下他们的动作，自动传到城外，甚至更远的地方。并且，这些图片将作为城内宣传片的素材。

"不是申请入住吗？还要宣传？"索罗问道，但没有人想理他。直到〇五三一幽幽地来了一句——

"早就没人申请了,现在,像我们的城市这样的地方,不知道有多少。"

"有多少?"他继续不知趣地问道,"不是每一层掌握的信息都不一样吗?有再多我们这样的地方,信息的层级不还是不同。"

"确实不同。可信息总量就这么多,分给我们的是这些,分给别人的是那些,这些也许比那些多,但这些未必完全覆盖得了那些。"

索罗恍然大悟,但还是装出一副什么都不懂的样子,又跨上了马,走入了摄像头的视线。

大部分时候,许亚洲负责引路,索罗负责解说和控制身下的马匹。这样拍摄久了,他们甚至忽略了拍摄环境,开始自然地聊天。只是城内人看见他们走近了,就自然散开。

久而久之,他们三人都产生了自己是多余人的感觉,但许亚洲并不在意。索罗比较敏感,感到困扰的他甚至一度远离了这个小群体,也远离了城内许多人,他喜欢收拾门卫室的信件和旧报纸,观察小黑板上的人名,甚至观察钟娟娟骂街,但他绝对不跟某一个人多说太多话。

往往感到自己多余的人,会觉得别人多余。索罗就是如此,他决定主动认领这个"多余",并开始制造机会,独自值班。从周一到周日,他们几个人轮流坐在门卫室,记录偶尔进出的人,接待难得来一次的邮递员,拼前面的值班者留下的拼图。当然可以阅读报纸，但他们都没什么兴趣，甚至连讲话也没什么兴趣。索罗对游戏的热衷依然没有消退，他独自玩游戏，从打发时间，渐渐变成严肃钻研。休息的瞬间，他甚至开始计算从门卫室到冰河的最短距离，频繁跑到那里，仿佛在练习短跑。他相信，其他人一定也有对付时间的方式，并且试图以此训练自己自律的能力。比如许亚洲喜欢看着索罗检查小黑板上的错别字，章敬业喜欢喃喃自语，钟娟娟继续大大咧咧骂人，所有人都有自己消磨时间的方式，除了〇五三一。她总是背着自己的帐篷，让人觉得她随时在进行新的跋涉。更独特的是，她喜欢把自己的编号挂出来。先是挂在房门外，再是贴在衣服上。在需要签名的地方，她只写编号。久而久之，大家不再喊她的名字，但他们也不愿意叫她的编号，仿佛那样，他们也得以编号称呼彼此。他们只好喊〇五三一"哎"——这是刚刚搬进来时，他们对彼此的称呼。现在，它成了对〇五三一的特指。

　　但在城内久了，〇五三一的流动地点也渐渐固定起来——就是冰河的四个角。她也会在摆摊时间前起身离开，在白天，也不那么容易能在冰河碰见她。

<h2 style="text-align:center">五</h2>

　　这天是周几，几个执勤的人已经有些遗忘了。虽然他们中有

的人只值班过几个月,也已经对周几的概念渐渐模糊,喜欢用当天值班人的名字定义那一天。眼下,一轮值班即将结束,城内会挑选新的门卫来接替他们,但大家都不愿提及这件事,仿佛执勤早已成为习惯,仿佛即使他们没有享受到什么特权,也不愿意放弃门卫室那一块窄小,又被禁锢的领地。

一大早,钟娟娟就来敲许亚洲的门,接着,许亚洲去敲索罗的门,再后来,〇五三一的蓝色帐篷再次移动了一下,大家就都清醒了。没有人去敲章敬业的门,大家都默认他已经在门卫室。

钟娟娟抬头看见飞机驶过留下的白烟,低声吼了一下。城外的小黑板上,写着新的入住人的名字。许亚洲数了数,是三个。过了一会儿,等到大家开始商量新的执勤顺序时,他们又发现入住人的名字被迅速擦掉了,换成了编码。还有人说,以后城内可以进人,但不能再出人了。

"那人多了怎么办?"许亚洲道。

"人怎么会多呢?"钟娟娟道,"城外还真有什么多余的人吗?"

"不能出人,那是不能回城外了吧?但到另一个城内还是可以的。"索罗努努嘴,"哎,你不是很清楚吗?"

〇五三一不回复他,而是沉浸在自己的记忆中:"我们那边,也有一个城内,但是它很小很小。有人说,我们那边快到头了，没什么人再被挤出去，早已经没有人了。但有天我们村里来了个老光棍，说是上面甩出来的，他走投无路只能申请到我们那儿了。那是我第一次知道，原来我们那儿也是一个'收容所'……"

"照你这么说，哪都是收容所了。"索罗道。

"哪都是，但哪也都不是……"〇五三一道，"一直有人被甩出来，那就肯定有一直往上走的人。"

"但他们现在想隔绝上升通道。我们不去更远的地方，就只能在这里待着，我们不能再往上，他们不就是想这么干！"许亚洲道。

"城内和城外本来就没区别，你们才知道吗？"钟娟娟道，"都一样，不用出去，但非把我们赶走，那走也没啥。"

"去你的，你被赶走才是。"许亚洲道。

索罗通过定位，看到属于章敬业的蓝色图标一直在邻近城里的一条街来回移动。那曾经是城外的墓群，被夷为了平地。但偶尔，依然有少数人前去缅怀。大家在垃圾箱附近烧纸，纠结纸灰应该放进干垃圾还是可回收垃圾——这还是那列从外面回来的骑马人带来的消息。他踢踏着自己的西部军靴，说外面的人们在清晨和黄昏排队丢垃圾，都不发一语，都戴着口罩。

"我怀疑他们是信教了。"骑马人道。

此时突然起了风，他们一边看着章敬业的位置在地图上变化,一边看见外面扬起的烟尘,才意识到,那只是灰尘而已。

城外的萧条已经是众所周知的了,不管信息多么隐晦,新闻多么稀少,他们也都能感觉得到,即使有的人并没有去城外。听说网络上依然有不少人在发言在讨论,但生活中,城外大街上常常看不到多少人。除了清洁工、交警,还有个别行色匆匆的路人,再看不到一个仿佛无所事事的人。大家都极为谨慎,尽量不在街上过多交谈。又或者,他们也并不想谈论什么。通过那些镂空报纸,和本来就隐匿于字里行间的信息,城内的聪明人,也大概能猜出他们这些人已经成为城外人的讨论对象——这或许也恰好是城外希望看到的。

放在门卫室桌上的请假条,章敬业像往常一样写了"外出"二字,事由那一格是空着的。落款也只写了他的编号。

大家就这样待在门卫室,仔细看,更像一场悠闲的集体活动。喇叭响了,他们身后的冰河从热闹到沉寂,他们却从沉默渐渐熟络起来。

为了便于管理,管理层要求大家佩戴手环,但这么多年了,很多人的手环早就坏了,也没有人来修。门卫室墙壁上多年前安装了定位系统,并和城内的警报器进行连接,也是时好时坏。当大家独自在城内活动时,他们的手环不会亮灯。他们聚会时,手机会亮起灰色的光。当他们走出城内,手环亮起黄色的灯,墙壁上的定位地图也会亮起来,并显示出手环佩戴者的位置,整面墙壁就像一台电脑。但因为定位系统也不太好用了，尽管能显示章敬业的位置，却不能显示他移动的方向。

索罗倒干净了新的拼图盒子，拼片堆满了桌子。钟娟娟坐在远处，盯着红色木桶的裂纹。〇五三一走进来送给每人一根蛋白棒。他们站着把蛋白棒慢慢吃完，有人说几年前的蛋白棒更有饱腹感，也更加难吃。现在的口感越来越细腻，饱腹感却很弱。不过，过去他们吃完东西，会变得困倦，此时却变得更加精神。

"不如下次我们一起摆摊。"许亚洲道，"可以适当收费，我看最近陆续搬进来的人不少。"

"他们能接受收费？感觉也没什么人带货币。"

"可以按一般等价物算啊。但我们可以规定一下……比如，旧衣服就不要拿来交换了……"

他们说着，又坐了下来，直到有人急切地敲门。许亚洲看见，正是上次穿西部军靴的那列人马，只是这次没有马了，只有人。

"我们想出去。"为首的那个人道，"最近冰河的鱼太小。"

"城外也没有鱼啊。"钟娟娟道。

"你们刚才吃的什么？"

"蛋白棒，前阵子出去采购的蛋白棒。〇五三一最近在卖，你们可以去她那里买。"许亚洲道。

"我们没有钱了，我们只想出去。"为首的人脱下靴子，换成了更加日常的运动鞋,"城内太冷了。"

"外面其实也不暖和。只是我们心理上觉得这里冷。"索罗认真地拿出温度计,上面记录着上一次他出城时外面的温度,还有他本人的体温。

"那怎么办?总得出去,在这儿待着,我要发霉了。"穿上运动鞋的人蹦跶了几下,盯着视线中突然出现的飞蚊,"我感觉我又看不清了。"

"你们应该没有假了。"钟娟娟快速咀嚼完蛋白棒道,"假期都是固定的,你们出去的次数够多了,再出去,就抵消了明年的假,明年怎么办?"

"明年之后,还有后年。"有人道。

"后年怎么办?"钟娟娟说完,就觉得自己的话毫无意义,只得说,"你们不如直接搬出去。我听说,城外开始降租了。"

索罗突然来了兴致:"现在多少?"

钟娟娟伸出一根手指,大家纷纷摇头。

"也没便宜多少。"

"吃的东西贵了,除了蛋白棒,什么都贵。不是有人说,蛋白棒是用蟑螂磨成的粉做的⋯⋯"钟娟娟继续说,但这次没有人再理她。

许亚洲则突然跳起来:"章爷的位置又变了。"

一行人聚集在白墙前,看着章敬业的位置从定位地图的上侧移动到下侧,再在中间徘徊,最后又回到城里和城外的那道围墙。

"嗨,他好歹走远一点。"索罗道,"这么跳来跳去,想做什么?"

他刚说完,章敬业的位置就又开始快速移动,大家怀疑他只是在跑步,又或者找到了另外一种消磨时间的方式。直到他又回到最初那个位置,那排墓群。然后,章敬业就像彻底不动了,凝固在那里。他外出的时间已超过三小时,门卫室外,连接手环的警报器年久失修,突然开始放音乐。接着,变成一阵阵时而轻微时而喧闹的争吵——大家很快回过神来,这声音来自城外。他们不知道城外的警报器,或者其他的监控设备遇到问题时是不是也响着城内的声音,但这种声音让他们感到亲切,他们也因此安静下来。宿管和平日见不到的几个管理者跟着就来了,大家才发现原来他们都住在城内。

"怎么,现在超过三小时就要拉警报了?"钟娟娟道,"现在出去,今晚都不一定回得来。地铁和快速公交都停了,只能骑车,还不知道有没有车。"

"不用寻了。"看起来像宿管的人道,"我们往城外发了消息,他们会派辆120救护车前去。"

"救护车?章爷病了?"许亚洲道。

"城外没有车了,救护车是他们仅有的车。"宿管道。

许亚洲不禁来劲了:"没有车了?他们的交通怎么办?"

宿管看了他一眼:"已经不需要车了,不像我们这儿,没有车,还非得骑马,非要走来走去……你们就是不安分。"

"不走来走去,怎么知道待在哪都一样?"钟娟娟笑嘻嘻道,"蛋白棒没有了,你要吃可以找〇五三一买。"

没人再接话,大家各自散去了。许亚洲在门卫室继续拼图,钟娟娟去了冰河,又在围墙处站了一会儿。〇五三一看见了她,很快就走了。索罗在自己的房间研究新的文字游戏,他准备把最近的旧报纸上的信息打散,重新安排文字的位置,用这些凌乱的信息拼出一个新的游戏方案。

新信息的有限性,让索罗只得一遍遍安排已有信息的秩序,让它们显得仿佛是新信息。尽管在那些有新信息的时日,他们也都是这样安排它们的位置。这么一比较,索罗又安心了许多,他突然觉得自己没有浪费信息资源,并且比过去更加有序。他想喊许亚洲一起玩游戏,却没有找到他,只碰见了〇五三一。她似乎也在忙着自己的事,行色匆匆地对索罗点了下头就走开了。她没有背着帐篷,而是穿着宽大的风衣,没有系带,还踩上了粗跟鞋。

"这就走?"

"你没发现现在去冰河没人管了?"〇五三一皱着眉。

索罗愣了一下:"倒也是,以前去冰河还要报备。"

"过段时间,说不定能自由进出了。"〇五三一道,"城里有人去外面医院看病了,应该是治不好,已经安排好后事了,说墓格要放在城外的公墓。"

"反正城外也没有人了,他们有大把地界儿挖坟造墓。"钟娟娟道。

索罗想起自己亲属的骨灰盒,多年存放在家里。不过这些年城外的人越来越少,墓格的位置都空出来了。有亲戚指示他把亲人的骨灰盒放进去。可接到电话的时候,骨灰盒早已不知被他塞到了哪里。

六

章敬业回来已是晚上,他没有立刻去门卫室接替大家,而是先进了宿舍。许亚洲、钟娟娟,还有新加入的〇五三一,陆续从门卫室里出来。按照摄像头的记录,门卫室在凌晨三点到五点之间没有人在。这段时间,章敬业房间的灯一直亮着,他在写日记。看起来只是记录自己外出的具体情况,实际上记录的是城外的变化。

他把那些被剪得斑驳的报纸拿出来,通过支离破碎的语句,发现了更多执勤时没有察觉的重复信息,甚至有一张报纸,整版抄袭了三年前的一期报纸:某大型连锁超市接连倒闭的新闻,三年前就出现过，半年前又出现了。还有暂停运营的快速公交、地铁，以及关闭的银行名录，都不止一次在报纸上出现过。不过，这也不能说明什么，报纸多年前就没什么人看了，如果不是到了城内，他们怕是现在也不会看。这些纸张印出来，也不过是说明城外依然有媒体，它依然被往上再往上的那个传说中的中心城照耀着。

城外一切都没有变，关掉的银行没有重新营业，也没有新的银行被关闭。然而，走在熟悉的路上，章敬业却觉得一切都像新的了。偶尔几个行色匆匆的人吃着的蛋白棒，好像也已经和章敬业自己手中的不同。仿佛不是他从另一个空间来，而是那些别的人一直在另外一个空间，此刻遇见他，只觉得诧异。可惜，这些感受从他打开日记本的一刻，再度化为乌有。

他从头开始记录，认为这次外出，和以往并没有什么不同。然而城内人对他外出超时一事居然表现出如此高的关注。他反复回忆为什么要在那个地方逗留那么久，却记不起当时的心情。他似乎本能地走到了那里。那地方曾是一所职业技术学校，后来生源越来越差，原先的教室被改成付费自习室。一开始还真有不少人去自习，后来人越来越少，它被改造成桌游室，又成了餐饮集市。再后来被拆迁，市区最大的墓格纪念堂迁了过来，面积也扩大了。

老伴过世后，章敬业突然觉得子女离自己更远了。有时候独处久了，他会自言自语起来。起初，他不知道自己在对着空气说话，下意识认为旁边还站着什么人，当时恰逢人口大迁移的末期，很多人去了外地，还有人直接去了乡下。劳动力少了，一些小企业纷纷倒闭，全市仅余市中心的几家大公司。刚毕业的学生租不起市中心的房子，都住到了远郊，出来工作的人也多选择兼职。章敬业喜欢步行上街，从下午到晚上，有时候忘了回来的路，就给交警打电话。后来，交警也越来越少，他只得摸索着走回去。子女给他的手机装了导航软件，跟着导航中的女声在夜色中踏进小区的大门，章敬业内心有了一丝安全感，也有了一些陌生感。并且，每一次重新走进小区，这种陌生感都会加剧，他并不讨厌这种感觉，反而觉得生活有了一丝微妙的变化，他可以继续跟着一个声音往前走了，这甚至让他多了一些自信。

　　子女们在墓格纪念堂订好位置后，章敬业独自带着老伴的骨灰前去。他刻意避开子女，没有直接选择定期存放，而是选了一年一缴费的方式。他这么做，是想每年拜会一下老伴，好像有这么一个日子在，往后的人生就是可以标记的。但很快，章敬业就知道这是自己的一厢情愿，因为接下来的一年一缴费，让他感受到了被提醒的负担。直到搬进城内，这种负担才变成微小的甜蜜。他必须请假才能抵达墓格纪念馆，在埋葬着老伴骨灰盒的墓园逗留。他为此有了多次去城外的机会，更有了观察城外变化的机会。

他在日记本上飞快地记录着:"天气预报依然是假的,城外依然很空,几年前留在城外的外地户籍朋友,并没有离开。人们很快接受了地铁停运、银行大批倒闭的事实。大家开始使用现金和其他等价物交易,虽然麻烦,但似乎刺激了留在城外的人赚钱的欲望。提着沉甸甸的纸币走进还开业的那家商场,被认为是提升幸福感的有效方式。

"房子在贬值,老房子尤甚,新楼盘卖不出去。许多烂尾楼在某些角落错落矗立着,没有人清理。赚钱的方式变得很原始,多数是小生意,一些原先就在公司做到管理层的人,开始频繁地和城市建设者与规划者打交道,参与了一些项目,有的人也赚到了一些钱。当然,多是小钱。即时消费成了许多人的首选。城外那家至今没有倒闭的商场,就是这样被撑起来的。"

章敬业记得自己远远地望过那家商场,穿过城外似有若无的雾气,商场的尖顶呈现出清真寺般的圆形盖头,仿佛有一缕微弱的青光向四周扩散。章敬业朝着那儿多走了几步,发现马路上人很少,也没什么车,红绿灯都变成间歇性闪烁,他便又走了几步。直到突然下雨,把他视线中模糊的圆顶浇成模糊的尖顶,他突然失去了继续走近的欲望。他的通行证在雨水中泡出了灰白色,可他还是攥着它,匆匆忙忙往回走,一直走到墓格纪念堂。纪念堂很空旷,没什么来悼念的人。纪念堂外面有一方墓地,当年的售价也不算很贵,但依旧没多少人选,大家习惯了小小一盒放着，墓格和墓格之间隔着一支小小的白色蜡烛，据说一直有人照看这些蜡烛，让它们时刻保持不灭。

墓格的排列让章敬业感觉到奇异的安慰，仿佛老伴待在一个微型社会中，那个社会也有闪烁不定的东西，她也住在类似城外的集体宿舍的地方，也一样喜欢沉默。站久了，章敬业觉得周围的气氛有些肃穆，总有喋喋不休的人，如同摇曳的烛火。他在不同人的牌位前穿梭，那些陌生的名字，此刻也都变成了编号，像弹幕一样在他面前一遍遍闪现。纪念堂规定，只有亲属知道编号背后的名字。当然了，城外到底还是传统一些，有的牌位，在征得家属同意后，名字可以和编号排列在一处，据说此举也是为了方便一些人吊唁，毕竟真正能记住亲属编号的人，也是极少数。章敬业当时不同意摆放老伴的照片，也不同意放名字，因此老伴的牌位至今只有编号。每一次站在老伴墓格前，章敬业内心都有一丝丝后悔，他发现——那排编号无论看见多少次，都很难让他内心升起温度，而名字和照片永远有温度。

章敬业的日记越写越长，许多他没打算放进日记里的内容，也都出现了。他想删掉这些字，删掉这些细节，甚至撕掉日记本的某几页，但想到在垃圾分类时仍旧会被询问纸团上的内容，他便放弃了。章敬业一边想着，一边把过于私人的话用圆珠笔多划了几道。这样划着划着就划伤了几张纸，许多字从第一页印到后面几页，像旧信息叠加着新信息，章敬业突然觉得这一幕十分熟悉。他开始检查自己的描述，发现很多观感都和前面外出时感受到的一样，只是表达方式有些变化。他不再感到那种公共的、共同的悲伤，而是注意力越来越集中于某一处。在老伴墓格前时，他注意的是墓格的排序和陈设，在城外游走时，他注意到红绿灯不再灵敏，却并没有像前几次那样不满，沮丧于交通的失灵。相反，他感觉到自由。仿佛一瞬间从城市抵达草原，他心中怀着规则，却突然怎么走都可以，他不适应，又不因为这种不适应而难过。他甚至对变化本身的适应力变强了，他内心深处有一个声音在提醒他——这里怎么变都可以。

那城内会变吗？这么一想，章敬业的目光再次失焦，视线在房间四处游动，仿佛能把空气中似有若无的浮尘一颗一颗托起、称重。他想站起来走走，却被眼前的日记困住了。可继续写，难道不是在原地兜圈，不断换着方法把重复的信息再灌输一遍吗？

章敬业把台灯的光调亮，拿出所有的日记本，从第一篇外出日记看起。他发现，城外的生活结构一直都是简单的。只是，最开始的那几次外出中，他都忘记了这件事，仿佛它是当时当刻才变得简单的。他在城内生活越久，这种感受就越明显。后来，他到城外，看着它渐渐像倒退一般前进，推进着时间轴。他突然分不清自己本质上是在城内还是在城外，他觉得有些惶恐，不知如何描述，更不知如何面对。他内心的差别感越来越弱，他的目光开始具体，更加具体，盯住小事，盯住小事的细节，他开始用这些细节排列事物的全貌。然后他发现，所有的差异都消失了，他的生活像流水一样，从过去滑到现在。那些看起来增加或者减少的信息，看起来重复的信息，也像是在填充这样一种事实……像为了迎接他前去，又或覆盖其他什么人的观察，所有信息在这里组成信息墙，只为了不让人通过，或者是为了让人徒劳地经过。他内心那些起伏不定，也只是因为他始终注意着一些细节和方向，比如墓格排列的变化，比如空气中浮尘的重量，还有自言自语的中途——当他发现自己在自言自语时，他倾向于把这场面对空气的演讲叙说完整。

七

〇五三一和钟娟娟是在许亚洲后面来到门卫室的。章敬业的新日记在门卫室后面的小黑板上公布了几日，除了门卫室的几个人，没有人围观。上午十点左右，大喇叭宣布，从现在开始，每个人外出后，要把在城外的观察记录下来，每两周宿管要集体检查一遍。此举遭到了整个门卫室的反对，但他们的反对似乎也没什么效果。到了下午，有的人甚至期待着传阅日记的机会——刚来城内的时候，他们私下传阅过番号和手抄本，以及独特的下载和保存方式。

但很快,有人开始表现自己的不满了,比如钟娟娟。她直接对章敬业道:"你的日记被检查,也要我们的被检查吗?"

章敬业拉下脸:"写日记是我的事!"

"章爷写日记是打发时间,怎么,现在打发时间都得用这一个法子了吗?"许亚洲敲了敲桌子问,"你们说,能用外语写吗?"

"根本不可能……"○五三一也加入进来,"谁能一五一十把自己的感想都记下来,写着写着没准就飘了,这些字,谁信?"

"有没有可能,我们一起出去一次?"索罗道,"以前也不是没这样过,我们一起出去看看,再回来写……"

"有什么好写的?"钟娟娟暴躁道,"老章要写那也是他的事,你们掺和什么?有什么好比较的?外面啥样你们心里不清楚?还用得着去吗?"

"也不能这么说。"○五三一停顿了一下,"外面的变化,咱们都不知道,那些走的人,留下的人,有的我们看得见,有的我们看不见。"

"他们真能收上去日记?"许亚洲道,"再说,最近还有谁要出去?谁还想出去?我琢磨着,外面现在还不如我们这里呢。"

"也就,差不多吧……"章敬业破天荒地多说了几个字,仰头看向空中的一缕白烟。他知道那是飞机,但此刻,他突然觉得它很亲切。他们这些生活在地面上的人,总想知道头顶上的人在做什么。城内没有飞机场,离城外的飞机场也很远。他们一直不知道这些飞机是哪来的,只是以前他们不想这件事,觉得跟自己没什么关系。只是大喇叭突然播出了有关日记的消息,那些原本不打算写什么日记的人,突然都变得懊丧起来。他们住进城内,本来是要寻找极简生活,没想到这里也开始复杂起来。

"估计是最近出去变容易了吧。"〇五三一道,"你们没发现,现在去冰河不用请假了吗?"

"出去的时间缩短了。"索罗道,"这点时间,也就能出去买点吃的。"

"以前还能撸个串儿,现在外面早没地方了。我看,不如啥时候我们去冰河旁边撸好了,听说河里鱼虾又多了点。上面每天会丢进去一些饵料,晴天的时候,总有一些小鱼聚在大窟窿那儿……"许亚洲道。

没有人说话,〇五三一已经在去往冰河的那条小路上支起了两顶蓝色帐篷,还在帐篷的底座安装了齿轮。

"这里面能容纳好几个人。你们都能进去。"她在风中喊着,"如果你们去冰河的时候需要帐篷,可以找我租。"

"赚钱新门道啊!"许亚洲道,"我估计能租出去的,只有身上的大衣了。"

"你还能租出去你的假期。"索罗道,"很多人,已经把假期卖到大后年了。"

"他们挺自信啊。如果没记错,城里还有好几个老大爷,都不知道能不能活到明年呢。"钟娟娟大声道。

"就是老大爷先开始卖的。他们没什么牵挂,假期卖了,留着买墓地,不然到时候,还得我们住在城内的人一起凑。"许亚洲道,"有一年,城内天气和城外特别像,也是下暴雨,有冰雹,城内的人出不去,有人堵在老大爷门口,要求退钱。最后当然没退,可是从那时开始,城内每个人,只要住满半年以上,都有不同长短的假期了,而且假期时间是永久的,年底没用完能累积到第二年第三年。还有的人,城内刚住满半年,又犯过小错误,假期只有几个小时。那时候这种假都像闹着玩的,现在限时了,倒都能碰上用场了。"

"这么说,最近很多人会出去?"〇五三一问道。

"那也不一定,就是他们这么做,是让我们出去,让我们看着,但很快就得回来。"钟娟娟道,"也没什么意思,但又比同样没什么意思的日子多了那么一点点意思。"

"不让我们出去,又鼓励我们想法子出去。最近吃食倒是又紧缺了,小蔬菜还好,肉不吃也罢了,连米面都得从城外进,我听说,连宿管最近也都吃蛋白棒了。"

〇五三一的话音落下,没有人再接茬,到了傍晚,许亚洲去了冰河,〇五三一的帐篷已经住满了人,她收了钱,回到自己的宿舍。章敬业把示众的日记从小黑板上揭下来,钟娟娟对着空中的飞机骂了一通含糊不清的话。索罗骑着马,一边自言自语一边想象着摄像头咔嚓的声音。大喇叭开始放歌，有点舞曲风，节奏很快，貌似是张国荣的《Monica》。但很快又变成一首极为舒缓的钢琴曲。许亚洲一边跟着歌曲的音调把冰面上的窟窿敲得更大，一边往鱼钩上挂更多饵料。他把大衣的一角折过去当垫子，坐在冰面上，用手电筒照着窟窿下的河水，顺便还照出了自己的影子。他想弄点吃的，这个愿望突然十分强烈。也许是刚刚的讨论刺激了他，也许想到日记的事，他烦心起来。前阵子还有的放松感荡然无存，目前也只是比曾经在城外时活得轻松些。许亚洲耐着性子等鱼钩的反应，但很快，他不再想这件事，他感到一阵困倦，只得匆匆收起鱼竿，拖着步子往宿舍的方向走去。下一批值班人员上岗后，他的作息又将回到昼夜颠倒的状态，再也不是城内少数几个有规律作息的人之一，这加深了他的焦虑。仿佛好不容易建立起来的生活秩序又要被打破，他再次回到不知道怎么和别人相处的那个阶段，那个只知今日不知明日的阶段。他不禁跺起脚来。

如今深夜还在路上行走的人更少了，他一路上没有看见任何人，包括〇五三一。他突然觉得一切是从〇五三一的到来开始发生变化的，但他很快否定了自己的这个想法。他在深夜中叹了口气，这让他感到不好意思。他本来就是在城外讨生活的人之一，到了城内居然有了吃饱穿暖之外的要求吗？

他想起执勤时桌上的拼图，一些沿着不同海岸线蜿蜒生长的小国家，还有那些没什么存在感的小岛，它们总是最后被他拼上，拿起整张拼图时，它们也总容易掉下来。这让它们在他的脑海中总是游移的，一片一片，像阳光下的鳞片，或者鱼鳍。也像突然从海水中走出来的大海鸟，是那种早已灭绝多年的品种，但有时候再次来到它们曾生活过的地方，就总觉得它们仍在。它们雄赳赳气昂昂的，如果能从海水中走出来，必然是高大威武的。高大威武的大鸟，高大威武的身影。许亚洲想着，那得是什么样？比他还要高吗？不可能，最多比幼童时期的他要高。但想起这些海鸟时，或者那些被此刻脑子里的海鸟牵绊出来的其他已经消失的事物时，他突然觉得自己变回了一个幼童，并且眼前一片空旷，仿佛原本密集的建筑群忽然在自己眼前消失，或者像开启了某种机关，通通从地表沉入地下。他想起那列骑着马的队伍，想起自己上一次到城外是什么时候，仿佛也就是不久之前。他骑着目之所及唯一一辆共享单车，穿过空寂无人的马路，红绿灯依然遵循着原有的规则在闪烁，没有交警，也没有上班的人，或者有但他没发现，他只是盯着前面的路，寻找超市和菜市场，以及廉价服装店——倒是有那么几家开着门，但服务员漠然地望着他，好像没有做生意的热情，不过，他们还是站起来，问他需要什么，他说需要一件棉衣，他们表示困惑，说这里很久没有冬天了，许亚洲说城内很冷。他们摇摇头说，这里就是城内，你的城内是哪里？

许亚洲张张嘴想回复,却不知说什么。那时候他穿着厚厚的衣服,不是军大衣,是另外一件厚厚的衣服,可能是一件裹着毛衣的羊毛西服,也可能只是一件沉甸甸的卫衣。他唯一能确认的是脖颈处很扎,但他知道脱下来会很冷,所以还是穿着,他穿着它骑过了很多条街道,骑过很多貌似熟悉,但他完全叫不上名字的人。他们有的看向他,有的仍旧低头走路,有的会嘀嘀咕咕咒骂着什么,就像钟娟娟那样,只是声音小些。那一瞬间他觉得自己不需要再出去了,除非他真的在城内找不到吃的,那些庄稼,旱死的旱死,冻死的冻死,城外到底有他们需要的食物。一些蛋白棒,一大袋一大袋的米面。还有城外的光照。他对阳光最深的记忆,依旧来自城外。阳光照在他身上,就好像他是从冰河里钻出来的海洋生物,他的鳞片,还有鳍,跟随着舞曲的节奏,一闪又一闪。

2020 年秋

柳毅

每隔8小时吃一片阿莫西林，成了柳毅近来的计时方式。为了省下租赁办公室的费用，他的创业公司一直采取移动"作战"路线。全市所有的咖啡馆或清吧，都是他潜在的据点。合伙人小何常常在中午给他打电话，确认他的位置，然后带着电脑，有时还带着一男一女两个实习生，前去找他。从公司前期的建模，到市场对接，他们都是在一次次看起来匆忙的交流中完成的。中间也有一些失误，实习生也换了好几批，但每次都是一男一女。小何坚信男女结伴干活能提高效率，每次她这么说时，柳毅就觉得她的马尾比上次扎得更高了。

柳毅的公司推出了一款车载直播软件。起初，只是一些旅行博主在房车上直播自驾游沿途风景，亲手试做当地美食。后来越来越多素人加入，车载直播的内容也越来越丰富。几个月过去，平台流量涨幅越来越小，甚至出现下滑。虽然资金链还能支持一段时间的运营，但如若依然交不出满意答卷，这个项目只能被搁置。当然，这也只是其中一个项目，还有几个悬而未决，等待上线，或被重新评估的项目依然在后面推着柳毅。钱源源不断地花出去，实际收益却微乎其微。但这些都不是让柳毅真正焦虑的，他焦虑的，是知道这些项目很难尽快实现真正的盈利，他也只能黑漆漆地等待，一边继续推动着项目，一边刷刷股市，看看上下跳动的数据，用另一种刺激安抚自己的内心。直到看见手机上突然跳出母亲发来的信息，柳毅才从忙乱感中回过神来。

他和母亲已经很长一段时间没有通过电话，发来的消息他常常只是看一眼，就用意念回复了。可这条他很快就回复了。母亲发的是："弟弟18号结婚，你能回来吗？"

母亲一直喊他哥哥，喊他的弟弟为"弟弟"。幼时他不懂，成年之后才渐渐发觉，这是母亲在坚守她内心的家庭秩序——家庭成员之间的互敬互爱，首先体现在对彼此称呼的坚持。年幼时，他很少见父亲叫过母亲的名字，他总是直呼"你"，或者"哎"。父亲也从不像其他父亲那样，和他，和弟弟有亲昵的举动。甚至他考进了年级前三，父亲也只是"哦"了一声，但如果他和弟弟成绩不佳，父亲又会大打出手。遇到外人来访，母亲忙前忙后烧饭，端水果，父亲一动不动端坐在沙发上，也从未有意识地介绍过母亲。对此，母亲全都接受了下来。母亲的名字，柳毅幼时是在试卷签名里熟知并学会的。

大学毕业后，柳毅参加国考，失败后当了一年村干部，接着进入故乡县城某机关单位,成了一名基层公务员。那时,柳毅的工作没有想象中清闲,却也没有让他感到充实。每日上午跟着领导和前辈同事读理论,下午走街串巷,挨家挨户了解情况,几个月下来,柳毅也记了一大本子的材料,领导多次在会议上表扬他认真负责,可这些都不是柳毅想要的。他对这种田野调查表示怀疑,他要求更有强度的工作,希望能看到自己所在区域这些人具体的变化。他迫切想要改变他们,如果改变不了,他宁愿只是改变自己。

同样在基层岗位做了多年会计的父亲在那几年开始忘事。渐渐地,连简单的数字加减都做不好,却忘不了"弟弟""哥哥""妈妈"这组称呼,常常对着空气这么喊。像在排序,又像无意识地自言自语,却也因此显得慈祥许多。母亲像过去一样柔顺和隐忍,但也开始拒绝父亲的要求,比如晚饭不吃米饭,比如早晨必须喝豆浆。母亲会买来一些被父亲批评不健康的早餐,比如胡辣汤、水煎包,不再主动做饭,父亲咕哝着一些不满的言辞,但很快也吃起来。

当时弟弟通过面试进入柳毅所在机关的一家下属单位,没有编制,属于工人岗。每周,一家人都聚在一起吃饭。这种安宁祥和的状态,柳毅不想打破。很快,弟弟开始以婚姻为目的的恋爱,甚少回家用晚餐。县城的路,从单位到家不过十几二十分钟,柳毅不怎么和同事聚会,都是一下班就回家。但随着弟弟不再回家吃饭，柳毅觉得回家吃饭这件事变得十分别扭。他发现以往餐桌上的谈笑风生是因为弟弟自觉调节着氛围，而没有弟弟参与，他和父母之间竟显得有些客气。他好像成了父母敬畏的人，他们甚至不会像同龄的父母那样催他相亲，催他结婚，却在日常细节中，让柳毅明显感觉到他们的担心，尤其是母亲。察觉到这一点，柳毅再次萌生了出去闯荡的愿望。但柳毅知道，父母正享受着他和弟弟围在身边的状态，此时离去，他难以开口。直到父亲的健忘症越来越严重，整个人也变得幼稚起来。母亲越来越享受父亲对她的依赖，也因此开始对父亲任性，尽管也都适可而止，但父母的关系终究在这种摩擦与竞争中显得更加亲近了，直到父亲第一次喊他哥哥。柳毅一直认为他就是父亲对着空气喊的那组称呼中的"哥哥"。但当父亲真的看着自己喊出"哥哥"，仍让他感到震惊。他不知所措地站在那里，手里拿着削好的苹果，不知是递给父亲，还是应该自己吃。一次在医院，父亲喊母亲"妈妈"的时候，就像一个孩子在喊她，但母亲毫不犹豫地答应了。

柳毅认为自己应该离开家乡。他不适应这样的家庭模式，以及这种看起来规律的生活对自己的规训——成为一个看起来和谐的家庭关系中的一员。随着他的离开，弟弟在家中的角色，渐渐和他曾经的角色彻底合二为一，而作为哥哥的他成了一个日渐遥远的符号。柳毅只每年春节回一趟老家，也渐渐觉得喊弟弟为"弟弟"有些奇怪，尝试着喊弟弟的名字"柳震"。弟弟仍是一如过去，喊他"哥哥"。他们二人时常有联络，但多是柳震发来父亲和母亲的照片，柳毅回复一个表情。时间久了，柳毅觉得自己成了家里最小的儿子，回复弟弟的消息渐渐比往日更及时。母亲在弟弟拍摄的照片里，是柳毅年少时看到的那个任劳任怨的模样，父亲常常露出憨憨的笑容。这种家庭秩序的重新洗牌，或者说新的建立，透过地理上的空间距离，让柳毅渐渐觉得没有那么不适，甚至促使他对那个家更加热切地关心起来。他也没有了曾经那种认为自己尚未结婚成家，三十岁依旧在外漂泊的愧疚感。偶尔的视频电话中，母亲脸上渐渐看不到对柳毅的担心。柳毅开始怀疑，或许母亲本来要的，就是一个和谐美满的家。她对自己的担心，是一种习惯，当他离开了那个作为具体情境的"家"，母亲便不再继续对他有那么强烈的担心，她会换一种方式关心他，可这种方式，柳毅自己尚不习惯。

  在创业的忙碌中，柳毅渐渐学会对旁人说"父母家"，而不是"家"。家庭群里的信息，从征询柳毅的意见，变成对他的通知。弟弟发来结婚请柬的时候，他没有心理上的细腻反应，而是条件反射地表达了祝贺，仿佛弟弟是一位老友，是那种长期不见面不说话，但依然不会表现出生疏的某位亲戚。他甚至默认，弟弟的新娘就是他见过的那位女孩，没做任何问询。不过，虽然答应了，柳毅很快又忘记了。如若不是母亲提醒，他都忘了弟弟说的结婚日期是几号。

18号。他念叨着,在手机备忘录里翻着行程安排。那天晚上八点要与小何见一个合作方。他想搭早班飞机回老家,再搭下午的航班回来,又觉得这样稍显不妥,还是硬把见面提前了一天。小何笑他"平时不怎么见面,这时候知道伺候人家心情了"。

弟弟的婚礼排场很大,十七个伴郎,都是弟弟的发小、同学。奇怪的是,柳毅一个也不熟。他明明记得年少时,每个暑假和寒假都有几天家里会出现几个小孩。彼时,他也有他们的联系方式。但不知何时,他们都消失在他的朋友圈。此刻,在人群中,他们个个都比他记忆中高大,特点也突出了起来。便是弟弟,也似乎比上次更高更壮,变得不一样了。柳毅还记得那时候,他们长相相似,动作相似,身高相似,嚼着大大泡泡糖,还打开家里仅有的一盒费列罗。柳毅那时候没有玩心,后来也没有,对于吃穿也没有过多的欲望,不像弟弟会在小升初之后软磨硬泡拉着母亲去买耐克鞋,并且只买耐克,坚决不要阿迪达斯。柳毅一直穿着幼儿园表演节目时穿的那种小白鞋,如果脏了,就偷教室的粉笔把它刷白。如果不是一直长个儿,柳毅觉得自己能一直穿同一双鞋。

司仪已经快速把大家拉进婚礼流程。听着台上一个个伴郎混乱的致辞,柳毅发现他们还是长得很像,以至于一排人的发言,都像一个人在重复。他们像在自言自语,对着暗下来的会场,对着藏在阴影中的一排又一列宾客。柳毅原本坐在椅子上,此刻也站起来。会场的灯光越来越暗，直到彻底暗掉，而周围原本坐着的人突然站起来，甚至还拍起手。一束光打在柳毅身上，像是大家自觉给他让出一条道。柳毅马上知道他要上台了。原本他也想到这一点，还有些期待，可一站起来，他又紧张了。他只得往无人的背景板那里望。可刚走几步，司仪就在下面拉住了他。他被司仪带着，僵硬地穿过台下和台上的人，他的弟弟、弟妹，还有刚刚坐下的父亲和母亲，突然变得和台下的人一样，让他觉得有距离。他感觉这是一场台上的家庭聚会，而他被要求主持会议。柳毅在心里默念起要说的话，在众目睽睽下走向话筒，声音渐渐洪亮起来。

"几年前，我送我弟弟念大学。在他们学校的操场，我跟他说：'父母在，不远游。'现在好几年过去了，真正践行这句话的，不是我，是我的弟弟。我十几岁出去读书，又回来工作，再出去。现在，我过着几年前我没想到的那种生活，忙碌，常常忘记时间。我弟弟是提醒我时间的那个人。只是我没想到，他这次提醒我的方式，是他的婚礼。我的弟妹，我见过她，我那时就相信他们会完成他们的爱情长跑，进入婚姻的殿堂。但我没想到，当这一刻到来，我突然觉得我成了一个弟弟。紧张地走进礼堂，看见我的家人在台上，看见这么多宾客在下面，尤其是这一大排伴郎和伴娘，我真的很激动……谢谢我的弟妹，能加入我们这个家……两个家成了一个家……谢谢你们能来，见证我们这个大家庭重要的幸福时刻。"

掌声响起来，司仪抬抬手，彩带从柳毅头顶的天花板飘下来。还有一些类似泡沫，仿佛荧光粉的东西降落，粘在了柳毅的西装上。柳毅有一种自己成主宾的羞愧感，赶紧走到自己的位置。弟弟和弟妹走到舞台中央。他们背后的大屏幕再次亮起来，弟弟的照片一张张铺满柳毅的视线。接着是弟妹的照片。还有他们的全家福和弟妹的全家福。最后，是弟弟和弟妹二人的婚纱照。柳毅有些动容，内心的羞愧感似乎又增多了，这让他的面色仿若微醺。他双腿像粘在座位上，上半身很直。他的座位原本挨着父亲和母亲，但被后排跑去观礼的人冲散了，他默默把座位往后挪了点。只是没有人注意到这件事。或许注意到了，也觉得没什么。那些仿佛单纯又单调的人际关系，抬头不见低头见的亲昵感，让柳毅建立起的疏离感，似是化掉了。只是他依旧言语不多，仍是坐着，不停鼓掌。人们都知道他是柳毅，是柳震的哥哥，时不时探过身询问他的工作。柳毅很快意识到母亲没有和弟弟说过他创业的消息，又想起小何有四分之一南非血统，便淡淡地说自己在一家外企。

"厉害啊！工资老高的嘞！"

可能是"外企"二字在县城依旧有震慑力，柳毅放松下来，开始不咸不淡地和几位远亲话着家常。说是远亲，但因为都在一个县城，他们对父亲的身体，比柳毅还要了解。柳毅细细听着，知道这些信息柳震都传达过,只是程度每次都说得轻了些。在亲戚的口中,父亲已经完全认为他自己是家里的儿子之一,并且脾气变得暴躁,经常不吃母亲做的饭菜。从去年开始,父亲每个月都要出走一次。有时母亲外出找父亲,有时弟弟和她一起找。他们一路沿着几条街道搜集情报,有好几个白天和好几个黄昏,都有人看见他们行走在县城的几条大路上。

县城确实小,只走大路也很快就走到边缘,因此走小路的人反而不多。如果骑自行车,只需慢悠悠晃荡个三十分钟不到就能出城,如果骑电动车之类,就更快了。前几年,柳毅看见快递员站在平衡车上送快递,还有办公室几位年纪比他小的工作人员,住得离公司很近,也骑平衡车去上班。在大城市的人仍旧过着加速度生活的时刻,柳毅眼里的县城人民在试图追求以减速度来提亮生活的色彩。只是柳毅更爱敞篷人力三轮,他喜欢两侧的风在耳边呼呼叫。但此刻,听着这些关于父亲如何走失的细节,柳毅突然觉得县城的每条大路都变得过于广阔,毕竟它们可以轻易藏起一位像父亲这样记忆错位的老人。只是他太熟悉每一条路,走在那些路上的时候,他脑子里只有目的地,他不会观察周围,因为没什么可观察的。然而现在,弟弟观察着这些大路,他和母亲一起在那些路上打捞和父亲相关的蛛丝马迹。县城再小,也总有一些这样痴痴呆呆的老人,还有深夜街头的那些醉汉,他们躺倒在护城河边,被发现的时候,有的人已经快掉到河里……柳毅想，他们怎么就知道那个脑筋不清楚的老人一定是父亲。

"就是得问。"一位表爷道，"拿照片没用，得比画。什么个头，什么岁数，什么形状……"

"什么形状。"柳毅重复道，口气却像是在问。

"驼背是怎么驼着的，罗圈腿是怎么罗圈着的。我打个比方啊，得是这些。"表爷抿了口酒，"谁关心一个老头穿什么，说什么，况且他也说不清楚……反正，就得是这些。"

柳毅眼前浮现起模仿父亲神态的弟弟，又或上下比画的母亲。他相信真实的场景未必是这样。可能母亲才是能模仿父亲表情的人。母亲喜欢凝视父亲，如果是她模仿父亲，一定显得夸张又准确。弟弟很会观察，但真要做什么，他又沉默了，总是上下左右比画，又抓不住重点，或者只负责着急，才更像他的作风。柳毅想着，目光挪到台上，看着主持人略显浮夸地引导着弟妹和弟弟一起给香槟塔添酒。米黄色的香槟酒向下流淌，泛着细小的金光。众宾客热情的掌声在这个场景中渐渐消音。柳毅站起来，大声拍手，接着大家都站起来，也都拍着手。柳毅这才觉得声音的主战场又回到了台下，顿时又安心起来。他希望婚礼再进行一会儿。但很快，弟弟和弟妹走下来敬酒。司仪变身场工，指挥着几个突然蹿上台的人把幕布、花篮都搬走。柳毅正诧异，弟弟笑嘻嘻地走来道："下一场还得用呢。"

"下一场？"

"对啊。咱们这儿上得了台面的酒店就这一家,最近都赶着结婚,说是下个月婚庆公司集体涨价。"

柳毅喝了一口酒,开始不自觉地跟着弟弟走向其他桌,但很快他意识到不太对,赶紧挨着母亲坐下。虽然已经回来几天,但柳毅仍觉得母亲对自己尤为客气。连父亲都经常对他说:"谢谢,哥哥。"柳毅想起幼儿园时第一次挨打,还是因为他喜欢叠声词,作业本叫"本本",书包叫"包包"。随着父亲一顿打,他从那之后不再用叠词,甚至不再喊"弟弟""妈妈""爸爸",统统变成了一个字。也是后来微信发多了,这些叠声称呼在手机上显示时,反而显得郑重严肃起来,成了作为成年人的他喜欢的表达方式。不过,眼下回到老家,和亲戚们一番热络地聊天,柳毅突然又叫不出"妈妈"了。他也突然想起,自己之前在老家,和亲戚也是很疏离的。也许,弟弟不在家用餐的那些晚上,弟弟未必都和女友在一起,也常常出现在亲戚家。弟弟总是笑嘻嘻地,说话声不大,吐字清晰,还是个话痨。他能一直说话,并不让人感到厌烦。柳毅循着母亲的目光看过去,弟弟正牵着弟妹给一桌柳毅没见过的人敬酒。他甚至能想到弟弟的发音方式,弟弟可以自如地切换叠字和单字模式,就像弟弟仍坚持喊父亲"爸爸"。而柳毅从父亲喊他"哥哥"开始,他就再也叫不出一声完整的"爸爸",甚至"爸"。

柳毅想着,转过身自顾自喝一口白酒,放下酒杯的一霎,他看见母亲正端详着他。

"在外面久了，开始自己喝了。"

"倒不是，就是忘了。"柳毅想去碰母亲的酒杯，突然想起她其实是不喝酒的，不料母亲端起酒盅慢慢喝下。

"你爸开始喊你哥，就是从你不喊他爸开始的。"

"我不喊？"柳毅说着，又想着，可怎么想，他也打捞不出一些细节佐证自己的辩护，更想不出一些细节验证母亲的话。

但母亲很快又没有兴趣说这件事了，只是道："你弟也是，现在话越来越多，脾气也越来越奇怪。"

"还好啊。"柳毅道，"就是婚结得有些突然。"

"上个月突然跟我说要结婚。那姑娘我倒是见过几次，话不多，就是不爱做家务。"母亲说，"据说你弟还和她大吵了一架，我以为他们要分手，谁知道突然要结婚。"

预料之中。柳毅心里想着，却没有说出来，而是对母亲道："弟弟不像会和人吵架的样子，他们发生了什么？"

"你不知道吗？你爸想去养老院，你弟妹不想让你弟花钱。"母亲道，"你爸觉得养老院里的人一起打牌很好玩，他也想参与，可他现在怎么可能还会打牌，那还不得输光光……"

母亲说着别的事，柳毅却突然有点尴尬，他不想说自己不知道，看来有些事，母亲一直默认他知道，但他又怎么能责怪弟弟不告知？这些原本就该是他主动了解的。然而站在自己亲人的面前，柳毅觉得自己和自己对他们的关心，都是有距离的。他感到自己仍旧无法像弟弟那般融入，又知道他原本就拥有位置，无须感到尴尬。他希望能获得自己所希望的亲近感，但他知道这是不可能的。他并不感到沮丧，只是觉得难做。

"爸怎样？"柳毅道，"听说脾气又不好了，平时不会动手吧？"

"他可敢咯。"母亲笑道，"他动手，哪有人给他做饭洗衣，他虽然痴呆，也是清楚这点的。再说，你弟弟会收拾他。你弟弟还是把他当成之前那个人，你弟弟最是不相信人会变。只要你爸露出一点想发脾气的样子，你弟弟就教他不要发火。"

"还能教会？"

"教不会。但久而久之，似乎有点不一样。"母亲严肃道，"也只是维持着。"

柳毅一惊，想这倒是有道理的，反倒他自己似乎是想复杂了。但他还是觉得这样不对。称呼变了，关系也有变化，秩序能不跟着变化吗？母亲感到畅快，也许是她有了主人感，可这对柳毅来说，没有这么简单。

母亲说罢，转身给父亲盛饭。父亲颤颤巍巍想自己盛饭，看见母亲把菜夹来，又坐下吃起自己小碗里的菜。

柳毅继续对母亲说："爸对着我喊'哥哥'，算把我吓到了。"

"那有什么，就是个称呼！"母亲的语气里突然透着些泼辣。

"称呼不是你一向看重的吗?"柳毅道,"换了称呼,总像关系变了点。"

"我以前总觉得你爸怎么说都对。"母亲道,"也不能说都对,就是觉得他说什么,我都不会有二话。他虽然脾气暴,但做事还算有分寸。他那一套是他认为对的,他不在意的,是他真的不在意。但我在意,我还要你们也在意。是不是我也有问题?"

"这怎么能说是问题……我们一家人这么和睦又这么别别扭扭走过来了,这就是我们的生活,能有什么问题?"柳毅只是顺着说下去,竟说出了让自己有些惊讶的话。只是他依然觉得哪里不对,于是站起来和桌上每个人碰了杯。

终于,弟弟他们敬到了柳毅这桌。柳毅这才看清了弟妹,现在看,她没有大屏幕上那么陌生。人看起来更瘦,也黑一些。而且,她显然不是柳毅记忆中弟弟带他见过的那位女友。

"大哥好。"弟妹道。

"弟妹好。"柳毅回。

弟弟把母亲叫到一旁,低声跟母亲安排着把父亲送回去的车。

"这就要回去了?"柳毅问。

"我们等下一起回,先把爸爸送回去。"弟弟道。

"送就别让别人了,我来送。"柳毅说着,拉过了父亲。但弟弟叫的车已不能取消,尽管从酒店走回家也不过十几二十分钟。

父亲一路上跟各位宾客打招呼,语无伦次,又很开心。直到走出酒店,才突然安静了。柳毅继续喊他"爸",父亲却不应。

"哥哥,你看,这是快修好的体育场。"父亲指着外面形似鸟巢的建筑物。

"仿得还挺像。"柳毅道,"你喜欢体育场?你会打球吗?"

"我会踢球。我是后卫,前几天弟弟让我跟他换位置,我不同意。"

柳毅笑起来。父亲倒也不是全然忘了,只是调换了一下称呼。弟弟擅长打球,是中锋,父亲也踢过球,是后卫。

"现在还看球赛吗?"

"不看了。不好看。美国人的球不爱看,中国人的球也就那样。欧洲人还可以,就是头型梳得一模一样,后脑勺整整齐齐,怪模怪样。"

"哈哈哈。"柳毅道,"你还记得我小学四年级时,你带我上街吃涮羊肉吗?你那时候激动得很。"

父亲不说话,只是望着远去的"鸟巢"道:"过去大街上人多,现在人少,啥都在店铺里,开摊摊的有钱了,都有店面,但人在店铺里,怎么能吃得高兴……"

"你还记得什么?"柳毅道,"2008年你去我那边,我们一起去山上看日出。"

"日出?"父亲睁大了眼睛,"我天天看日出,我还用得着去山上?"

柳毅想起父亲的房间就在靠东的位置，他们家所在的居民楼外面，一到晴天，就能看到太阳升起。

"不过你很久没来看我了。"父亲道，"都是弟弟来看我，妈妈来看我……"

柳毅拉过父亲的手："我不是来看你了。"

车门打开的时候，柳毅才发现不是自己家小区，而是附近一个名字和自己家小区很接近的小区。但他没说什么，拉着父亲走回去。他也只是几年没怎么回家，却突然觉得这条路没有那么熟悉了。他本就喜欢走大路，只是如今的县城，倒是真没有什么小路可走了，这又让他想念那些不喜欢走的小路。马路都宽宽的，他家小区所在的僻静街窄一点，车却停得不少。还有不少一楼住户自己围了个院子停车、种蔬菜。最近小区还修了电梯，二楼三楼的人也喜欢按电梯。但柳毅不喜欢按电梯，他喜欢慢悠悠走上去，像过去没有电梯的时候一样。

这么想着，竟已和父亲走回了家。父亲却先于他走进了电梯里，还喊道："来呀，来。"

一瞬间，柳毅竟觉得那个朝自己喊的人不是父亲，而是母亲。或者说父亲混乱的言辞和独特的记忆呈现方式，有时候让他显得像家庭里的某一个人。但很快，父亲又变了。变成弟弟，变回原本的那个父亲，又甚至，还会变成柳毅。

真的会这样吗？柳毅居然有些期待了，但只是默默打开了客厅的灯，送父亲进了他的房间。此刻，父亲的房间已经是灰暗的了，而柳毅的房间，却有一抹微弱的日落，正在慢慢下沉。他觉得自己要在房间里等弟弟，或者等母亲，但他更应该跟父亲说话。但说什么柳毅也不是很清楚，直到弟弟的电话打来，柳毅听到里面嘈杂的声音。

弟弟在电话里说："哥哥，我们要去唱歌，要不你带爸爸来吧。"

"我不唱歌，我要打牌。"父亲凑过来嚷道。

"爸听力挺好啊。"柳毅道。

"不是一般地好，连我跟小贩讲价都听得到。"母亲也在电话那头嚷道。

柳毅迟疑地看着父亲道："要不我们去？"

"我听哥哥的。"

父亲这么说的时候，柳毅又是一愣，心想回家还是挺有意思的一件事，别扭，却总是充满惊喜。柳毅不禁笑起来，对着电话道："我带爸过去，你记得叫车。"

又是一位新的司机，开着一辆三轮摩托车改造成的四轮汽车，车内都是汽油的味道，坐上去颠得屁股疼。柳毅用方言跟司机打了个招呼，司机把自己如何从三轮车夫成为出租车司机的故事跟柳毅讲了一遍。故事讲完，柳毅和父亲也到地方了。

KTV是很老式的钱柜,这几年客源渐少,大堂像酒店前台,走进去感觉人很紧张,但父亲很开心。一排包厢,只有弟弟那间亮着。一进去,父亲就自觉坐到了母亲旁边。一屋人,除了家人,主要是今天的几位伴郎和伴娘,衣服都还没换。倒是弟妹的衣服不知何时换好了,安安静静坐在弟弟身侧,不时跟弟弟耳语几句。

"柳震,让人羡慕啊。"柳毅道,"要不你和弟妹先合唱一首。"

"那不行,要爸妈先唱。"弟弟笑道。

"我不唱,我不会唱他那歌。"母亲摇着头,"要不你给他点首《站台》。"

《站台》响起来了,父亲也很快站起来,轻车熟路地拿起话筒,皱着眉卖力唱着,有点年轻时严肃的样子。母亲时而看一眼,时而看自己的手机,对着弟弟道:"你们都别太晚。"

弟弟则自顾自点起母亲会唱的歌,母亲一直摆手说不唱。

柳毅坐在了弟弟旁边:"我第一次知道婚礼结束还有唱歌的环节。"

"直接回去多没意思。"弟弟道,"我本来在酒店订了间房,想起你说的话,又觉得不合适。"

"我的话?"

"你今天致辞又提到了'父母在,不远游'。住酒店,也终究算住外面了。其实我只是觉得在老家轻松,不像你有那么多别的事情做。你们公司那个小何,是南非人吧?她社交网络倒是很好玩的……有时候我也会想你们的生活是什么样。"

KTV很吵闹,但柳毅居然听全了弟弟说的话。再看一屋子的人,大家三五成群,热热闹闹又彼此独立。

柳毅道:"外面都是辛苦,另一种辛苦,说是赚钱,也不像是赚钱,因为也还没真赚到。"

"哈哈哈,哥,你这么说,我太懂你了。"弟弟开了一瓶百威递给柳毅,"我说想出去,那是假的,但你是真想出去,那时候我就知道。知道了这个,我更坦然待在家里了。"

柳毅道:"要真这么说,我不是因为你在,才坦然在外面的吗?"

"咱俩就都别说了。"弟弟道,"我是要完成人生任务的,晚点不如早点。妈跟你说过吧……爸想去养老院。我还真问了那家养老院价格,真贵……"

"多少?"

"我不是要说这个。"弟弟道,"我去过那家养老院,看起来也普普通通的,就是气氛很对,每个人的房间挨着,护工也都岁数不小,一群老人坐在那里嗑瓜子,就像一整天都在等着跳广场舞。"弟弟喝了几口酒,"我是想说,原来人自己活着,也是要花一样的钱和时间。要吃饭,要打牌,要有一帮人一起热热闹闹地活。"

"都是一样的，一样也不会少。"柳毅说完，感觉胃里一阵不适，或许是酒席上一直喝白酒，现在换成啤酒的缘故。他想起那些在家办公的日子，椅子和桌子发出的吱吱扭扭声总让他误以为有老鼠，要反反复复检查柜子抽屉才安心。小何打来的电话和另一部手机上母亲和弟弟打来的电话同时响起时，他都是选择接小何的电话，因为那是更紧要的工作。但另一部电话的声音总是没有被他迅速按掉，他会在昏暗的卧室看着那部手机又闪烁了一下、两下，甚至三下。一般三下之后，它就默契地不再闪了。KTV的灯光暗下来，谁唱起了温柔的流行歌，柳毅的手机又响起来，他想起家庭电话被他放在父亲的房间，现在口袋里的是工作电话。手机屏幕的时间提醒他，又一个八小时过去了。

2020年初于上海

灰色云龙

一

衰老,同样不会
以一个理想的方式到来
能够提前练习的
都不会发生

二

"每一个地名自有其能量。"
这些年,信息爆炸,公共精神世界正在覆盖私人经验,记忆粗糙症因而盛行。斯桑凯未能幸免。患病后,很多记忆的细节进一步褪去,李遄说过的话,却依旧像永动机零件,在斯桑凯的大脑深处不断运转,时而还有衍生出新的记忆细节的趋势。他决定拜会一下李遄，希望能借此重新进入自己记忆的深处，尽快复原成曾经的那个人。

斯桑凯端详着快捷酒店镜子里自己赤裸的身体，首先感受到的是形状——扁平，又遍布着细微的沟壑。接着，是边缘线，身体的边缘线。从中心点（他认为是胸部中央）出发，往上两端是肩胛线，往下是胯部轻微游动的蝌蚪，或者说在水滴的轻微流动中显得像在颤动。腿，他是不要看的，到处由细碎直线塑造，乱糟糟的。他的汗毛稀少，并且过短，显得像更细碎的直线。流畅的，永远是曲线，直线是不会流畅的，他认为。

用浴巾擦拭完身体的外轮廓，所有内部的讯息——腋窝、大腿内侧等等，甚至指缝——他选择用纸巾。但房间的纸太薄，沾了很多纸屑在身体上，令他万分不适。清理干净后，再望向镜子，竟又觉得边缘线变得模糊了，更像被揉进身体内部，他渴望把它们重新揪出来，却感觉只是在增加内心的烦躁。他不喜欢这样近距离审视自己，但狭窄且无窗的房间，似只有面对镜子时，才没有那么拥挤。

2001年，也是这样一个紧张（或许更加紧张）的黄昏，同学大都散去吃晚饭了，广播里重播着申奥成功的新闻。教室后墙贴着的世界地图上，李遄用黄色马克笔标记出阿根廷和德国的位置，说这是他最喜欢的两个国家。斯桑凯记得阿根廷原本的颜色是粉色，被黄色马克笔覆盖，像极了桂圆的外皮。德国原本是灰紫色，被覆盖上新色后，很快变成绿色。它们在地图上显得十分扎眼，完全失去了之前的静默感。

李邉笑道："把别的国家也涂上不就完了。"

斯桑凯像受到什么指引，一连涂满两个国家，分别是乌兹别克斯坦和哈萨克斯坦。两个国家算是邻国，都在国际新闻中没什么存在感。

李邉道："你怎么都挑小国。"说完，他又涂了几个国家，紧张的面部表情渐渐舒展，嘴角却露出不高兴的下垂纹来。

"果然人放松下来的表情反而是严肃的。"李邉文绉绉道，"地名自有其能量。你选什么地方，什么地方就是你的缩写。"

斯桑凯不为所动，却也并不反驳，只是慢悠悠地说："同时支持阿根廷和德国队，你也真行。"

"你不知道吗，阿根廷是离中国最远的国家？德国嘛……我只是觉得，这个国家的一切被覆盖在一层若隐若现的灰色之中，很多细节被遗忘，或出于一些原因不被提起，因此显得很积极。"

"你去过吗？都是想象，还得意了。"他不屑道，"我就想待在这儿，哪也不去。"

手机再次剧烈地震动起来，应该是有关李邉的信息来了。斯桑凯向故友打听李邉的工作地点，探听到他数年前离开了体制单位，具体去向未知。只晓得他仍在这座城市。斯桑凯看了一眼桌上摊开的日记本，重新走进洗手间，把淋浴头打开，热水浇下来，他感觉头疼减轻了不少，房间也安静下来。一刻钟后，他终于饿了。看看逼仄且只透出半扇窗户亮光的房间，他开灯，又关上，接着开门，伸了伸手让服务员进来打扫，走进电梯。

2005年7月21日　24℃～35℃　晴转多云

　　我感觉不出温差，温差是手机告诉我的。没有写地名，因为这几年我一直在北京，和很多人一样，我觉得北京比较像一个放大的故乡。它"鱼龙混杂，没有边界"——李逵这么告诉我。他和念书时一样，偶尔会在电话那头突然蹦出一句莫名其妙的话，我要想跟上，就只能再往上随一句。我感觉面前的世界空旷，李逵却很有危机意识，他觉得自己的人生到了做重大选择的时候，可他也没有付诸行动，只是整日在外面跑来跑去。他起初很有兴趣去人才市场，第一次被拉到保险公司面试，结果完全是听宣传。第二次他看到一排化着浓妆的年轻女学生派发一家国企的内部报纸。第三次他面试了一家德国生物科技公司的中国分部，面对着穿纯白套装，头发一丝不苟的女经理，支支吾吾没说出几句完整的话。

　　他很信任我，甚至比读高中时更信任我，他把许多细节都讲到了。他的用词和语气，都让我怀疑这不是我认识的那个向往周游世界的李逵。他现在讲话的方式让我很不适应，他变得更加自我，完全不听我在说什么，只是一个劲儿在讲自己的话。比如他反复跟我说，那位女领导穿的套装是Ports1961。我说，这有什么。

他很认真道："这是三四线城市能买到的唯一一线大牌，而且设计和生产都在中国。能花大价钱去买名牌，又很可能不知道这是假洋牌，说明这是个表面开放实则传统的公司，没什么前途。"

"兴许人家不在乎国产还是洋牌呢？"我说。

但他并不理我，继续说："这个公司，只是在用中国的资源做销售，他们的中国团队很可能没有研发能力，又或者从一开始，高层就没想让他们研发。"

"你还以为你能做研发吗？"我没好气地怼了他一句。

李逴认真道："没能力做研发，和不让你做研发，是两件事。"

大脑信息库时不时蹿出一条躺平在斯桑凯的眼前，若隐若现地盖住他所看到的一部分景物。他脑子里闪过很多经过不同型号的电子设备录制的影像化的记忆片段，仿佛给他模糊的记忆套上独特的滤镜。这些"滤镜"中，他时而给父母置办着新家的家具，时而又在大人的腿之间穿梭。他知道，自己是在把不同的记忆拼接在一幅画面中。医生讲过，如果出现这种情况，他一定要记录下来，给记忆排序。这样能帮助他提高记忆的精度。并且，擦亮离自己比较久远的回忆，还能让他记住更多眼前正在发生的细节。

"你的脑容量变小了。"医生严肃道，"有的事能不做就不做吧，多休息。"

斯桑凯觉得自己正在变成一块坏掉的电子屏幕，明明面无表情，内心却不断闪现着各种语焉不详的句子。他站在罗森便利店门口，被一个等着接客的出租车司机误会成等车。司机骂了一句，他侧身尴尬一笑，便利店打开的玻璃门上映出他的双下巴。他并不胖，认为一定是前阵子吃增强记忆力的药物导致了虚肿。但医生反复说过，西医的世界没有体虚、虚胖这样不具专业性的说法。他又在网络搜索中，看到面部下垂也会导致下颌线不清晰，从而产生视觉中的双下巴。这么一恍惚，他一脚踏进便利店，忘记自己原本打算去八百米之外的一家餐馆。

和来之前查询的一样，这座东南部城市，原本是隔壁直辖市的一个开发区。被确立为对外贸易区后，渐渐被提上设市议程。中间房价涨了几轮，地铁也新辟几条，满满当当都是各种企业。不同肤色的外国人渐渐和中国人平分天下。设市通告公布的那天，满大街突然都是普通话，方言更少听到，为此还上了热搜，引起一时轰动，斯桑凯也在短视频网站刷到过几条信息。有年长者在骂，现在年轻人忘本，讲话都没有口音。还有人说受过教育的人怎么能讲方言。李遑跟他说起这事，斯桑凯想附和着讲几句，发现自己也不太会方言。他只能记得一些物种的土称，这些词语夹杂在他的表达里，就像一个外地人，硬生生混进本地人的队伍，大家佯装赞叹他说得真好，只有他自己是心虚的。

2007年6月　成都　天气不详

　　（这篇日记是补记的，具体哪一天已经忘记。天气似乎是阴，又似乎是多云转晴，总之看不出来，只好不记。）

　　今天，我依旧白天出去教课，六点往住处走。附近学校的广播站七点准时播《新闻联播》，声音能一直传到马路上。那之前，我准能坐在桌子前，开始手绘设计稿。睡觉前，我发邮件给可能需要的品牌推销自己。我的一些同行已经开起网店，从定价五十块，到定价一百元，不断挣扎。我不愿意自己的稿子成为那样的"产品"，我希望它能够直达那些可以欣赏到它的人。但这也是我的想象，毕竟我那些邮件都石沉大海。只是今天我觉得会有些不同。这要归功于李遵给我换了个心情。他告诉我，他已经入伍，近几年都要在成都。他兴致勃勃地描述着他即将去的部队，据说那里还有很多女兵。

　　"我即将摸到这个时代的冷兵器。"李遵道。我在电话这边止不住地摇头，觉得他莫名其妙。

　　"那你岂不是班里年纪最大的？"我咽下自己真正想说的话。

恰好我也在成都面见一个天使投资人,就和李逴说好在高新开发区见个面。可是临见面前两小时,他又说"实在走不开"。我没有问他到底在做什么,脑海中浮现出他风尘仆仆地朝我走来的画面,突然觉得很陌生。我们已经好久没见,也许真的见面,也聊不出什么。但我还是问了他很多问题,比如训练的强度、集体活动的乐趣。

"就好像重新上学。"李逴道,"只是这个学就像三年浓缩成一年用,也不用写论文,反正都在实践之中。"接着,又说一通自己怎么滚泥潭,怎么练枪,怎么跑到韧带撕裂,怎么习惯每天汗流浃背。

"起初我觉得自己脏脏的,现在却觉得流汗的时候,身体是通畅的。只要受得住,我都想一直练下去。"李逴道,"可我怕这日子也不会太久,我可能快离开部队了。"

斯桑凯吃完速食面,又饮完水,一些刚刚浮现的细节在大脑中渐渐成为新的虚影。他踮着脚在街上走起路来,想起多年前李逴说过,在部队里爱走正步消食,便也走起正步。如此前行一段路,他感觉自己成为马路上的庞然大物,来往的车辆似乎越来越小,仿若积木。但很快,他就感觉到腿疼。他突然想起那时候,一个男生晨间走正步崴了脚,在年级中被传成骨折。他自己呢,每次走完总觉得身子不爽。过了好几年他去健身房上私教课,无意间提起走正步的事。教练让他走几步瞅瞅，他照做。教练笑说，他步子不准。他旋即按照教练的姿势又走一段正步，有时候还在健身房走。或许是对着镜子观察自己走正步过于滑稽，他从健身房出来，还时不时想笑。这样笑着笑着，他又走起正步了，可是很快又痛了起来。原来是无意间又用上以前的走法。这么一来，他把学好的步子再次忘了。

此刻，站在马路牙子上，来往的"积木"行动比他更自如，似乎也越来越大，它们的影子连成一片，遮住那个刚才的他。现在的他像一叠倒影重新立正在马路上，脑子里浮现起的新的信息，渐渐累积出薄薄的一层，他努力让它们更加清晰，可是很难，他只好让思绪继续往前，期待在某一瞬间，豁然开朗。但想着想着，他依旧只感觉到思维的距离。

2008年8月7日—8日　北京　多云　28℃～36℃

李逴最近就像消失了一样。我怀疑是因为我老问他在做什么，而他不便告诉我，所以干脆不理我。其实我也不是很想知道他在做什么，我只是不知道除了这个还能说什么。李逴对军队生活的不习惯早已转变成一种对规划好的生活的喜爱，他可以偶尔抱怨辛苦，我却不能跟他一起抱怨，否则他马上变得激烈，反驳我。这让我很不适。

事实上，我对这种看似封闭的生活充满怀疑。尽管，在李逞的讲述中,他的每一节生活都朝着较为稳定的步骤前进,体能和耐力,甚至思想情操,都变得比过往更优秀。直到因为一些事,他突然被战友排挤。我没有问具体情况,只隐约觉得和某项我不能知道的任务有关。李逞一喘一喘地说着自己如何扛着两个包袱在训练场上一圈又一圈跑下来,直到双腿发软,天昏地暗,在不清醒中被人抬回宿舍。这种逼迫自己的方式,并没有为他赢得别人的尊敬,但在一定程度上遏止了一些流言。

而我的一些工作伙伴,也各自有了不能让我参与的斜杠事业。他们不再专注制作内容,而是把精力投入到能更快变现的运营之中,看着曝光率和搜索量直线上升,每个人都很兴奋地在网络上呐喊。我兴趣不大,又不想表现得对别人的成功视而不见,就去给他们点赞。当然,并没有人理会我的客套。

早上,有个人跟我说,"你物质需求也不高,应该过得很开心吧"。我知道他是用另一种方式在评价我的失败。但很奇怪,我竟然一瞬间不那么介意自己的事业到底是怎样。好像我只是一个普通的离职员工,而不是贴钱创业的都市打工人。

今天,我把父母接到住处附近的酒店,准备说一下自己创业的事,孰料他们因为房费跟我大吵,质问我为什么不准他们住在我家中。等他们讲完,我也没有兴趣说了。父亲则时不时用余光看我,露出不想与母亲合作的表情。

我表现得内心毫无波澜,说:"明天是奥运开幕式,你们知道吗?"

他们当然知道,并且激动地表示要去看升旗。他们像从一个很远的地方(而那个很远的地方也早已不是我内心认同的故乡)到我这里寻求安慰。我均无法回应。但我也说不出"你们的问题请自己解决",只能不停介绍着外面的景象。一边介绍,一边走神。我不断想起刚来北京时这里的样子。我突然意识到,原来我也没有怎么在车内观察过这座城市。从地铁到公交车,从充满不同体味的车厢到永远一个气味的地下车库,我似乎总是忙忙碌碌,却对每一个区域都保留着难以更改的刻板印象,就像习惯于春夏穿白色衣服见客户,秋冬穿同样款式的灰色毛衣。我认为自己把对生活的热情投入到了事业中,但其实我对事业始终没有规划也没有想象。我就像喜欢在水里憋气,我的事业就是我的河。

过去我摸着石头过河,现在我也只是走在石头上过河。并且还知道,其实我根本不了解河流的走向。我依旧在等着别人挑选我,给我投资。尽管我也不认同他们的选择,但我认为我要经过商业的挑选,才能做自己的东西,但其实我从来不知道我要做什么东西。每一次得到肯定,我就感到满足,可这种满足又很短暂,我像在等待一个日子,一个可以结束的日子,一个我认为可以在某个场景中长期停留的日子。

升旗实在太早了。我和父母走了一段路,到地铁站,发现很多人在地铁外面排队,而地铁明明还没有开始运行。我只好带父母去打车。司机师傅依旧谈论着目前的形势,说着很像普通话的方言,仿佛掌握话语主导权。我给母亲买营养快线,给父亲买农夫山泉。我感觉谁的手在我不远处上扬了一下,再看过去,却发现那是一个离我很远的升旗手。

三

斯桑凯观察着自己的影子。夏天,影子总是尤其清晰。看着自己清晰的影子,他的内心仿佛也多了点自信。他用脚踩影子,总是踩不到。接着,影子越来越短,彻底消失,像被更大的太阳遮住。他突然觉得面前的世界再次空阔寂寥起来,手机上则突然蹦出一串新的数字。

是那位联系人发来的,李遑的电话号码。

斯桑凯一看,还是那么熟悉的一串数字。这不是李遑在成都的手机号码吗?难道重新使用了?他尝试着拨过去,在听到接通的瞬间,马上又挂断。

联系人告诉他,李遑也愿意跟他见一面,但李遑现在工作非常繁忙,恐怕要晚上才能与他见面。斯桑凯起初只是想请这位朋友随意问下李遑能不能见面,不料在联系中,这次见面显得越来越郑重。斯桑凯想,或许从他不好意思直接联系李遑的那一刻,这次见面就从轻松的聚会变成严肃的对话。只是他不确定，李遑现在还愿意跟他严肃地说一些问题吗？又或者，他自己能不能忍住，不去求证和追问一些记忆的细节。

他想着，对着李遑的手机号，打出"要不要提前见面"几个字，却还是没发出去。他突然丧失发出的欲望，更怀疑他早已没有发这句话的资格。这让他对晚上的见面深感不妙，但很快，他就忘记了自己的紧张。

他决心专注于眼前，并发现自己走出酒店很远了。似乎无意间，他的思绪溢出便利店，人也跟着走了。他路过一个卖葱油饼的摊位，看见很多人排队，就也去排。还有卖绿豆糕的、卖卤味的，他都跟着排队。排到他，他又不买，让开来，看着排在自己后面的人又惊讶又开心的样子，若有所思。一路顺着排，走着走着，竟然到了市中心。虽然他居住的快捷酒店并不偏僻，但市中心总是透出拥挤而明亮的气息。或许因为建市没几年，一切都是新的。拥挤也像是填进去的，明亮只是因为崭新。斯桑凯带着一种走在雨后大街上的心情，被人流推进一家生鲜超市。

2012年5月12日

（一整天穿梭于几个不同的地方，就不写地点和天气了。）

今天没有听见鸣笛，或许因为早上在一个城市，午间又去另一个县城，拥挤的节奏，盖过时间本身的节奏，更湮没了可能的鸣笛声。

一直在路上走,心里面知道自己浪费了一天,却因为旅途的疲惫,想要浪费更多时间来释怀。我给父母发很多信息说明自己的动向,实际上只是想转移他们的注意力。自从他们的身体和精神都出现各种问题,我就不断收到亲戚、医生、邻居和父母给我发来的各种讯息。他们希望我能多回去看看,最好换个更好的护工,甚至把父母接过来。我没好意思告诉他们,我租的房子有多小,且依然没有购房资格。

我已经决定留在已居住两三年的东部沿海城市——这一点跟李逴曾经说过的话有关,东部沿海城市像精神上的南方,它冷,但又不算很冷。昼夜温差也有,但不像北方那么强烈,适合总是忘记多穿衣服的人。

他这么说的时候,我并没有觉得有什么特殊之处。现在想想,他或许在暗示某个他曾执行任务的城市。他是不是也曾穿错衣服,在冷风中瑟瑟发抖,或者再次因疲惫和炎热昏倒在执行任务的途中。

但我知道,每个人的体感不同,而我们能收到的来自他者的反馈永远是最极端的两种。我不知道李逴从被排挤到渐渐被接受经历了什么,只觉得他在承担属于他的命运——想到这一点,我突然又觉得他没有离我远去,只是换个位置和我生活在一个共同的世界。

我变卖产品线,给员工发完遣散工资,剩下的也只够自己短短几年衣食无忧。我决心老老实实找个稳定的工作,顺便打听下李遑的动向。其实我知道他在哪个城市,离我居住的城市并不远,我们之间也有共同认识的人。获悉他的动向,并不难。我听说他退伍后进入一家事业单位当老师,但很快又出来,去郊县当村干部。等到他真的开始从事周围人觉得相对靠谱的职业,已经三十五岁,面临着严峻的职场困境——没有人想招聘他,他的履历也实在太复杂,除非他愿意做普通行政工作。但显然,他不愿意。他一直没有结婚,恋爱经历都靠相亲完成,这点倒跟我一样,可我没有再往下打听。

我这次选择技术岗位,一来比较单纯,二来收入相对稳定。当然,加班也多。有时候我会在网上搜索卖掉的产品线的新动态,看到资方请了新的网红来代言,看见新的面孔在运营。而我的名字和那些我熟悉的名字,却被隐去,毫无踪迹。我并不失落,只是觉得它正在重新生长,而我不再有愿望说那跟我有关。

晚上和李遑见面的餐馆门前摆着一排巨型水陆缸。几个化着浓妆,穿着军绿演出服的女子,在一旁准备着跳《红色娘子军》。斯桑凯去得早,正好赶上节目刚开始。女孩们脸上的汗珠在黄色大灯的照射下显出晶莹干净的形态。他不确定在写那些日记的间隙,他是不是知道自己脸上露出的表情,但他相信女孩们肯定不知道自己脸上表情的变化,否则她们不会跳得这么投入,门口围满了人。

来之前李逞就说,谁先来谁点菜。可斯桑凯现在只有力气坐着,尽管他知道,他应该更加珍惜面前的时间。但他珍惜的方式,只是看着时间从面前滑过,内心一片空白,只剩下虚浮的紧张感。

大脑信息屏上又接连钻出很多信息,它们彼此推搡,让他感觉内心填充的全是倒影和轮廓。他又想到镜子里自己赤裸的身体,现在,身体的细节浮现得更多。他感觉自己的身体正在从粗颗粒的记忆中抽离,并因过于清晰,逼近一种悬浮。他的记录雷达再次闪动,只是这次,他没有力气去记下这些感受,因为一些更加具体的心情正在褪去,每一个阶段的往事正在心底被不同的颜色遮盖——每一个阶段的印象色都是一个全新的潘通色号。他像排序一样,又像只是在整理——他觉得自己没有力气梳理,只能整理——他把几个相近的色号排在一起,仿佛它们真的是紧挨着的一段经历。可这么排着排着,这些挨得很近的经历和它们在他印象中的色号,又渐渐融为一体。他区分不出这印象色,就仿佛区分不出事实本身的差别。他标记了一些之前不那么注重的细节,一边在日记本上默读这些句子和段落,一边看着这些细节仿佛在纸上渐渐聚拢,长成一体。而一些粗线条的洪亮记忆,却在这个过程中远离了他，或者被前面的细节覆盖。

服务生把开水倒进他的杯子，他涮完餐具，准备倒进垃圾桶，却泼在了地上。这本日记已经不是他最初的日记，是他从自己多年来的众多日记本中摘录的比较清晰的段落，这些段落大多和李逴有关。他热衷于在日记本里记录感受而非事件。那时候他的记忆都是细节，因此日记中多记录不同人生阶段的感受。他怀疑自己低头翻日记的样子很像在写笔记，但抬起头，就发现根本没有人在看他。他没有点菜，而是叫了一壶铁观音。

大概一年之前他的记忆变得粗糙，看起来很多事都记得，但很多细节被遗忘。少年时期的记忆，在故乡的记忆，更模糊成几个时间节点。他似乎忽然长大了，中间长大的过程却变得越来越模糊。他感觉自己正在变得幼稚，变得只能用本能反应来应对外界。他尝试着跟曾经熟悉的人讲话，却因为总是忘记一些共同经历的细节，率先结束对话。李逴成了他记忆中最熟悉的人，虽然他们已经很多年没有好好联系过。他对李逴近些年的生活一无所知，如果不是日记帮他回忆起很多，他也许只记得这是个少年时立志走遍世界的人。

遗忘让他记忆的背景板更加单纯，显得更加清澈。尽管这本日记记录着他们少数几次遥远的交往，但李逴的脸仍旧固定在少年时的模样。这让斯桑凯感到一些希望，并试图做记忆排序，把所有曾经出现在他生命中的，和他交集不多却又能留下记忆的人和事,都标记出来。结果,他记下很多无聊的事,并又一次严重干扰了自己的记忆拼图,让一些原本暂时不会被忘记的重要的情节,再次从自己脑海中流失。正如医生之前提醒的那样——一旦患上记忆粗糙症,一些正在发生的细节,也开始远离他。即使是刚刚过去的记忆,斯桑凯也只保留着一些印象,最终,这种印象会变得越来越模糊,凝固成一个颜色,只剩下一种熟悉的气息。

斯桑凯原本想,如果李遑不答应见面,他也就任凭他们的共同记忆走向必然被模糊化的命运。可开始计划起这次见面,斯桑凯就觉得李遑在他记忆中越来越模糊,所以他开始更频繁地阅读日记。他认为是李遑的语音电话干扰了他的记忆。那个电话里,李遑的声音早已不像十几岁二十几岁时那样。那个声音变得沙哑,压得很低,仿佛动过手术般难听,又或许,只是李遑不愿意和他说话,按照李遑电话末尾说的"如果八点钟我还没到,你就可以先走"。

此刻,再次想起这句话,斯桑凯还是一阵难过。他和李遑的那段记忆,从那个时候开始,就变得和他生命中其他的记忆地位平等了。他时刻感觉这段记忆将和他的其他记忆合并成一团——这个念头闪现的时候,他突然觉得,也许这段记忆真的没有什么不同。尽管斯桑凯听到李遑在电话要被按掉的一刻马上说"我们最近在裁员,七点半之前下不了班",斯桑凯还是觉得前面那个时间——八点,才是他们约定的核心。嘈杂的语音环境里,李遑的声音显得很多余,甚至像配音。

四

斯桑凯在脑子里不断回忆各种事,却只是想到一个又一个熟悉的印象,仿佛都记得,却不知如何讲起。他凝视着某处,实则只是掩盖内心的空洞。如若不是一片黑影把他的视线盖住,他都没有发现对面坐了人。

李遑头发很短,仿佛烫过,高高地堆成一个时下流行的男士发髻。背仍是很直,却近视了,镜框是细细的金色。斯桑凯张张嘴,不知道怎么说第一句话,但李遑丝毫不介意,自然地点菜,用不太熟练的本地方言让服务生拿两个烟灰缸,在被明确告知不能抽烟后,拿出自己的电子烟。

"最近怎么样?"李遑问道,对面的斯桑凯却突然语塞。和久不见面的老友聊自己奇怪的病情大概会被当成怪物吧,可除了这个他还能说什么?他们共同的爱好或许已经不一样了。何况,他连记忆都快没有了。

斯桑凯决定转被动为主动,他想问李遑从体制出来都换了哪些工作,话到嘴边却改成轻描淡写的语气:"听说你换工作了?"

"一直在换,自媒体公司太容易倒闭。"李遑拿出手机给斯桑凯看,"每天几百条新信息,今天只回复了八十九条。"

"我从来没想过你的工作是处理信息。还以为你进入体制不会出来了。"

"我确实想的。可是没有配合我做事情的人。"李逴顿了顿,"还是现在处理信息比较有意思。我喜欢,就像拉练一样,只是现在的拉练转移到电子设备上了。"

"不过谁不是呢,每天看这么多信息。"斯桑凯道。

"都是假的。很可能有十分之一都是我们公司写的。"李逴道,"有的可能还是我写的。就跟一个游戏似的,你今天刷这一局的海底副本,明天又刷到这一局的森林副本,但是不管哪一种,都只是个副本,你能积累分数和经验,却没办法在主线剧情里哪怕往上过一关。"

"不都是这样的吗?一会儿抱怨,一会儿又继续,一会儿又忘了,然后重复抱怨。"斯桑凯道,"通不通过也没关系吧。其实都一样的。我们推着石头往山顶去,再看着石头从山顶滚落,接着再推着石头往山顶去……"

"我相信每次重复都是不一样的。"李逴道,"阿根廷是个国家,不是个球队,虽然它们的符号意义可能都是一样的。"

"国家不是被命名的吗?人们宣布它是这样一个国家,那它就是。可一个整全感的被命名的'国家',如果不能唤起它所归属的这片土地本身的回忆、认同,还有向往……那它又是什么?

一个地理坐标？一段历史经验的复刻？"

"我们的名字又有什么意义？随时可以更改，只要你愿意，你还可以不回应那些唤你旧名字的人。"

"我们的名字和我们的身体记忆有关，和我们经历过的事情有关，我们活成了这个名字，把它粘连上我们的血肉。可是国家太庞大了，你对它的情感会有很多个阶段。你追求的认同也越来越丰富，你的相信也有很多种。有时候，正是相信，让我们不断提出要求，仿佛秩序是可以随时出现的。"

"秩序是可以随时出现啊，但秩序包含的东西一直在变化。我们都在秩序中，时而走入一片阴影，时而又走入自身的投影，时而还进入他人的倒影，被一片广袤的事实包裹，在第三人称叙述中丧失存在感。可这一切连成一片的时候，你能说那是秩序？那看起来不就是一团不清不楚的色块吗？我们能说清楚吗？我们只能说，自己被他人影响，我们又能说，自己在变化中不断被新的事物影响，在被影响的过程中不断成为新的事物。可我们也因此没有办法信任任何一个阶段，没有办法在这个阶段里表现自己的完整性……我们一直在迟疑。"

他们的声音在餐厅大堂内回荡，斯桑凯已经分不清哪段是李遑说的，哪段是他自己说的。

"你还记得地图……"斯桑凯道，"但我记得那之后你就不再跟大家联系了。"他说的"大家"特指他自己，但他不确定李遑是不是有听出来,因为李遑完全无视了这个词。

"好像突然有一天,我觉得有个世界跟我没关系了。"李遑道,"我从高中出来,又进入大学,又从大学出来,开始工作,中间仿佛还去部队上了个学。从不需要跟人说太多话的工作,到每天口渴的工作,再到你说很多话,却都是在手机软件和电脑软件上说的,感觉这些话都没有实体,它们被说出去了,有的很功利,有的像废话,很快被空气稀释掉。没稀释的,因为说过一遍,很快又忘了。就好像,一天过去,但你没有活过。"

"忘记哪有那么容易,只是惯性把你的生活本身的节奏感、本身的状态遮住了。一些不会被记住的话进入你的生活,一些原本不会被你说出的话被你说出,当然很快就忘了。"斯桑凯道,"我怕忘光,一直在写日记。"

"你还记得那时候,周记写一周纪要,大家都在瞎写,只有你写的是真的。"李遑道,"那时候你的周记可好看了,大家纷纷借阅。我还记得,'望尘莫及'被你用成'望其项背'。"

"是吗?我都忘了。"斯桑凯开始吃菜,"我就记得地图,你是班里唯一会画地图的人,我以为你文综应该能考很好,结果你说,你只是喜欢画地图,不知道每个地区的地理知识。"

"很多地方,我一旦知道名称,就不再对它有兴趣。"

"地名自有其能量……"斯桑凯念叨着,竟把刚想起来的一段记忆细节给忘了,只好尴尬地笑起来说,"你后来去阿根廷和德国了吗?"

"自从最近几年接触这两个国家的客户,我就再也不想去了。"李遄道,"我难以忍受,本质上那些只是一个个说着外语的……"

"第一排和最后一排并无不同……"斯桑凯附和道,"这好像也是你那时候说的。"

"其实那时我心里想的是,可不同了。不过那时我能选择坐第几排,现在我怎么选?"李遄道,"我的选择就是接受,以及接受到具体哪个边界。"

"是被量化的接受。"

"被时间量化,被技术量化,都没关系。我没想过有一天,一条信息可以把我量化,而我也同样在做这样的事。所以说,太多的信息等于没有。"

"我想起你在KTV里睡着的事了。"

"那时候的KTV叫练歌房?"

"是恋歌房。"斯桑凯在掌心比画着"恋"这个字。

"其实现在的KTV也是这么个功能。灯关上,大家唱着跑调的歌,全靠声嘶力竭的一两个人冒充景观……"

"唱完歌,那个夜晚就像不存在。"

"说不定就是为这个不存在,制造了那个夜晚。"

斯桑凯有些尴尬,一些被遗忘许久的记忆片段再次浮现,但都是一些梦境般的残缺景象。他不知道从何说起,只好不停地吃菜。

"你怎么想到找我?"李遑道,"我以为你不会再出现了。"

斯桑凯咯噔一下,仿佛李遑在暗示什么特别的事,但他最终只是道:"我常常想起你说的地名的含义,每次听见这座城市的名称,就想起你。我有时候甚至觉得你的名字都快被我忘了,这个地名却越来越熟悉。"

五

"我先是到北京。我觉得那边工作比较好找。我在学校的时候就找了很多北京的兼职,我在网上给最早一批论坛写帖子。那时候还没有流量这个词,只有'点击率'。我写的帖子,点击率特别高。点击率一高,帖子就安全,那时候就是这样的,不像现在是反过来的。可这种事,做兼职的时候觉得很好,一旦把它发展成全日制的工作,就变得难以接受。我开始找别的工作,从广告公司到化妆品公司。那段时间我觉得比较热闹的行业我都试过了。只是,一旦有机会往上升,我就想跑。一往上走,人的时间就变慢了——做的很多事情只是因为要做,实际上并不会有成果。我忘了是哪一天,我走进老总的办公室,看着他在用火腿片包哈密瓜。这种吃法我那时候没见过,那次也只记得老总吃东西的样子很细致,很讲究,跟他看方案的时候一样。我就在想,原来他是匀速前进的,他做什么都是一起的。那么我能吗?我觉得我不能。"

"我想过一种密集的生活,不是忙碌的那种密集,而是什么事都紧紧挨着。"李逴喋喋不休,"我想不到别的,只能想到部队。后来的几年,你也知道了。"

斯桑凯眼前继续浮现着一些画面,但不再是自己的记忆,而是李逴描述的场景。他知道这些记忆并不属于自己,可在场景再现的那一刻,他又觉得这无比真实。

"都说人是有自己的节奏的。但真正有节奏的人,他的生活节奏是很单调的。我接受不了热闹后面的这个单调。我用自己感受到的新鲜感、自己的热情忘记、覆盖这个单调。"

"真的忘了吗?"斯桑凯道。

"再后来我又换了很多工作,结果呢,从部队出来,我再没机会看见边吃火腿边看方案的人了,但还是常常很困惑。"李逴坐直身子,"我发现,有的东西一旦变得具体,它就严格了。部队细化了我原本的应对框架,却不料回到更为日常的生活中,我的耐力依然需要重新获得检验。

"还有呢,我那时候有这样的机会、这样的特权,去看到一些人在做什么,但他们并不真的是吃火腿看方案的人。"

"人看到的永远是细节。"斯桑凯道。

"是，无论你看到的场面多么宏大，人能进入能理解的就这么点。"李遑举起酒杯，"后来我结婚了。几乎是在缝隙中结了个婚。我对我太太没有什么要求，这导致她似乎对我越来越有要求。但很快她发现，她也只能从自己身上获得满足。我们很快就分房睡。有时候我觉得她是一个室友，有时候我觉得，我是多余的。我怀疑这是因为我们没有孩子，但我怎么能因为这种理由去要一个孩子？有一次我回去，看见我爸中风，我妈骨折，那一瞬间我就觉得，吃火腿看方案，就是最真实的生活。如果你要说得更真实一点，那就是边打电话边回微信边吃火腿边看方案……"

"你现在是这样在生活吗？"

李遑仿佛没有听到，依旧说着自己的话："从天亮到天黑，再从天黑到天亮。就好像一个沙漏，一会儿从A面向下漏，一会儿从B面向下漏。在刚摆好沙漏的时候，我们觉得A面和B面是很不一样的东西，结果你知道的，在过程中你知道的，都是一样的……不是效果一样……而是它们就是一样的。"

"忘记和记得一样吗？"

"忘记是主动的，记得是被动的。'记得'不被提起，谁会承认'记得'。记忆都是选择过的，忘记了，那是不被选择，记得的，都是我们的幸运……"

"其实我想问你，你那天为什么要带我看地图。"斯桑凯看着李遑的脸，耳边回荡着李遑因说话太快显得有些打结的发音。

"我是有很多话要跟你说的,那天。"李遄道,"可是一张口,我就忘记了。一张口,我觉得别的事更重要。如果我遵循一开始的想法,那是我的落后啊。"

"你不会遗憾忘记吗?"

"我现在想起来了,但我确实已经没有遗憾。"李遄道,"你有了个在当时看起来不尊重内心的想法,殊不知这个不尊重内心就是你的内心。我们喜欢说道理,不是要真的说道理,是想解释自己的位置。"

"没人听的。"

"我们自己听。"

他们继续说着,斯桑凯看见李遄的头顶连着身后另外一些餐桌旁的头顶,渐渐连成一片起伏不平的山包。他感觉一部分细节正在簌簌落下,一部分细节却重新被他命名,仿佛在给那些渐渐远去的回忆加滤镜。他知道那必然不是滤镜,只是一层雾蒙蒙的色彩,像在云朵上覆盖了一层又一层灰色,直到边缘线都模糊了。他望过去,看到云朵中间鼓起的那一块——弯弯的,长长的,像一条细细的龙。

2021年初于上海

后记

在作为虚指的二十一岁及仿佛成熟的三十岁之间

算起来,写作已经超过十年。站在现在年纪的当口回望,已经忘记二十一岁那年的状态。于是,二十一岁只是一个虚指,指代所有被迅速过掉难以回望(因为大脑一片空白)的时光。或许大部分写作者都是如此,除了最初燃起写作雄心和真正下笔之时,其后总有一段迅速被遗忘的写作时光。为何被遗忘?无非是那年的心境并未与起初写作时差别太大。或者说,在漫长的写作时光中,也许除了那最初的心志,就剩下写出代表作的那些光阴被记忆镌刻下来。也或者说,除了这两截刻骨铭心的写作记忆,大部分的写作生活,往往伴随着枯索、忧闷。有时候内心波澜万丈,大部分时候却像挤牙膏一样落笔。每每遇到难题,还会质疑自己。尤其在这过程中，自身的生长又不断提醒着人，前面的写作必须被推翻了——这个过程，在年轻的时候总是经常发生。就好比此刻的我，回忆八九个月前的自己，知道那已经和现在大有不同——也只有这样剧烈的转折能够被写作者深切记忆。而那些作为虚指的"二十一岁"们，因为附着在更平常的生长之日中，反复被遗忘，却又在某些剧烈变化的时刻，突然又被忆起。恍然发现，也许并非那么平淡的时光。这个过程，在写作的十多年来，反复在生活中交锋着，而精神世界更像溢出的一小块飞地，写不出来的暂时深埋心底，作为提醒；写得出来的，成为果实，拿出来，有机会在不同的阅读者面前摊开。这些过程，都是幸福的。

如今，再回到虚指的"二十一岁"，我能够想到的更多是物质层面——还在找工作，或刚刚走向社会，没有收入，投稿又总是被退。这样的经历，或许每个写作者都无比熟悉。现在看起来只是必经的一段路，当时却往往觉得举步维艰。仔细想想，人年轻时最亲密的朋友，有的往往因为互相借过钱产生了友情（甚至爱情）。但也就是那样一段现在看起来很普通的岁月，默默锻炼着最初的心智，起码在面对基本困难时不会觉得忧心。这些细节，也都为其后渡过写作难关积累了经验。写作面对的内心磋磨只会更多而不会少，因此这些生活的困难都作为辅料先于写作本身验证着写作者的心，比如他是否有坚持做事的能量。因为写作就是一种"做事"。

但创作又总是和别的事情不太一样，因为常常没有回报。不像大考，即使失败，再付出些努力，也很可能重考成功。写作不同，这是一项即使不断努力，也可能没有回报的工作。技术的锻炼虽然可以通过日积月累的理解达到一定的水平，但面对不同的题材是不是能有深度的理解能力却非常难说。有时候头脑走在前面，笔却跟不上。有时候笔在前面，文字却像被力气连缀起来似的。这些或多或少失败的经验也都渐渐影响着写作本身的实现。即使在进入创作成熟期后，这一现实也仍旧频繁出现，阻碍着写作者作品成熟度的实现。

于我而言，转折点出现在2015年写短篇小说《白夜照相馆》时。着手书写一个个人经验之外的故事，对当时的我来说，挑战很大。依凭着一种叙事直觉，进入以虚构家族历史为己任的照相馆。在作为背景的凶案中截取内心的波段，在故乡和异乡之间，呈现一种告别和选择。这对当时的自己来说，是有一点点挑战性的。如何把自己远离故乡求学和工作的私人情感，汇入社会本身的迁徙浪潮，又渐渐拂去一些幽暗的内心褶皱，抵达较为明朗的叙事——这些，都是难度。但对我来说更难的，还是写完这篇小说后，突然觉得自己有一种枯竭感。仿佛依凭叙事直觉建构故事的自己在逐渐消失，而新的自我似乎还没有被我再次发掘。于是，2016年3月，我开始着手书写另一个对我来说十分重要的中篇小说《在平原》。

小说四万多字，却足足写了一年。女美术教师与男高中生之间从备考到更深入的交谈，混入七天的高山写生之旅。小说虽使用了大量我自己学画画的经验，但每一次对话的跃迁，对我来说也都是不小的挑战。很多次都觉得自己要放弃了，却又因为书写的渴望，一次次逼着自己把最稳健最明亮的感受，从内心激活出来。如今想来，当时几近痛苦的经历，却全是后来的幸福来源。

《在平原》完成后，同名小说集，和另一本全新小说集《象人渡》相继出版。在中短篇小说中，自己很是觉得游刃有余了一段不短的时日。中篇小说《东国境线》和短篇小说《接下来去荒岛》《雍和宫》等，都在一定程度上是自己这一阶段较为满意的作品。直到2020年初，疫情开始。我突然发现，自己看世界的眼光一下子跟着环境发生了变化。内心的剧变和生活上的改变同时出现，我感到不知所措，甚至不知道如何面对写作。这个状况持续了很久，我开始断断续续写长篇小说，一直没有完全写完。这期间，又写了一些中短篇小说。感受着自己写作的微妙变化，一点点摸索，试图重新打开一些东西。

2021年秋到2022年春，我完成了一篇较为满意的中篇小说《远大前程》。小说以一名法律工作者和一位油气勘探员各自长达十多年的职场生活与情感交会，试图还原两个青年从大学毕业到疫情开始这期间的成长和变化。对我自己来说，这是一次非常独特的写作经历，把一些较为迫近的认知也带入小说中进行了一番思辨性质的探索。而两个月的居家生活后，我把这些感受带入短篇小说《寂静的春天》，并给2019年下半年到2022年上半年写下的八个中短篇小说取下全新的名字——《再见，星群》。同时，2022年元旦，我正式开始写诗。这让我发现在小说之外，居然还有一块飞地可以供我探索，并且它的挑战性和可能性并不亚于小说，甚至有时候更具活力。这个过程中，我重新感受到在那个虚指的二十一岁，我所感受过的一些体验。当年未被发现和认识的，突然都清晰起来。以至于有时候我会想，也许一个写作者最重要的时光，是他完全不知道如何做如何写的那段时光，正是那些沉默、激烈、难以清晰触摸的言辞，日日敲击过内心，待有一天有机会掏出来，才发现自己也有把一些所感安放的能力。

尽管在理论架构的强悍力量下，文学表达有时候显得如此不堪一击，甚至我都不知道在更深层次的思考竞争中，小说写作在我这样程度的人身上，是否还有些新的机会，但更重要的是，这是我唯一能做的事情。所以我决定不再想了。只在接下来的生活中好好把这件事做好，成为一个真正合格、优秀的文学写作者。

同时，《再见，星群》（原名《猎鹰》）系上海文化发展基金会2020年第二期资助项目，为上海市作家协会2021年签约作品。感谢在本书写作过程中，上述机构给予过的帮助与支持。